新潮文庫

東京湾景

吉田修一著

新潮社版

7975

目次

東京湾景

第一章　東京モノレール

　東京湾に隣接した船積貨物倉庫内には、まったく日が差し込んでこない。鍾乳洞のように涼やかにも見えるが、実際には天井から吊《つ》るされた白熱灯の下をフォークリフトで通っただけで、からだからじわっと汗が吹き出してくる。

　亮介《りょうすけ》はフォークリフトの運転席で、バタバタとうちわで顔を扇《あお》いでいた。倉庫にこもっている熱が、舐《な》めるように頬に当たる。ちょうど五時のチャイムが鳴って、終業までの残り五分を貨物の陰などに隠れてやり過ごしていた作業員たちが、「あーあ」とか、「終わった、終わった」などと口にしながら姿を見せる。

　亮介はフォークリフトの前を通りかかった同僚の大杉に、持っていたうちわを投げ渡した。うまい具合にキャッチした大杉が、指紋だらけのうちわを見やり、「なんだよ、これ」と首を傾《かし》げる。

うちわは元の紙が破られていた。骨だけになったところに、誰かが梱包《こんぽう》で使う透明なビニールテープを貼《は》っている。倉庫事務所での雑談の最中、手持ち無沙汰《ぶさた》から誰かが紙を破り、またほかの誰かが、その骨だけになったうちわにビニールテープを貼りつけたのだろう。途中で作業に飽きたのか、ビニールテープは片側にしか貼られておらず、もう片方の粘着面には、誰のものとも分からない白い指紋が無数についている。

亮介はフォークリフトを車庫へ入れると、運転席から飛び降りた。こめかみにあった汗のしずくが、着地と同時に頰を流れ、無精髭《ひげ》の生えた顎《あご》の辺りにじわっと滲《にじ》む。

事務所への鉄階段を、大杉が疲れた足取りで昇っていく。激しくうちわを動かしている腕が汗に濡《ぬ》れ、金塊のように輝いて見える。

夏場、倉庫の狭い更衣室で着替える者はいない。男たちは各自のロッカーからバッグを取り出すと、半裸になって岸壁へ飛び出す。そしてまだ強い日差しの中、倉庫前にできた日陰で、白い背中を寄せ合い着替える。

男たちが背中を向けているほうが東京湾になる。岸壁に外国からの大型貨物船が停泊していることもあるが、たいていは、対岸のお台場までが一望できる。

みんなから少し遅れて岸壁へ出てきた亮介は、日を浴びた東京湾を見つめながら汗に濡れたTシャツを脱いだあと、ちらっと腕時計で時間を確かめた。十八歳の誕生日に、高校の担任だった里見先生からプレゼントしてもらったこの無骨なダイバーウォッチを、亮介はもう七年もつけている。先生と付き合っていた十代の頃には、まだ腕に馴染《なじ》んでいなかったが、年を重ねるごとに、まるでからだの一部のようになってきている。

亮介が濡れたTシャツをバッグに押し込んでいると、すでに着替え終えていた大杉が近寄ってきて、「明日、休みだし、どっかで飲んで帰ろうぜ。どうせ、なんも予定ないんだろ？」と声をかけてきた。

亮介は、大杉から目を逸《そ》らした。地面に置かれた缶コーヒーの飲み口に、黒々と無数の蟻《あり》がたかっている。

「なんかあんのか？」

そう言いながら、大杉がつま先でその空き缶を倒す。自分たちのいた場所が、いきなり垂直な面になった蟻たちが慌《あわ》てふためいている。

「別に……」

「じゃあ付き合えよ。このまま、寮に戻る気しねぇだろ？」

「……いや、今夜はやめとくよ」

「なんで？　なんか、珍しく付き合い悪ぃなぁ。お前、なんかあっただろ？　あっ、もしかして、女とかできた？　……そういえば、お前、今日、誕生日じゃねぇ？　うちの妹と同じだったろ？」

大杉がそう言いながら、足の裏で押さえていた空き缶を蹴《け》った。しがみついていた蟻のうち、一匹だけがそこに落ちて取り残される。自分が貼りついていた空き缶が一つなくなることで、おそらく蟻は、別の世界に紛れ込んだようになるのだろう。右に左に、慌《あわ》ただしく進んでは引き返し、引き返してはまた進んでいく。

横で同じように蟻の動きを追っていた大杉が、「蟻ってさ、精力剤になるんだよな」と呟《つぶや》く。

「これが？」

「蟻って、自分より何十倍もでかいもの運べるだろ。……神秘のパワーを持ってんだよ、こいつら」

大杉の説明を聞きながら、亮介はつま先で蟻を踏み潰《つぶ》した。

今夜、亮介には予定があった。二週間ほど前にメールで知り合った「涼子」という女と初めて会うことになっていたのだ。

ひと月ほど前、亮介がメールの出会い系サイトに登録したのは、京都で起きたメル友連続殺人事件がきっかけ、というと大袈裟《おおげさ》だが、ある意味でそう言えなくもない。というのも、亮介の顔つきや雰囲気が、その事件で逮捕された二十五歳の犯人に似ていると、事務所内で話題になったのだ。倉庫の休憩室や事務所では、犯人の写真が大きく掲載されたスポーツ新聞が回された。ただ、その新聞を大杉に突きつけられ、亮介もまじまじと自分の顔と見比べてみたのだが、どこがどう似ているのか、自分ではよく分からなかった。新聞のカラー写真には、捜査員に促され、ワゴン車に乗り込む犯人の姿が写っていた。土木作業員らしく、よく日に灼《や》けている。一八〇センチの長身、茶髪、ピンク色のトレーナー。

《まるで薄笑いを浮かべているようだ》

記事にはそう書かれてあった。

その後も何度となくワイドショーや雑誌で、亮介はこの犯人の写真を見た。雑誌には、《女を、窮地に追い込むのが好きだった》という犯人の供述が掲載されており、理由は分からなかったが、なんとなくその言葉が気になっていた。ただ、気にはなっていたが、決して共感していたわけではない。

犯人はメールで知り合った女子大生とOLを立て続けに殺害したあとも、仕事へはいつもどおりに出ていたという。「顔を合わせれば、きちんと挨拶《あいさつ》もしてくれた」と、近所の主婦は事件に「驚きを隠せずに」いる。

大杉や会社の人たちに、顔や雰囲気が似ていると言われただけのことではあったが、このニュースがテレビで報道されると、亮介はボリュームを上げ、定食屋で広げた新聞に続報が載っていれば、なぜかしらとんかつが冷めるのも気にせずに読みふけった。各メディアで「不遜《ふそん》な笑い」と評されているこの犯人の表情が、亮介にはどうしても「照れ笑い」に見えて仕方なかったのだ。ただ、罪もない女を二人も殺害し、全国の憎悪《ぞうお》を一身に浴びて、報道カメラの前を連行されていくこの自分と同じ年の青年が、いったい何に照れているのか、亮介には分からない。

仕事帰りに「海岸浴場」へ寄るのが、亮介の日課になっている。「海岸浴場」とは、ちょうど品川倉庫と、亮介が暮らすアパートの中間地点にある平凡な銭湯で、夏場は汗だくのからだに熱い湯を浴び、冬は岸壁での作業に冷え切ったからだを温めて帰る。一応、借り上げ寮になっているアパートにも、狭いユニットバスがついているのだが、バシャン、バシャンと音を立てて湯を浴びないと、亮介はからだが清潔になった気がしない。

スクーターで、港南大橋を渡って「海岸浴場」へやってきた亮介は、汗と排気ガスで汚れた顔をタオルで拭《ふ》き、肌にまとわりつくシャツやズボンを脱ぎ捨てた。まだ時間が早いせいか、脱衣所に他の客の姿はなく、目の前にある大きな鏡には自分の裸体だけが映っている。日に灼けているのは腕と首から上だけで、背中や腹は、まるで肌を裏返されたように生白い。浴場から湯気を立てて出てきたオヤジが、鏡の前に立つ亮介の胸元をちらっと見る。自分では見慣れている左胸の火傷痕《やけどあと》も、こうやって他人の目に改めて晒《さら》されると、やはり異和感のある紋様に見えてくる。

亮介がタオルを肩にかけ、浴室への引き戸を開けようとすると、ロッカーに入れてある携帯が鳴った。慌てて取り出すと、届いていたのは「涼子」からのメールで、『今夜の待ち合わせ。七時半を八時に変更して下さい』と書いてある。亮介は慣れた手つきで、『了解。じゃ、羽田空港の出発ロビーに八時』と打って返信した。

脱衣所の古びた壁時計は、まだ六時にもなっていない。亮介は携帯をロッカーに戻すと、改めて熱い湯気の中に足を踏み出した。すぐに毛穴という毛穴から、新しい汗が吹き出してくる。

会うのなら、羽田空港がいい、という「涼子」からのメールが届いたとき、一瞬亮介は、もしかするとこの女、スチュワーデスなのかもしれないと馬鹿《ばか》げた期待を抱いた。ただ、その胸ふくらむ質問をすぐにメールで送ったのだが、翌日、返信されてきたメールには、羽田空港を待ち合わせ場所にした理由は、自分がスチュワーデスだからではなく、日ごろ浜松町で働いているのに、まだ一度もモノレールに乗ったことがないからだ、と書かれてあった。

そのメールを亮介は冗談かと思った。モノレールに一度も乗ったことがないということにではなく、一度も乗ったことがないから乗ってみたいということに対して。

サイトにアドレスを登録した直後から、携帯には日に一、二通ほど見知らぬ女からのメールが届くようになっていた。

『どれくらいメールきた？』『よく載せるの？』『車、何に乗ってる？』『いつもどの辺で遊んでる？』

こちらの都合も考えず、朝の四時に送られてくるものもあった。ただ、こちらがそんな性急さに乗せられて、『今度会おうよ』とメールを送れば、いつの間にか返事はこなくなる。一人だけ会う約束を取りつけた女もいた。が、実際に渋谷駅前でいくら待っていてもその女が現れない。時間や場所を間違えたのかと思い、何度かメールを送ってみた。しかし、女からの返事はなく、結局、亮介は四時間、駅前の雑踏の中で待ち、諦《あきら》めて家路についた。あまりにも悔しかったので、その夜、少し非難めいたメールを送った。数分後、女からの返信があった。

『アンタと遊んでも退屈そうだったから行かなかっただけ。バーカ』

そう書かれてあった。

「涼子」からのメールが入ったのは、渋谷での待ちぼうけから三日ほど経《た》ったころのことだった。すでに届くメールもほとんどなく、そろそろサイトの登録を解除しようかと考えていたころだ。彼女からのメールが、特にそれまでのメールと違っていたわけではない。『はじめまして』から始まる文面に、特に目を引く箇所があったわけでもない。

風呂《ふろ》から上がった亮介は一旦《いったん》アパートに戻り、新しいTシャツとジーンズに着替えて、すぐに部屋を出た。財布には昨日駅前で下ろしてきた三万円がそのまま入っている。

アパートからスクーターで天王洲《てんのうず》アイル駅まで走り、そこからモノレールで羽田空港に向かった。待ち合わせ場所の出発ロビーJALカウンター付近に着くと、搭乗待ちの乗客たちに混じって長いベンチに腰を下ろす。「涼子」との待ち合わせまで、まだ十五分ほどあった。目の前の電光掲示板には、帯広、小松、大分、南紀白浜と、行ったことのない地名ばかりが並んでいる。

電光掲示板の時計が、待ち合わせの八時ちょうどを示していた。亮介はポケットから携帯を取り出し、『今、どこにいる？』と打ったメールを「涼子」に送った。近くで誰かの携帯が鳴らないかと見渡すと、さっきから目の前に座っていた女が、膝《ひざ》にのせたバッグから慌てて携帯を取り出そうとする。

ただ、不思議なことに、亮介にはこの女が「涼子」かもしれないという考えが、まったく浮かんでこなかった。ありきたりな会話とはいえ、二週間もメールをやりとりしていたし、亮介にも自分なりの「涼子」像があった。目の前でバッグから携帯を取り出す女は、その像とあまりにもかけ離れていたのだ。どちらかといえば、まさかこんないい女が現れるわけがない、と無理に想像しないようにしていた女に近い。涼しげな女とでも言えばいいのか、窓辺でゆれる夏の風鈴のような女。

そのとき亮介の手の中で携帯が鳴った。慌ててメールを開いてみると、『もしかすると、あなたの目の前にいるかも』と書いてある。一瞬、すぐに顔を上げて、前の女を見ようとしたのだが、なぜかしらそれができず、亮介は、『俺、黄色いTシャツにジーンズ』と打って送信した。送信してもまだ、顔を上げられない。

なかなか返事がこないので、恐る恐る顔を上げると、目の前で女がきょとんとこちらを見つめている。

「涼子……さん？」

思わず裏声になった亮介を、辺りの人たちが一斉に見た。

「りょ、涼子さんですよね？」

亮介は改めてそう尋ねた。

「そ、そう」

女がこくんと小さく肯《うなず》く。

「俺、ずっとここに」

「私も」

「う、うん。知ってる」

「あ、私も知ってた」

「でも、今まで知らなかったから」

「あ、私もぜんぜん知らなかったから」

ふたりのやりとりは会話になっているようでなっていなかった。先にベンチから立ち上がった「涼子」につられて、亮介もゆっくりと腰を上げた。

「あ、あの、コーヒー……」

亮介が遠くに見える喫茶店を指差すと、「あ、うん」と、「涼子」が肯く。

「来ないと思ってた……」

思わず言葉がこぼれた。

「あ、いや……、疑ってたわけじゃないけど」

亮介は慌ててそう付け加えた。

空港内にあるセルフサービスの小さなカフェは、大きな旅行かばんを抱えた人々で混雑していた。やっと席を見つけた亮介は、「涼子」を促して、壁ぎわの窮屈な席に落ち着いた。

「明日、休み？」

「え？」

席に着くなりの亮介の問いかけに、「涼子」が少し怪訝《けげん》な表情をする。

「いや、明日休みなのかと思って」

「亮介くんは休みなんでしょ？」

「うん。俺は休み。土日に出ることないから」

小さなテーブルだった。お互いにヒジを乗せると、鼻先がくっつきそうになる。亮介は「涼子」がコーヒーにミルクを入れるのを待って、自分のカップに砂糖を入れた。

お互いに気を遣っているのか、カップを持ったり置いたりする動作が、ちょうどシーソーのようにタイミングが合っている。

「亮介くんって、どんな仕事してる人？　メールで訊《き》いてないよね？」

「俺は……なんていうか、船舶関係」

「船舶関係？　もしかして競艇選手？」

「は？」

「あ、ごめん。うちの従姉《いとこ》の旦那《だんな》がそうなの。で、つい……」

「あ、ああ」

「普通、競艇選手なんて出てこないよね。……ちょっと、頭おかしいんじゃないかと思ったでしょ？」

屈託なくまっすぐに微笑《ほほえ》まれ、亮介は、「いや、別に」と目を逸《そ》らして首を振った。

「品川の船積倉庫で働いてるんだ」

亮介は少しだけ顔を近づけてそう言った。

「そっちの船舶関係だったかぁ」

少しだけ顔を引いて、「涼子」が微笑む。

近くで見ると、「涼子」の唇から口紅が少しだけはみ出していた。オレンジ色の口紅で縁取られたその唇は、艶《つや》があって白いカップによく似合う。

「亮介くんって、誰に似てるって言われる？」

「俺？」

「誰かに似てるんだけど、思い出せないんだよね」

「俺は別に……、ちょっと前に、仕事場であの犯人に似てるって」

亮介はそこで言葉を切った。さすがにメールで知り合ったばかりの女に、「メル友殺人事件の犯人に似ている」とは言いにくい。

「あの犯人って、どの犯人？」

「あ、いや、なんか新聞に載ってたんだよ。たしか強盗かなんか……」

亮介は氷ごと水を飲み干した。

「この手の質問で、『強盗に似てるって言われる』なんて答えたの、たぶん亮介くんが初めて」

「別に俺、強盗じゃないよ」

「強盗が自分で自分のこと強盗だ、なんて言うわけないじゃない」

「涼子……ちゃんは？　誰かに似てるって言われる？」

「私も特にないな。私、誰かに似てる？」

「いや、誰にも似てない」

　思わずきっぱりと告げた亮介の言葉が、タイミング悪く静かになった店内に響いた。相変わらず小さなカフェは満席で、トレーにコーヒーを載せた二人のビジネスマンが、席が空くのを辛抱強く待っている。男たちの表情はどちらもひどく疲れていて、東京での仕事を終え、これから地方に戻るようにも見えたし、これからどこかの地方へ出張に行くようにも見えた。左側に立つビジネスマンのトレーに、苺《いちご》のショートケーキが載っている。亮介は今日が自分の誕生日であることを「涼子」に告げようかとふと思って、やめた。

「このあと、どうする？」

　亮介の声に重なるように、大阪行きの最終案内のアナウンスが流れた。

「私、今日、あまり遅くなれなくて……」

「どうして？」

　とつぜんの言葉に、亮介は思わず身構え、すぐに何か言葉をつなごうとしたのだが、もしかすると自分のことを気に入らなかったのかもしれないと思い直し、「まだ、いいだろ」という、今にも口から出かかっていた言葉を飲み込んだ。

　そんな亮介の心のうちを見抜いたのか、今度は「涼子」のほうが、「あ、違うよ。

私、明日バイトで朝早いのよ」と付け加える。

「朝早いって、何時？」

「えっと……、明日は……四時」

「四時？　朝の？」

「そう。私、あの、支度するのが遅いから、本当は五時でも間に合うんだけど」

「あのさ、涼子ちゃんって、何やってる人？　浜松町で働いてるんだよね？」

「そ、そう。浜松町のキヨスク」

「キヨスク？」

「そ、そう。だから、今日は早めに帰らなきゃいけないのよ」

目の前に座っている女が、キヨスクの中に立っている光景を、亮介はうまく思い浮かべられなかった。それは、たとえばスーツにネクタイを締めた自分が、混んだ朝の電車から降りてきて、キヨスクで颯爽《さっそう》と新聞を買う様子をうまく想像できないのとどこか似ていた。

亮介がカウンターで二杯目のコーヒーを買い、ふたたび席に戻ってくると、「涼子」がキヨスクでの仕事について、いろいろと話を始めた。最初はキヨスクの話になどまったく興味はなかったのだが、不思議なもので、興味のない話でも「涼子」の口から聞かされると、ずっと知りたくて仕方がなかった話のように思えてくる。

「……キヨスクって、小銭の世界でしょ。だから、ずっと働いてると、自分まで小銭になったような気がして、ときどき嫌になるのよ。暗算だって必要以上に速くなっちゃうし、この前なんか、友達に『ガム食べる？』なんて差し出された途端、その商品の値段を言いそうになっちゃうし……」

テーブルの上で「涼子」の手が、散らかったスジャータや紙ナプキンを片付け始めていた。亮介はもう少しだけこの場に引き止めようと、「でも、なんでキヨスク？」と尋ねてみた。

「なんでって？」

「いや、もっと楽な仕事がありそうな気がするし、……朝の四時起きなんてさ」

「私、朝は平気なのよ。夜は苦手だけど。ほら、すごく眠そうな顔してない？」

そう言って、「涼子」は隣のテーブルとの仕切りになっている鏡を覗《のぞ》き込んだ。

「健康的なんだな」

「朝の四時に普通に目が覚めるのよ。健康的かなぁ」

たしかに眠そうではあったが、もう少し残るつもりになったのか、テーブルを片付けていた手が止まっている。

「俺には無理だな」

「何が？」

「だから、キヨスク。駅なんて、あんな騒がしいところで働いたら、俺なんかすぐノイローゼになるよ」

「騒がしいの苦手？」

顔を覗き込まれて、亮介は黙って肯いた。

「でも、そうでもないんだよ。不思議なもんで、キヨスクの中って、そんなにうるさくないのよ。どちらかというと、駅の雑踏から完全に切り離されたような感じで、お店が暇なときなんて、ボォーっとホームを見てるでしょ、そうすると、なんていうか音を消したままテレビを見てるみたいで、あっちからもこっちからも大勢の人が歩いてくるんだけど、静か過ぎて、ちょっと気味悪いくらいなんだから」

亮介は「涼子」の話を聞きながら、ふと品川埠頭《ふとう》のことを思い出した。まるで音を消したままテレビを見ているような感じ。倉庫が並んだ埠頭に立っていると、ときどきそんな感じがしないでもない。

「涼子」の話によれば、バイトを始めたばかりのころは、「すいません、これ」と、客にとつぜん雑誌を突き出されただけで、跳び上がるほどびっくりしていたらしかった。それに慣れるのに一ヶ月、いくつも差し出される手のうち、代金を受け取った手に確実におつりを返せるようになるのに二ヶ月、そして慌《あわ》ただしい乗り換え途中の客への対応を完璧《かんぺき》にこなせるようになるまでに三ヶ月はかかるという。

「簡単に見えて、結構大変なんだから」

そう言って、「涼子」はまるで他人事《ひとごと》のように笑った。


空港の小さなカフェを出て、亮介と「涼子」は長いエスカレーターを降り、モノレール乗り場へ向かった。浜松町までの切符を二枚買い、その一枚を「涼子」に渡す。ちょうど発車のベルが鳴っていた。亮介は「涼子」の背中を押すようにしてモノレールに飛び乗った。金曜日の夜だというのに、車内にはぽつんぽつんと乗客の姿がある程度だった。向かい合わせで四人がけになっている座席の窓側を、亮介はなんとなく「涼子」に譲った。元はといえば、まだ一度もモノレールに乗ったことがない、という彼女のために、わざわざ羽田空港で会うことになったのだ。

ただ、空港内のカフェでは、「涼子」の口からその話は一度も出てこなかった。きっと来るときに乗って、すでに興味もなくなっているのだろうと、亮介も敢《あ》えて尋ねなかった。

車輛《しゃりょう》のドアが閉まると、一瞬、車体がふわっと浮いたようになる。横に座る「涼子」に目を向ければ、ガラス窓におでこを押しつけ、誰もいないホームをじっと眺めている。亮介はこちらに向けられた小さな背中をツンツンと指でつつき、「え？」とふり返った彼女に、「あのさ、浜松町に着いたら、もうちょっとだけ話できないかな？」と尋ねた。

ガラス窓に押しつけていたせいか、「涼子」のおでこに髪の毛が数本はりついている。ゆっくりとその背後にあるホームが後ろへ流れていき、徐々にスピードを上げたモノレールが、あっという間に暗いトンネルに入る。

次の停車駅「新整備場」を知らせるアナウンスが響くと、「涼子」はまたガラス窓におでこを押しつけて、何も見えない真っ暗なトンネルに目を向けた。ガラス窓に「涼子」の顔が映っている。肩ごしに覗き込むと、オレンジ色の口紅が、少しだけはみ出ている唇が、まるで果実のように瑞々《みずみず》しくそこにある。

「本当にこのまま帰る？」

亮介はガラス窓に映った「涼子」に尋ねた。

「ごめん。明日、朝早いから……」

一瞬、ガラス越しに目が合ったが、「涼子」はふり返りもせずにそう答えた。

「俺のこと、タイプじゃなかった？」

亮介が小声で尋ねると、ビクンと背中を伸ばしてふり返った「涼子」が、「そんなんじゃないって」と大袈裟《おおげさ》に首を振って否定する。

「だったら、もうちょっと付き合ってくれてもいいだろ」

「だから、明日、朝が……」

「そんなのヘンだよ」

「どうして？」

「だって、そのつもりで来たんだろ？」

「え？」

思わず口にしてしまった言葉に、スッと「涼子」のからだがシートを横滑りして離れる。

「だ、だってそうだろ？　そういうことヤリたいから、メールに返事くれて、会う約束までしたんだろ？　それで別にタイプじゃなくもないんだったら……」

言葉が乱暴になり、ガラス窓に映っている自分の表情が、徐々に険しくなっていることに気づいてはいたが、こぼれだす言葉を堰《せ》き止めることができなかった。

「何よ、それ」

不服そうに突き出された「涼子」のオレンジ色の唇が、ひどく憎たらしげに見える。

「だってさ……」

「だって、何よ？」

亮介の口調につられて、「涼子」の口調もどこか棘《とげ》のあるものに変わっていた。

「だって、ヘンだろ。このまま、浜松町でバイバイじゃ、なんのために……」

「じゃあ、何？　亮介くんはそれだけのために来たわけ？」

「え？」

「今、自分でそう言ったじゃない」

「それなら、自分だって同じだろ……」

睨《にら》み合うふたりが、暗いトンネルを走り抜ける窓ガラスにぼんやりと浮かんでいた。

「そうじゃないよ……」

「じゃあ、なんのために来たんだよ？」

「だから、それは……」

そのとき、ふっと視界が開けた。長いトンネルを抜けたモノレールの窓の外に、ライトアップされた美しい空港の景色が広がる。広大な滑走路に青や橙《だいだい》や赤いライトが並び、ターミナルに停まった旅客機が、ぎらぎらと照明に輝いている。

思わずその光景に目を奪われた亮介の視線を追って、「涼子」も背後をふり返った。捻《ひね》られた首筋に、一つ小さなホクロがある。

「それだけが目的なら、歌舞《かぶ》伎町《きちょう》にでも行けばいいじゃない」

美しい空港の夜景を眺めたまま、「涼子」が冷たくそう言った。

亮介が返事をしないでいると、クルッとふり返り、「でしょ？」と、顔を覗き込んでくる。

「ね、そうでしょ？　本当にそれだけだったら、そういう店に行けばいいじゃない。……私は、……私はそれだけじゃない。そんなことのためだけに、あなたに会いに来たんじゃない」

まっすぐに向けられた「涼子」の眼差《まなざ》しから、なぜかしら目を逸《そ》らせなかった。

「じゃ、じゃあ、なんのために来たんだよ？」

亮介はもう一度そう呟《つぶや》いた。

徐々にスピードを落としたモノレールがゆっくりと「新整備場」駅のホームへ滑り込んでいく。

モノレールは暗い京浜運河沿いに、さらにスピードを上げた。暗い運河の水面を一隻《せき》の貨物船が進んでいる。船首で切られた水面が、V字模様の波紋を運河に残す。対岸に八潮の巨大団地の窓明かりが、夜景を覆《おお》うように広がっている。

「そういえば、初めてモノレールに乗った感想は？　来るときに乗ったんだろ？」

しばらくの間、お互いに口を開いていなかった。「涼子」はずっと窓からの景色を眺めていたし、亮介は亮介で脚を何度も組み替えたり、咳《せき》をしたり、とにかく落ち着きなく「涼子」の隣に座っていた。

続いていた沈黙を破って、やっと亮介が言葉をかけたのは、このモノレールを降り、その後二度と会わないにしろ、このまま話もせずに浜松町へ向かうのは、あまりに息が詰まったからだ。

「来るときに乗ってきたんだろ？」

返事をしない「涼子」に、亮介は改めて尋ねた。ゆっくりとガラス窓からおでこを離した「涼子」が、「乗ってない。来るときは京急で来たから」と、無愛想に応《こた》える。

「え？」

「だから、来るときは普通の電車で来たの」

「じゃ、じゃあ、今、初めてモノレールに乗ってんの？」

亮介は、なぜかしらひどく慌《あわ》ててしまった。

「来るときに乗ってきたんだとばっかり思ってたよ。な、なんで、モノレールで来なかったんだよ？」

「……だって、帰りだったら一緒に乗れると思ったから」

「涼子」はまるで当然のことのようにそう言った。なんてことのない科白《せりふ》ではあった。ただ、そのなんてことのない科白が、なぜかしら胸に響く。

「な、なんだよ。それならそうと、言ってくれればいいだろ」

「何を？」

ふり返った「涼子」のおでこが、ガラス窓に押しつけすぎたのか、少し赤くなっている。

「だから、これから初めて乗るんだって」

「言ってどうすんの？」

「どうすんのって……、ふつう、こういう場合、言うだろ？　たとえば、切符を買うときとか、『うわぁ、これから乗るんだぁ』とか。ふつう、そういうこと言うよ」

「言わないよ。亮介くん、初めて西武池袋線に乗るからって、『うわぁ』なんて、切符売り場で喜ぶ？」

「いや、俺は男だからそんなこと言わないけどさ」

「女だって言わないよ」

「でも……、だって、元はといえば、モノレールに乗りたかったから、待ち合わせを羽田空港にしたんだろ？」

「そうよ」

「ほら、だったら……」

「だったら？」

「だから……、これが初めてなんだったら、そう言ってくれれば、俺だって、なんていうか、もっとこう、楽しませてあげられるだろ」

自分でも何を言いたいのか分からなかった。ただ、せっかく初めてモノレールに乗った彼女をずっと放ったらかしにしていたようで、心の隅がチクッと痛んだ。

モノレールは「天王洲アイル」駅に入ろうとしていた。高層のオフィスビルの窓の中で、ワイシャツの袖《そで》を捲《まく》った男が、書類を抱えてデスクの間を歩き回っている。

「あ、そうだ！　俺が住んでるアパート。会社の寮なんだけど、もうちょっと走ると見えるんだ」

やっと口から出てきた言葉がこれだった。きょとんとした顔で、「涼子」がこちらを見ている。モノレールはゆっくりと「天王洲アイル」駅を発車する。

「亮介くんって、この辺に住んでたの？」

「うん、そう」

さっきまで、彼女を浜松町へ送らずに、先に一人で「天王洲アイル」駅で降り、そのままスクーターでアパートへ帰ろうかとさえ思っていた。

「どっち？」

「え？」

「亮介くんのアパート、どっちの窓から見えるの？」

まじまじと「涼子」に見つめられ、亮介は慌てて彼女の腕を取ると、「こっち。こっちから見える」と、反対側の窓際《まどぎわ》の席に引っ張った。

とつぜん座席を移動しようとするふたりを、他の乗客たちが冷めた視線で追っている。車内の蛍光灯のせいか、どの顔もひどく青ざめて見える。

反対側の四人がけの席には、紙袋を膝《ひざ》にのせた中年の女性がひとり座っていた。亮介はエアコンで冷たくなったガラス窓に顔を押しつけ、「あっという間だからね。あっという間に過ぎちゃうからね」と念を押した。

「う、うん」

亮介の勢いにつられて、「涼子」も慌ててガラス窓に顔をつける。

亮介はからだを密着させてくる彼女の肩を抱いた。いやらしい気持ちからではなく、そのほうがちゃんと見てもらえるような気がしたからだ。

横に座っていた中年の女性は、少しだけ迷惑そうな顔をしたが、それでも窓に顔を押しつけるふたりのために窓際の席を譲ってくれた。

「すいません」

亮介は丁寧に頭を下げて礼を言った。

天王洲を出たモノレールは、大型トラックが疾走する海岸通りに沿って走る。岸壁の倉庫への行き帰り、亮介はこの通りをスクーターで走る。売却待ちの空っぽの倉庫が並んだ道。大型トラックが吐き出す黒煙で、ガードレールも、道端の雑草も、道路標識も、自動販売機も、目に入るすべてのものが、薄《う》っすらと汚れている道。大型トラックがスクーターの傍らを抜き去ると、排煙で目や喉《のど》が痒《かゆ》くなり、赤信号で停車すれば、アスファルトから立つ強い熱気で、顎《あご》の下さえ熱くなる。

「まだ？」

ガラス窓に「涼子」の顔が映っていた。オレンジ色の唇が、ガラスすれすれのところで、今にもくっつきそうになっている。

「もうちょっと。ちゃんと見ててよ」

港南の中洲に入ったモノレールが、ゆっくりと倉庫街の上を通過する。隣接するビルの間を抜け、小さな児童公園の上を行く。誰も乗っていないブランコが、なぜかしら大きく揺れている。いつもいる浮浪者の姿はない。昼間、ここで見かける浮浪者はただ汚らしいだけで、不気味でも恐ろしくもないし、黄色いリスの石像と並んでいると、どこか可愛《かわい》らしく見えることさえある。ただ、夜になると事情は変わる。リスの石像と浮浪者とのコントラストは、身震いするほど不気味になるのだ。

「もうすぐだからね。いい？」

亮介はそう告げると、指先をガラス窓に押しつけた。指先の脂《あぶら》がガラスを白く汚す。ふと、フォークリフトに置いてあった指紋だらけのうちわのことが思い出される。緊張が伝わるのか、抱いている「涼子」の肩が少し上がる。

眼下には、バス通りからアパートへ伸びる道が見える。いつも缶ジュースを買っている自動販売機が、暗い路地に浮かんでいる。

「あ、ほら、あれ！　あの緑っぽい屋根！」

「え？　どれ？」

「ほら、あれだよ、あれ」

モノレールの窓の下、流れていく倉庫街を「涼子」の目が必死に追っていた。

「分かる？　あれ！」

そのとき、亮介の指が示す場所と、「涼子」の視線が重なった。

「あれ？」

「そう。あれ」

貨物倉庫に挟まれた古い木造アパートの二階の窓に、一つだけ灯りがついている。モノレールが、最もアパートに接近したと思われたとき、その灯りの中でふと人影が動いて見えた。

「あれ、大杉だよ」

「え？」

「大杉。隣の部屋に住んでる同僚」

灯りの中で動いた大杉の影は、窓辺に干された洗濯物を取り込んでいるようだった。

芝浦埠頭《ふとう》へ渡る鉄橋が現れ、あっという間に、アパートは大きな貨物倉庫の屋根に隠れてしまった。ガラス窓から顔を離すと、蛍光灯に照らされた明るい車内がそこに映る。

亮介は席を譲ってくれた女性に改めて礼を述べると、少し顔を紅潮させている「涼子」の手を取って、元の座席へ戻った。たかが、モノレールの窓から自分のアパートを見下ろしただけなのに、不思議なくらいに興奮していた。

「ほんとに見えたねぇ」

席に着くなり、「涼子」が微笑《ほほえ》む。彼女も少し興奮しているらしい。

「俺ら、何やってんだろ？」

亮介は照れ臭くなって苦笑した。

「亮介くん、あそこで暮らしてるんだ？」

名残を惜しむように、流れていく景色を追いながら、「涼子」が静かに呟く。

「そう。あそこで暮らしてる。もう五年目になるかな」

「いいよねぇ」

「なにが？」

「だって、自分が今、どんなところにいるか、あんな高い場所から見下ろせるんだよ。それって幸せなことよ」

「そうかな？」

「そうよ」

モノレールは芝浦で下を走る東海道新幹線と合流し、ゆっくりと速度を落としたあと、終点の浜松町駅へと静かに滑り込んだ。結局、今日が自分の誕生日だと、亮介は最後まで言えなかった。そのまま「涼子」とはＪＲの改札口で別れてしまった。

第二章　品川埠頭《ふとう》

四隅がくもった窓ガラスの向こうで、初雪がちらついている。積もるには少し心もとない粉雪だが、街の中から音を奪うには、充分すぎるほどに白い。店内の暖房のせいか、それとも熱いキムチ鍋《なべ》のスープを飲んだせいか、火照《ほて》ったからだのあちこちが、さっきからチクチクと痒《かゆ》くて仕方がない。今、このセーターを脱ぎ捨てて、Tシャツ一枚で外へ飛び出したら、どんなに気持ちがいいだろうかと亮介は思う。粉雪が、熱い腕に落ちてきて、肌の上には透明なホクロが無数に残る。

目の前に並べられた「久保田」の千寿と万寿を呑《の》み比べながら、亮介は、「ふむ」と小さく唸《うな》った。トイレから戻ってきた大杉が、「な？」としたり顔で尋ねてくるので、「ああ、違う」と、てきとうな感想を述べる。

「だから、どう違うか言えよ」

「こっちがまろやかだったろ？」

「どうって……」

「だから……。お前、ほんとに分かってんのかよ？　もう一回呑め、もう一回」

「こっちって？」

「いいよ、もう」

亮介はそう言いながらも、大杉に渡されたグラスの酒をひとくち舐《な》め、すぐにもうひとつのグラスに唇を寄せた。違うと言われれば違うような気もするし、違うと思っているから違った味になるような気もする。

昔、『違いの分かる男』というキャッチコピーがついたインスタントコーヒーのCMがテレビで流れていて、「どうしたら、違いの分かる男になれんのかな？」と、高校生だった亮介は、里見先生に訊《き》いたことがある。学生服のままソファであぐらをかいていた亮介に、先生は男物のスウェットをそっと投げて寄こし、「ひとつじゃなくて、ふたつ知ってればいいのよ」と笑った。

亮介は学生服を脱ぎ、ソファに寝転んだ。行儀悪く脚をVの字に上げて、両足にスウェットを通す様子を、里見先生が見つめていた。

亮介は脱いだ靴下を丸めて、先生に投げつけた。うまい具合にキャッチした先生が、そのにおいを嗅《か》いで顔をしかめる。

「先生、ちょっとこっち来て、キスしたい」

亮介がソファの傍らをポンポンと叩《たた》くと、先生は呆《あき》れた表情を作りながらも、ベッドのある奥の部屋へ姿を消した。

里見先生は英語の担任教師だった。一緒に暮らし始めたのは、高校を卒業してすぐだ。元々大学になど行く気もなかったし、早く自分で金を稼ぎ、誰かと一緒に暮らしたいと思っていた。両親に不満があったわけではない。中堅の製薬会社で営業をやっている父親とは、休みになれば一緒にモトクロスに出かけていたし、近所の花屋にパートに出ている母親にも、「母の日」にはカーネーションを、義務感からではなく贈っていた。両親に不満があったからではなく、おそらく両親が羨《うらや》ましかったから、亮介は早く誰かと一緒になりたかったのではないかと思う。

「どうして、うちの息子なんですか……」

これは、事情を知った亮介の母親が、里見先生のアパートを訪ねたときに漏らした言葉らしい。里見先生はあまり評判の良い教師ではなかった。前の学校でも生徒と問題を起こしたことがあるなどと、エゲツない噂《うわさ》を吹聴《ふいちょう》して回る女子生徒たちも多かった。

両親の反対を押し切って強行した里見先生との同棲《どうせい》は、結局一年足らずで破綻《はたん》した。アパートからとつぜん姿を消したのは里見先生のほうだ。その日はちょうど彼女の誕生日で、亮介は仕事帰りにケーキを買って帰宅した。部屋に明かりはついておらず、彼女の荷物だけがクローゼットの中から消えていた。

里見先生と暮らしていた所沢のアパートには、ピンク色のタイルが貼《は》られた少し広めの浴室があった。一緒に暮らし始めたばかりのころには、それこそ毎晩のようにふたりで入っていたのだが、自動車工場での三交替制ライン作業に疲れて帰宅する日々が続いてくると、先生と一緒に入るのはおろか、シャワーを浴びるのさえ面倒な日が多くなった。

「お風呂《ふろ》に入ったほうが、ちゃんと眠れるのに」

靴下も脱がずにベッドに入ろうとする亮介に、里見先生はいつもやるせない声をかけた。そこで何かしら亮介が言い返せば、必ず口論になる。

「ちょっと寝るだけだよ。ちょっと寝たら、ちゃんと風呂に入るから」

「そう言いながら、いつも朝まで寝ちゃうんじゃない」

「先生と違って、俺は若いから何時間寝ても足りないんだよ！」

一緒に暮らすようになってからは、「かずこ」と下の名前で呼んでいた。だから、亮介が「先生」と呼ぶとき、そこには「俺にかまわないでくれ」という意味が含まれた。

「ふたりで決めたことなのになぁ……」

先生は悲しそうな声を出した。亮介はベッドで荒々しく寝返りを打ち、立ち尽くす先生に背中を向けた。

「なぁ、それにしても、ゆうこたち、ちょっと遅くねぇか？」

ぼんやりと窓の外を眺めていた亮介は、大杉に声をかけられて、なんとなくテーブルに置いてある携帯を手に取った。約束の時間をすでに三十分も過ぎている。

「場所が分からないのかな？」

冷えたキムチ鍋から、豚肉だけを小皿に取り分けながら、大杉が心細げに呟《つぶや》くので、

「だったら、電話してくるよ」と亮介は答え、試しに真理の携帯に電話をかけた。

呼び出し音が鳴り始めたのと、店のドアが開いたのが同時だった。耳に携帯を押しつけたまま、すうっと寒風が吹き込んできたほうへ目を向けると、マフラーで顔の半分を隠したゆうこと真理が、身を震わせながら店内に入ってくる。

「ここ！　ここ！」

大杉が大声で呼び、ふたりは互いに押し合うような格好で、他の客たちの背中と背中のあいだをすり抜けてきた。

「ごめん。遅くなっちゃって」

「迷った？」

大杉がひとつ席をつめながら、ゆうこの長いマフラーを受けとる。

「場所はすぐに分かったんだけど、仕事終わってからちょっと時間があったでしょ、だから真理が……」

「なんで私よ。私は間に合わないって言ったじゃない」

「言ったけど、誘ったら、断らなかったでしょ」

「だって、予定では十五分遅れるだけだったから……」

核心には触れずに、遅刻した責任を互いになすりつけながら、のんびりとコートを脱ぐふたりの後ろで、おしぼりを運んできた店員が苛々《いらいら》しながら待っている。

「どこ行ってたの？」

亮介が尋ねると、ゆうこと真理が、まるでプールにでも飛び込むように、両手を突き出してくる。

「な、何？」

亮介は思わず身を引いた。

「これ。見て分からない？」

ゆうこにそう言われ、亮介は首を傾《かし》げた。

「なんで分からないのよ。ネイルサロンよ、ネイルサロン！」

声を上げたゆうこの脇《わき》から、店員が待ちきれずにおしぼりをテーブルに置く。言われてみれば、突き出された二十本の爪《つめ》が、店内のライトにきらきらと輝いている。

大杉の恋人、ゆうこの紹介で、亮介が初めて真理と会ってから、すでに二ヶ月ほどが経《た》つ。もちろんふたりきりでデートをしたこともあるのだが、どちらかというと、こうやって大杉やゆうこと一緒に四人で会っているほうが、亮介には楽に感じられる。

二度目のデートで、あまり興味もなかった『モンスーン・ウェディング』というインド映画を観《み》た帰り道、亮介は思い切ってこの気持ちを告げた。驚いたことに、彼女のほうでも同じように感じていたらしく、「だったら、倦怠期《けんたいき》を迎えてる大杉くんとゆうこを救うためにも、今度からは四人で会いましょうよ」ということになった。

「ふたりで会いたくないってわけじゃないんだよ」と亮介が付け加えると、「分かってるって。ふたりで、甘ったるいインド映画を観る代わりに、ゆうこたちの痴話喧嘩《ちわげんか》を鑑賞するってことでしょ？」と彼女は笑った。

なんか、すごくいい女なんだな、と亮介は思いはしたが、その整った真理の横顔をいくら眺めていても、やはりそれ以上のものが胸にこみ上げてくることはなかった。注文したビールがテーブルに運ばれて、代わりに具のなくなったキムチ鍋が下げられた。真っ先にビールグラスを持ち上げた真理が、「さて、とりあえず乾杯ね」と言うので、亮介と大杉は、もうほとんど残っていない千寿と万寿の枡《ます》をそれぞれ手にした。

「何に乾杯する?」とゆうこが尋ね、「なんでもいいよ」と大杉が無愛想に答える。

「なんか、めでたいことはないわけ?」

「ないよ、そんなもん」

「こういうときに、なんか洒落《しゃれ》たこと言ってくれる人と付き合いたいよね」

「なんだよ、洒落たことって」

「だから……、それを考えてくれる人がいいって言ってんじゃない」

いつもながらの大杉とゆうこの言い合いが続きそうだったので、痺《しび》れを切らしたらしい真理が、「じゃあ、外の雪に乾杯!」と言って、さっさとグラスを重ねてしまった。

真理とゆうこは短大の頃からの親友で、一時期同じ貿易会社で働いていたことがあるらしい。紹介してくれるとき、「美人なんだけど、とにかく男運ないんだよね」とゆうこは言った。その横で大杉が、「美人だから、男運ないんだよ」と笑っていた。

真理と週末ごとに会うようになっても、男運が悪かったというこれまでの真理が、どんな男と付き合ってきたのか、亮介は一度も訊いたことがない。訊いてみたいと思わないわけでもないのだが、「不倫」だとか、「ヒモ」だとか、きっとどこかで聞いたことのある内容なのだろうと思うと、その話を聞いた途端、まるで彼女までが、どこかで会ったことのあるありふれた女にすり替わってしまうような気がして、敢《あ》えて訊かないままでいる。

ただ、男運の悪い女を自分が今抱いているのだと思うと、妙に興奮させられることがあって、自分でも不思議なくらい亮介は真理とのセックスに熱中してしまう。愛がない分、言葉を交わさなくていい分、自分の汗や唾《つば》や精液が熱を帯びてくるような感じもする。真理を抱いていると、ときどき目に浮かんでくる光景がある。まったく海水のなくなった東京湾の光景だ。日を浴びた海底は、まるで廃墟《はいきょ》のように、どこまでも続いている。

きっと真理という女を、自分は好きになれると亮介は思う。ただ、それは彼女を嫌いになるよりは、好きになるほうが手っ取り早いというような、どこかひねくれた感情からで、「一緒にいたい」でも「一緒にいなければならない」でもなくて、ただ、「一緒にいられる」という状況でしかない。

居酒屋を出たときには、すでに雪はやんでいた。レジで精算している大杉とゆうこを置いて、亮介は先に真理とふたりで外へ出た。足元のアスファルト道路が雪に濡《ぬ》れて、夜空のように遠い。

亮介が夜空に白い息を吐きつけると、その息を吹き消すように、横から真理が息を吐いてくる。

「なんで冬になると、息が白くなるか知ってるか？」

腕を組んできた真理に、亮介は尋ねた。真理がいつもつけている香水は、昔、里見先生が休日にだけつけていた香水と一緒だ。

「それって、何かロマンティックな答えが出てくる質問？」

「なんで？」

「ロマンティックな答えが出てくるんだったら、口紅でも塗りなおそうかと思って」

「なんで？」

「だって、そのあとはキスでしょ」

雑居ビルの階段から、大杉とゆうこの笑い声が響き、亮介はくるりとそちらへ振り向いた。

「ねぇ、そっちのイケてないほうのカップルも、これからカラオケ行くでしょ？」

大杉の腕にもたれるようにして階段を下りてくるゆうこがそう叫ぶので、亮介は真理と顔を見合わせた。

「どうする？」

同時に呟いたふたりの言葉が、白い息に変わって混じる。

「あのふたりとカラオケ行くと、長いんだよね」

「そう。長いし、マイク回ってこないし」

いつの間にか階段を下りてきたゆうこに、ドンと背中に体当たりされ、亮介は、「俺ら、今夜はやめとくよ」と断った。

「なんで？　どうせ真理も、亮介くんの部屋に泊めてもらうんでしょ？」

「そのつもりだけど……」

「だったらいいじゃん。どうせ私も、そのお隣に泊めてもらうんだからさぁ」

亮介と真理が、改めて「どうする？」と顔を見合わせていると、「亮介は早く帰ってヤリたいんだよ」と大杉が笑い、「俺たちだけで行こうぜ」と、渋るゆうこの腕を引っ張った。

「だってぇ、私、亮介くんの『スタンド・バイ・ミー』聴かないと、最近、カラオケ行った気しないんだもん」

「俺が歌ってやるって」

「ちゃんとアグネス・チャンの日本語みたいな英語で歌ってくれる？」

「なんだよ、その日本語みたいな英語って」

「だから、亮介くんの下手《へた》くそな英語よ」

ゆうこを引きずっていく大杉の背中を見つめていた真理が、「どうする？　行く？」と申し訳なさそうな顔をする。

「いいよ、ほっとこう」と亮介は答え、「じゃあな、先に帰ってるよ！」と、遠ざかるふたりの背中に声をかけた。

「帰ったら、起こしに行くからね！」

叫び返してきたゆうこの声だけをその場に残して、ふたりは自動販売機のある角を曲がって行った。

「あのふたり、これから朝まで歌うんだよね……なんかそう思いながら見送ると、ちょっとせつないかも」

亮介の横で、真理もふたりの姿が消えた通りを見つめていた。

亮介と大杉が暮らす会社の借り上げアパートまでは、品川駅の港南口から歩いて二十分ほどかかる。プリンスホテルやメリディアンなどの高層ホテルが建ち並ぶ高輪《たかなわ》口と違って、港南口側の街並みはその名の通りすぐそこにある海を感じさせる。ただ、数年前から、港南口側にも品川インターシティビルやV－Towerという高層マンションが建ち始め、駅前の雰囲気も徐々に近未来的なものに変わってきた。

アパートは、高浜運河と京浜運河に挟まれた中洲《なかす》に建っており、窓を開けて見上げれば、羽田空港へ向かうモノレールや東海道貨物列車の線路が走っている。中洲の先が、亮介たちの働く品川埠頭《ふとう》で、中洲と埠頭は、港南大橋という美しい橋で結ばれている。

就職情報誌で見つけた今の会社へ電話して、面接のために初めて品川埠頭を訪れたとき、亮介は自分のからだが、歩いているうちにだんだん縮んでいくような錯覚に陥った。だだっ広い湾岸道路では、コンテナを牽引《けんいん》したトレーラーが轟音《ごうおん》を立てて走っており、通りにはまったく人影がなく、巨大な倉庫だけが建ち並んでいる。たとえば、倉庫前にぽつんと置いてあるコーラの自動販売機も、ここでは標準よりも大きく作られているように見えたのだ。巨人の国に紛れ込んだか、それとも自分が小人になったか、そのどちらかとしか思えなかった。

高輪口から駅の構内を抜けて港南口へ出た。亮介が、タクシー乗り場に向かおうとすると、「ねぇ、歩いて帰ろうよ」と真理が腕を引っ張った。

「歩いて？　寒いよ」

「平気だよ。途中で温《あたた》かい缶コーヒーでも買ってさ」

「別にいいけど……」

「じゃ、決まり」

近寄ってきた亮介たちの姿をルームミラーで見ていたのか、タクシーのドアが一旦《いったん》開きかけて、また閉まった。

港南口から中洲へ渡るには、旧海岸通りを横切って、御楯《みたて》橋を越える。駅前にはまだ港湾関係者で賑《にぎ》やかだったころの名残がある赤ちょうちんの大衆酒場が並び、細い路地にはいつの間にか増えた韓国エステの店舗が軒を連ねている。亮介が品川埠頭で働き始めたころは、夜の十一時を過ぎるとほとんど人通りもなくなるような界隈《かいわい》だったのだが、ここ最近では深夜まで客引きの女たちが寒空の下に立っており、どこの国とも分からぬ言葉で、通りに賑やかな笑い声を響かせている。大杉の話だと、よほど通わなければお目当ての行為は望めないらしい。大杉がどんな行為を望んでいるのか知らないが、壁の薄いアパートの隣に住んでいる彼に、それほど変わった性癖があるとも思えない。

亮介はまだ一度もこの手の店に入ったことがない。一度入ると、二度と出てこられなくなりそうだからだ。子供の頃から、プールに入れば唇が紫色になるまで遊び続けた。風船を膨らませれば、必ず破裂するまで膨らまさないと気が済まなかった。その場にじっとしていることはできるのだが、一歩踏み出してしまうと、もう自分でもどうしようもなくなってしまう。

客引きの女たちが立つ細い路地を抜けて、交通量の多い旧海岸通りへ出たところで、とつぜん真理が組んでいた腕をはずし、バッグの中から携帯を取り出した。どこにかけるのかと横目で眺めていると、パカッと携帯を開いた彼女が、「あれ、電話くれた？」と訊《き》く。

「いや」と亮介は首をふった。

「でも、ほら」

目の前に突きつけられた表示画面に、確かに自分の名前が残っていた。

「あ、かけた」

「何？　何か用だった？」

「いや、店に来るのが遅かったからさ。……でも、かけたら、ちょうど店に入ってきたんで、切った」

「そっか」

信号が変わって、横断歩道を渡り始めると、真理がまた腕を組んできた。どこかに電話をかけるつもりで携帯を出したわけではないらしかった。

横断歩道を渡ると、そこが高浜運河にかかる御楯橋のたもとになる。夜空を映した運河の水面では、両岸に並んだタイヤや精密機器企業のネオン看板の文字が揺れ、読めそうでなかなか読みとれない。

寒風吹きすさぶ橋の上では、さすがに一言も口をきけずに、からだを重ねるように足早に歩いた。橋を渡って中洲《なかす》へ入ると、急に風の中に海のにおいが混じる。亮介はかじかむ手でポケットの小銭をかき集め、十字路に並ぶ自動販売機の前に立った。

「コーヒー？　紅茶？」

亮介がふり返って尋ねると、「それ。その玉露入りの緑茶」と真理がコートのポケットから手も出さず顎《あご》を突き出す。

「どれ？」

「それ」

不思議なもので、コートのポケットにたった一本温かい缶が入っただけで、からだ全体がぽかぽかしてくる。

「ねぇ、前から訊きたかったんだけど……、亮介くんってさぁ、忘れられない人がいるでしょ？」

真理がとつぜんそう呟《つぶや》いたのは、薄暗い都営団地の敷地内を、お互いにポケットの中の温かい缶を握りしめて歩いているときだった。

「急に何？」

「いるでしょ？」

亮介は目を逸《そ》らして、ポケットから缶コーヒーを取り出した。

「ねぇ、亮介くんって、どうして好きでもない人と付き合おうとするの？」

「え？」

亮介は頬に当てていた缶コーヒーをコートのポケットに戻した。

「別に責めてるんじゃなくて、単なる好奇心なんだから、素直に答えてよ」

同じように缶の緑茶をポケットから取り出した真理が、自分の頬にそっと押し当てる。

「そんなこと訊いて、どうすんだよ？」

亮介は立ち止まっていた真理を置いて歩き出した。

「だから、ただの好奇心だって言ってるじゃない」

追いかけてきた真理が、また横に並ぶ。薄暗い歩道の先に、ぼんやりと蛍光灯に照らされた駐輪場が見え、夥《おびただ》しい数の自転車が並んでいる。この物音もしない団地の敷地内に、これだけの数の人間が今もいるのかと思うと、ふと背筋が凍るような寒気が走る。あの小さい窓の一つ一つの中で、この自転車の持ち主たちは、いったい何をやっているのか。

「亮介くんって、どうして自分のこと話そうとしないの？　まさか何も話すことがないわけじゃないでしょ？　二十五年も生きてるんだから。それとも、昨日、生まれたばかりで思い出なんて何もない？」

ぎこちなくなっていた雰囲気を元に戻そうと、真理が無理に明るい声を出しているのが分かる。

「何を話せばいいか、よく分かんねぇんだよな」

亮介は明るく振舞おうとする真理が、どこか不憫《ふびん》に思え、お愛想程度の笑みを浮かべてそう言った。

「自分が思ってること。考えてること。なんでもいいじゃない」

「なんでもいいって言うけどさ……」

「まさか何も思っていることがないわけじゃないでしょ？　何か考えてるわけでしょ？　それを言葉にしてくれればいいのよ」

顔を覗《のぞ》き込んでくる真理から、亮介はなんとなく視線を逸らした。たしかに何も思っていることがないわけではない。自分でも何か考えているはずだとは思う。ただ、それを言葉にして口に出した途端に、その思っていたことや自分が考えていたことが、まるで別物になってしまう。別に大したことを考えているわけではないから、特に困ることもないのだが、たとえば自分が思ったり考えたりするようなことを表す的確な日本語が、実は存在しないのかもしれないなどと、ふと思ったりすることもある。もちろん、英語もフランス語も話せないのだから、としたら、いったい自分は、何でものを考えているのかと。たとえば狼《おおかみ》のようにオォーオォーと喉《のど》を鳴らして吼《ほ》えるほうが、頭や心の中にある言葉が、うまく外へ出ていくような、そんな気がしなくもないのだ。

「……やっぱり、よく分かんねぇよ」

亮介はきっぱりとした口調でそう告げた。言い方があまりにあっけらかんとしていたせいか、顔を覗き込んでいた真理もさすがに呆《あき》れてしまったようで、「もう！」と半笑いで眉《まゆ》をしかめる。

都営団地の敷地を出ると、品川埠頭に通じる片道三車線の大通りに出る。亮介が暮らすアパートは、この先、真っ暗な倉庫街の中にある。

この時間、通りを走る車はほとんどない。建ち並んだ倉庫のシャッターが、通りの向こうで固く口を閉ざしている。亮介は、とつぜんそれらシャッターが大きく口を開いて、オォーオォーと吼える光景を想像し、思わずニヤリとしてしまった。

「何？」

とつぜんニヤけた亮介に、真理が怪訝《けげん》な表情で尋ねる。

「いや、別に」

亮介は無理にニヤけた頬の筋肉を元に戻した。

「亮介くんって、高校の頃、担任の先生と付き合ってたんだってね」

「え？」

「ごめん。ゆうこが教えてくれたのよ。たぶん、ゆうこは大杉くんから聞いたんだと思うけど」

思わず横断歩道を渡る足が止まった。走ってくる車もないが、性急な信号が早くも点滅を始めている。亮介は真理に手を引かれて、やっと足を前に出した。

「もしかして秘密だった？」

先に歩道に足を乗せた真理が、不安げな目を向けてくる。

「別に」と亮介は首をふった。

「ゆうこたちってほら、なんでも隠し事なくしゃべるから」

言い訳めいた真理の言葉に、亮介も無言で肯《うなず》く。

「これって、あんまり触れられたくない話題？」

「別に」

シャッターを揺らす風の音しか聞こえない倉庫街の頭上に、窓明かりを一列に灯《とも》したモノレールが走ってくる。亮介は通過していくモノレールを何も言わずに指さした。慌《あわ》てて見上げた真理の瞳《ひとみ》の中を、モノレールの窓明かりが走りすぎていく。

「その人って、どんな人だったの？」

瞳の中に窓明かりが見えなくなると、真理がふと言葉を漏らした。すぐそこにある自動販売機に照らされて、真理の横顔が白く輝いている。

「どんな女の人だった？　一緒に暮らしてたんでしょ？」

「別に、ふつうだよ。ふつうの女」

「ふつうって？」

「……ふつうは、ふつう」

「亮介くん、その人のこと好きだった？」

「なんで？」

「なんでって……」

「そりゃ、ふつうに好きだったよ。付き合ってたんだから」

「どういう感じで好きだった？」

「どういう感じ？」

「ほら、好きにもいろいろあるじゃない」

「……ないよ」

「え？」

「だから、好きは好き。……いろいろないよ」

通りに並んだ倉庫の前には、ずらっとトラックが並んでいる。街灯に照らされたお面のようなトラックが、ゆっくりと歩を進めるふたりをじっと見つめていた。

午前中、マニラ便貨物の仕分け作業に追われたせいで、亮介が遅めの昼食から倉庫に戻ったのは午後の二時半すぎだった。普段は事務所が契約している仕出し屋の弁当で済ませているのだが、今朝、事務員の高階《たかしな》さんに注文を訊かれたとき、ふと分厚いステーキが食べたくなって、「今日はいいです。食べに出ますから」と答えた。

「珍しいじゃない。誰かと一緒？」

高階さんに訊かれ、「いえ、なんか、急に肉が食べたくなって」と亮介は笑ったのだが、「朝の八時に肉が食べたいなんて、やっぱり若いのよね」と、彼女はその言葉だけで胸ヤケしているようだった。

亮介と同じ年の息子がいるらしい高階さんは、仕分表を持って事務所から倉庫へ降りてくるたびに、「和田くんは、ほんと、いっつも楽しそうに仕事してるわねぇ」と声をかけてくる。亮介自身、特に楽しんでいるつもりはないのだが、高階さんの目には、世界各地から海を渡って届けられるこれら貨物を、まるで自分へのプレゼントのように亮介が扱っているように見えるらしい。

「向いてるのよ」と高階さんは言う。

「そうですかね？」

他に自分向きの仕事を知らない亮介は、高階さんの言葉を素直に受け取る。

マニラから、台湾から、遠くはリオデジャネイロから、貨物は毎日のようにここ品川埠頭《ふとう》の倉庫に運び込まれる。ストラドルキャリアでコンテナごと陸に上げ、あとはフォークリフトで仕分けする。単調と言えば、実に単調な仕事なのだが、自分にはこのような単調な仕事が、肌に合っているのではないかと亮介は思う。どんな物でもいい、今ある場所から、どこか別の場所に何かを動かすという作業は、決して退屈な仕事ではない。ただ、ときどき訳もなく虚《むな》しさを感じることもある。本当に理由などまったくないのだが、たとえば自分が運んでいるこれら荷物の中身が、実は全《すべ》て空っぽなのではないだろうかと、何の根拠もないのだが、ふと思ってしまうのだ。

倉庫裏にスクーターを停めると、亮介はガタガタと震えながら埠頭の突端に建つ事務所へ向かった。すでに午後の作業が始まっているコンテナ置き場のほうから、スプレッダーのワイヤーが潮風に軋《きし》む音が、地を打つように聞こえてくる。

事務所への階段を、亮介は背中を丸め、ズボンの前ポケットに両手を深く突っ込んで駆け上がった。白いシールで記された社名が、汚れたアルミの扉から剝《は》がれかけている。扉を開けると、中から暖房で暖められた空気が、冷え切った頬を撫《な》でて外へ流れ出る。

短い廊下を渡って、事務所へ入ると、いっそう暖かい空気がからだを包んだ。

「おっ、和田！　ちょうど良いときに帰ってきた」

形ばかりの受付テーブルの向こう側に、野田主任がいつものようにロリポップを咥《くわ》えて立っていた。

「この人たちがな、ちょっとここを見学したいんだと」

突き出された野田主任の顎の先に、年配の女性がふたり、まるでアラスカにでも行くような完全防寒服に身を包んで立っていた。

「見学？」と亮介は首を傾《かし》げた。

「すいません。お忙しいところ……」

着膨れしたふたりが同時に頭を下げるものだから、事情も分からぬまま、亮介は承諾したような形になってしまった。

「見学って何を？」

亮介がそう呟《つぶや》いて野田主任を見やると、そのまま野田主任が、「何を？」と女性ふたりに目を向ける。

「特にこれを、って感じじゃなくて……、ただ、なんというか、この埠頭の感じを見学させてもらえればいいんですけど……」

おずおずとそう応《こた》えたのは、少しぽっちゃりした女性のほうで、彼女の答えを聞いた野田主任が、「だとよ」と、また亮介のほうを振り向く。

「埠頭の感じって言われても……」

亮介が少し困ったように呟くと、「ほんとにこの辺をちょっと歩かせてもらうだけでいいんで……」と、今度は背が高く頬のこけているほうが慌てて言葉をつないだ。

「この人たち、小説家なんだってさ」

野田主任はそう言って、ロリポップを舌で転がした。

「小説家？」

「いえ、こちらが小説家で、私は担当している編集者ですから」

背の高いほうが、まるで「こっちは独身だけど、私は既婚者ですから！」と反論するような口調で答える。

「ま、ここから外貿上屋《うわや》のほうに、ちょっと案内してやってくれよ」

野田主任にそう言われ、亮介は、「はぁ」と肯いた。


再び事務所からの階段を下り、対岸のお台場が見渡せる埠頭の先端に立つと、東京湾を渡ってきた寒風が痛いほど顔面に吹きつける。ほとんど口を開けないほどの風は、冷たくなった耳を叩《たた》き、そこで小さな摩擦音を立てる。

「ほらね、私が正解だったでしょ？」

「ほんと。あんな薄手のコートじゃ、歩けなかったよ」

「恥ずかしがってる場合じゃないんだって。ここ、海なんだから、冬の海」

「このダウンジャケット、須藤《すどう》くんに借りてきて正解よ」

「須藤くんって釣りやるんだねぇ？」

「やるも何も、休みになるとどっか行ってるでしょ」

「そうなんだ。私、てっきりインドアの子だと思ってた」

事務所を出た途端、女性たちの話は止まらなくなっていた。ただ、寒いのは亮介も同じで、こんな埠頭の突端で立ち話を続けられても困る。

ふたりの背後でじっと背中を丸めていた亮介はタイミングを見計らい、「あの、だいたいこの辺が、国内の貨物を扱ってる倉庫で、向こう側が海外からの貨物専用なんですけど……」と一応ガイドらしい説明を始めた。

「え？　ってことは、ここに船が着くの？」

素《す》っ頓狂《とんきょう》な声を上げたのは小説家のほうで、ほとんど足元と言っていいほどの場所にある海の中を恐る恐る覗《のぞ》き込もうとする。

「そうですけど」

亮介は自分の背後を指差した。事務所から歩いてくるときも、ずっとレインボーブリッジのほうばかりを見ていたふたりの目には、外貿上屋前の岸壁に停泊しているフィリピンからの貨物船が見えていなかったらしい。

「あら、ほんと」

「すごいね。こうやって見ると、大きいよねぇ」

ふたりが寒さに首を縮めたまま、感嘆のため息を漏らす。

「あの、どんな小説の取材なんですか?」

わざわざ見学に来たわりには、岸壁の突端で海風に背を向けて、「寒い、寒い」と身を縮めているだけのふたりに、亮介は思い切って尋ねてみた。

「恋愛小説なんですけどね」

唇を震わせながら、そう答えたのは小説家のほうだった。

「恋愛小説?」

亮介は首を傾げながら、なんとなく対岸のお台場の方へ顔を向けた。その様子を見て、「ハハ。ほんとよぉ。恋愛小説の舞台としては、だんぜんあっち側よねぇ」と背の高い編集者のほうが笑い出す。

「和田さんって、小説とか読みます?」

小説家にそう訊《き》かれて、亮介は素直に、「いえ、ぜんぜん」と首をふった。

小説家は「青山ほたる」と名乗り、編集者のほうは「出版局第三出版部・市井景子」と記された名刺をくれた。亮介は彼女のペンネームを聞いたことがなかったが、彼女の小説が原作になったという映画のタイトルは、どこかで聞いた覚えがあった。

とりあえず一番向こう側のコンテナ置き場まで歩いてみたいというので、海からの風に背中を向けながら、三人で蟹《かに》のように岸壁を歩いた。

「ここが舞台になるんですか？」

小声で尋ねた亮介の言葉も、すぐに強風に流されそうになる。

「舞台っていうか、ここで働いてる男の子が出てくるから」

相変わらず唇を震わせている青山がそう答える。

「相手は？　相手の女」と亮介は思わず尋ねた。

「それがまだ決まってないのよねぇ……」

「き、決まってないって、どういうことよ？」

青山の言葉に、とつぜん市井景子が血相を変える。

「いや、だから……」

「この前、会ったときには、だいたい展開は読めたとか何とか言ってたじゃないの」

「いや、だから、そうなんだけどさ……」

「恋愛小説でヒロインが決まってないなんて……」

「いや、だから、そうなんだけどさ……、あ、でも男の子のほうは、もうはっきり見えたから。ところで、和田さんって、おいくつ？」

毛皮のついた帽子を摑《つか》んで、顔面に当たる強風を凌《しの》いでいる青山に訊かれ、「二十五です」と亮介は答えた。

「うわっ、あれ何？」

亮介の返事を聞くやいなや、とつぜん青山が奇声を上げた。彼女の指が、コンテナ置き場を差している。

「ほんと、あれ何？　うわっ、動くんだ……。ほら、下に車輪ついてる」

同じ方向へ顔を向けた市井も、亮介のからだで風を凌ぎながら声を上げる。コンテナ置き場では、ストラドルキャリアが作業をしていた。運転しているのは大杉で、「WANHAI」のコンテナを今まさに吊《つ》り上げようとしている。

「ほら、市井さん、見て。あんなところに運転席がついてるんだよ」

「ほんとだ。あそこで操作してるの？　四階建ての車みたいなもんかしら？」

「二階建てのバスだったらロンドンで見たことあるけどねぇ……」

「ほら、見て見て！」

「うわ、吊り上げてる！」

「あれって、あの運転席から見て、操作してるんでしょ？」

興奮した青山に肩を摑まれ、亮介は、「え、ええ」と肯《うなず》いた。

「和田さんもあれ運転できるの？」

「で、できますよ。それが仕事だから」

「すごい。私、尊敬しちゃうわ。断然、尊敬しちゃう」

「ほんと。私なんか、あのはしごで運転席まで上るだけで貧血になりそう……」

ストラドルキャリアを運転していたのは、やはり大杉だった。その表情までは読み取れないが、おそらくアラスカ帰りのような女性ふたりを従えて、岸壁に突っ立っている亮介を、首を傾げて見下ろしているに違いない。

見学者ふたりを連れて、亮介はコンテナ置き場を歩き回った。ときどき、「あれは何？」「これは何？」と素朴な質問を投げかけられることもあったが、途中からはがらんとした倉庫が並んでいるだけの風景に飽きてきたのか、「和田くんって彼女いるの？」とか、「休みの日とか何やってんの？」などのプライベートな質問のほうが多かった。ときどき亮介のほうからも、他愛《たわい》ない質問をふたりにぶつけた。「いつごろ、その小説は出来上がるのか？」とか、「一日中、家に閉じこもっているのか？」とか。

一通りの埠頭見学が終わると、亮介はコンテナ用トレーラーの出入口になっている表門までふたりを送った。まだコンテナを牽引《けんいん》していないトレーラーを見て、「なんか、貝殻《かいがら》のないヤドカリみたい」と市井が笑っていたが、そう言われてみれば、たしかにそう見えないこともない。

門を出る前に、くるりと背後を振り返った青山が、「ここから見ると、お台場が陸続きに見えるよね」と言った。

同じように振り返った亮介の目にも、眼前に並ぶ倉庫のあいだに見える対岸のお台場まで、この足で歩いていけるような気がする。

「あそこまで、どれくらい離れてるのかな？」

「だいたい一キロです。防波堤までだと、八百メートルくらい」

三人の横を、コンテナを牽引したトレーラーが冷たい風を切って走ってゆく。

「あそこのバス停で待ってれば、埠頭循環のバスが来ますけど、タイミングが悪いと二十分ぐらい待ちますよ」

亮介は門を出ると、通り向かいのバス停を指差した。

ふたりに別れを告げて、亮介が事務所へ戻ろうとすると、背後から青山に呼び止められた。

「ほんとに分からないことがあったら電話していい？」

そう叫ぶ青山の声に、亮介は、「あ、はい」と大声で叫び返した。

「海岸浴場」で熱い湯に長時間入っても、スクーターでアパートに帰り着いたときには、生乾きの髪の毛は凍ったように冷たくなる。

スクーターを歩道に停めた亮介は大きく身震いしながら、ヘルメットも取らずにアパートの階段を駆け上がった。

大杉の部屋の前を通ると、ドアの向こうからゆうこの声が聞こえた。一瞬、顔を出そうかとも思ったが、出せば引き止められて長くなるので、そのまま素通りすることにした。

底冷えのする部屋に入って、真っ先に石油ストーブを点火した。真っ暗な室内でボッと小さな炎が立ち上がる。亮介は小さな炎がゆっくりと広がっていく様子をしばらく見ていた。部屋にエアコンがついていないわけではないが、長時間つけっぱなしだと、亮介は必ず頭が痛くなってしまう。

ストーブに手をかざしていると、薄い壁の向こうから、大杉とゆうこの声が聞こえた。

「ほんとだって、『冬の時計』とか『アゲハ蝶《ちょう》』とか、いろいろ映画になってるじゃない。知らないの？」

「さぁ、聞いたことねぇな」

「ほら、この前、テレビでやってた映画、一緒に見たじゃない？　あれが『冬の時計』よ」

「見たか？　そんな映画」

「見たじゃない。ここで」

どうやら、ふたりは「青山ほたる」のことを話しているらしかった。終業のベルが鳴って、更衣室で一緒になった大杉から、「さっきの女たち、誰だよ？」と訊かれた。

亮介がことのあらましを説明してやると、大杉は、「ふーん」と興味なさそうに肯き、さっさと着替えて出て行った。

石油ストーブの炎を少し弱め、亮介はコンビニで買ってきた缶ビールを一本だけ抜き出して、残りを冷蔵庫に入れた。部屋のほうが冷蔵庫の中より寒く感じられる。

缶ビールを飲みながら、野菜炒《いた》めを作り始めると、トントンと玄関のドアがノックされる。どうせ大杉か、ゆうこだろうと思って、「開いてるよ」と返事をすると、「亮介くんって、ほんと、まめだよねぇ」とゆうこが顔を出した。

「信也《しんや》なんて、毎晩コンビニ弁当なんだから」

ゆうこはそう言いながら、勝手に部屋に上がりこんできた。

「あいつが食費出すんなら、俺が大杉の分も作ってやるよ」

亮介はまな板の野菜を熱したフライパンに移した。とつぜんバチバチと部屋の中が騒がしくなる。

「ほんと、そうしてやってよ。毎晩コンビニ弁当で、それも毎晩ハンバーグなんだから」

「昼の弁当もハンバーグばっかりだよ」

「でもハンバーガーは食べないんだよね、ハンバーグにパンは合わないって……。根本的なところで味覚がおかしいのよね」

まだ部屋が暖まっていないので、ゆうこはストーブの前にしゃがみ込んでいる。

「晩めし、もう食ったの？」と亮介は尋ねた。

「うん。久しぶりに私が作ってあげた」

「へぇ、何を？」

「……この流れでは、ちょっと言いたくないかな」

亮介はいい色に炒まったキャベツやもやしに、さらさらと塩コショウをふった。においだけだったら、たまに出前をとる蓬萊軒《ほうらいけん》の野菜炒めにも負けていない。亮介はガスコンロの火を止めて、鰤《ぶり》の焼け具合を確認した。

「さっき聞いたんだけど、今日、倉庫に青山ほたるが来たんでしょ？」

いつの間にか、ゆうこが背後に立っており、フライパンから大皿に移される野菜炒めを覗《のぞ》き込んでいる。

「来たよ」

「何、訊かれた？　亮介くんが案内したんでしょ？」

「何って別に……」

「品川埠頭《ふとう》で働いている人が出てくる話なの？」

「どんな話？」

「なんかそうみたいだね」

「さぁ」

「もう来ないのかな？」

「なんで？」

亮介は土鍋《どなべ》で炊いたごはんを茶碗《ちゃわん》によそい、缶ビールと一緒に、コタツへ運んだ。あとをついてくるゆうこが、亮介の背中にぴったりとはりついている。

「ここだけの話なんだけど、私さ……」

「何だよ？　声ひそめて」

「絶対に誰にも言わないでよ。私ね、短大のころに小説を書いたことがあるのよ」

台所に戻って、鰤をつまみあげる亮介の背中に、相変わらずゆうこはまりついている。

「でね、もしまた来るようなことがあるんだったら……それをさ、青山ほたるに渡してほしいんだよね。もちろん、来る日とか教えてくれたら、私が直接渡して、『読んでください』ってお願いしたいんだけど」

亮介はゆうこのからだを腕で押しのけ、鰤と焼き海苔《のり》もコタツへ運んだ。

亮介が食べはじめても、ゆうこはずっと自分の小説についてしゃべり続けていた。途中、「テレビつけてもいい？」と、亮介は尋ねたのだが、「ちょっと、待ってよ」と、ゆうこがそのリモコンを奪う。

「そういうの、官能小説っていうんだろ？」

小説の内容を一通り聞いた亮介の感想だった。

「官能小説ってポルノ小説のことでしょ？　だったら、違うよ」

「でも、その主人公、男とヤッてばっかりじゃん。それも、大学教授だの、サッカー選手だの……」

「でも、そういうシーンは書いてないもん。もっとこう、心の動きとか、心象風景？」

さっさと食べ終わった亮介が、食器を流しへ持っていこうとしたとき、ノックもなく玄関が開き、「おい、何やってんだよ？　ビデオ借りに行くんだろ」と大杉が不機嫌な顔を突き出してくる。

亮介は「寒いから早く閉めろ」と手で合図しながら、汚れた食器を流し台に置いた。

ゆうこがコタツの上に残っていた皿を運んできてくれる。

「そういえば、今夜、真理もここに来るって言ってたけど。残業してんのかな？」

ゆうこがそう言いながら、布巾《ふきん》を持ってコタツへ戻る。

「連絡ない？」

ゆうこはコタツの上を隅々まで拭《ふ》いていた。

「夕方メールあったよ。来るにしても遅くなるって」と亮介は答えた。

「おい、行くのかよ、行かないのかよ」

のんびりしているゆうこに焦《じ》れて、玄関先に突っ立っている大杉が声をかけてくる。

「だから行くって！　ちょっと待ってよ。……あれ、亮介くん、携帯変えたの？」

コタツの上に置いてあった携帯を、ゆうこがつまみ上げている。亮介が「ああ」と小さく肯くと、「こいつさ、携帯、海に落としてんの」と、大杉が口を挟んできた。

「海に？」

「そうなんだよ。こないだ休憩時間にさ、岸壁でタバコを吸おうとして、ポケットからライター出した途端、一緒にポチャンだよ。な？」

大杉の説明に嘘《うそ》はなかったが、落としたのは携帯電話だけで、ライターのほうはとっさに出した足の甲に当たり、ギリギリのところで海には落ちなかった。

「じゃあ、電話帳の登録とかメールとか全部消えたんだ？」

汚れた布巾を持って台所に戻ってきたゆうこにそう訊《き》かれ、「うん、そう」と亮介は肯いた。

「こいつの電話帳なんて、俺と実家と真理ちゃんぐらいしか入ってねぇんだから、どうってことねぇって」

中へ入るか、出ていくかすればいいのに、相変わらず大杉は半開きのドアにからだを挟んだままで、そこから冷たい風が吹き込んでいる。

「あ、携帯で思い出したけど、そういやぁ、お前、いつだったか出会い系サイトで知り合ったとかいう女がいたよな？」

とつぜんの大杉の問いかけに、亮介は、「あ？」と不機嫌な顔をしてみせた。

「何？　亮介くん、出会い系サイトなんかやってたんだ？」

「そうなんだよ。あれ、いつだっけ？　夏だったよな？　羽田空港かどっかで会って……」

「羽田空港？　なんで？」

「スッチーかと思ったら、キヨスクの店員だったんだって。なぁ、あれって結局、どうなったんだっけ？」

亮介は大杉を無視して、汚れた布巾を水洗いした。

「あ、思い出した。そうそう、騙《だま》されてたんだよ、こいつ。浜松町のキヨスクで働いてるって言われて、探しに行ったんだよな？　けど、いなかったんだよ。そうそう。な？　そうだったよな？」

狭い玄関で大杉の肩に凭《もた》れながら靴を履いたゆうこが、「で、それっきり？」と訊くので、亮介は、「そうだよ」と無愛想に答え、ふたりの背中を押して、建付けの悪い玄関のドアを乱暴に閉めた。

なんてことのない思い出だった。出会い系サイトで知り合った女と会って、その後二度と会えなくなった。日本全国どこにでも転がっているような、そんなありふれた出来事だ。

羽田空港で「涼子」と名乗る女と待ち合わせをしたのは夏の終わりのころで、亮介は未《いま》だにあの夜のことを思い出そうとすると、冷房の効きすぎた帰りのモノレールの寒さを肌に感じる。

「また会ってもらえないかな？」

モノレールが終点の浜松町に着いて、亮介はそう尋ねてみたのだが、彼女はイエスともノーとも答えぬまま、「じゃあ」と手を振っていなくなった。混雑した駅構内で、亮介はしばらく彼女の背中を見送った。ただ、小さくなっていく彼女がもう一度、振り返ることはなかった。

その夜遅く、亮介は彼女にメールを打った。たしか、『無事に帰りましたか？　今夜は会えてよかった。おやすみ』という文面だった。

結局、午前二時ごろまで、枕元《まくらもと》に置いた携帯を開いたり、投げ出したり、それまでにふたりのあいだで交わされた全《すべ》てのメールを何度も読み返しながら待った。だが、彼女からの返事はこなかったのだ。

メールの返信がないまま、あっという間に数日が過ぎた。日が経《た》っても、浜松町駅で彼女と別れたときのあのなんともいえないもどかしさは消えてくれない。

仕事からアパートへ帰り、携帯電話を握りしめているだけの夜が続くと、頭の中は、書くには書いたものの、結局送れなかったメールの文面でいっぱいになる。亮介は堪《たま》らず、部屋を飛び出して、隣室の大杉を訪ねた。

ノックもせずに玄関のドアを開けると、大杉は「マシューTV」を見ていて、「おい」と亮介が声をかけても、「ヒー、ヒッヒッ」と笑い続け、玄関のほうを見ようともしない。

「上がるぞ」

わざと音を立ててドアを閉め、亮介はずかずかと部屋に入る。

「なんだよ、こんな夜中に」

クッションを抱え、まだ笑っている大杉は、それでも画面から目を離さない。

「俺さ……」と亮介は声をかけた。

それでも大杉がこちらを見ないので、仕方なく亮介は「マシューTV」が終わるまで、大杉の背後でじっと待ち、CMになるたびに、「なんだよ、まだいたのかよ？」とふり返る彼に、「ああ。もう帰る」と繰り返した。

亮介が一連の出来事を大杉に語ったのは、そんな夜が二、三日続いたころだった。

さすがに様子のおかしい亮介に気づいた大杉が、「なんだよ、何があったんだよ？」と尋ね、最初は、「別に」といつものようにはぐらかしていたのだが、さすがに本気で追い返されそうになって、「いや、実はな……」と、「涼子」との顚末《てんまつ》を語って聞かせたのだ。

大杉は腹を抱えて笑った。「そんなに気に入ったんなら、会いに行けよ。浜松町のキヨスクで働いてんだろ？」とそそのかした。

大杉の言葉に従ったわけではないが、亮介は次の土曜日の午後、ノコノコと浜松町駅へ彼女を探しに行った。万が一、キヨスクで働く彼女を見かけても、偶然を装《よそお》えばいいんだと思い、自分を鼓舞した。

浜松町駅のキヨスクといっても、その店舗は十数箇所に及ぶ。亮介はまず東京モノレール構内にあるキヨスクから、一軒一軒しらみ潰《つぶ》しに探して回った。しかし彼女の姿はどこにもない。続いて入ったＪＲ線構内のキヨスクでも、彼女を見つけることはできなかった。もちろんシフトの関係で、この時間にいないことも考えられたが、探しているうちに、メールで知り合った初対面の男に、自分の勤め先など教えるはずもないという、無理に気づかないふりをしていた常識が、どうしても拭《ぬぐ》い去れなくなっていた。

彼女はここにいないのだと諦《あきら》めがつくと、不思議と勇気がわいてきた。亮介は見て回ったキヨスクの中でも一番暇そうだった南口の店舗へ戻り、鼻唄《うた》混じりにガムを並べている店のおばさんに、「ちょっと人を探しているんですけど」と声をかけた。

おばさんは最初訝《いぶか》しげに亮介に目を向けたが、休憩がてらに入ったドトールで練りに練った科白《せりふ》を亮介が吐くと、「リョウコ、リョウコ、リョウコ……」と唱えながら、わざわざシフト表まで取り出して彼女の所在を調べてくれた。

おばさんには、以前この駅で財布をなくしたことがあって、それを交番に届けてくれた人がキヨスクの店員さんだったのだが、交番に教えてもらった名前と電話番号を書いた紙をうっかりなくしてしまったのだ、と嘘をついた。駅での落し物なら、交番ではなく遺失物センターなのだが、おばさんは些細《ささい》なことは気にしない質《たち》のようで、「やっぱり、いないわねぇ。たしか、うちのお隣の奥さんは、リョウコさんっていうんだけどねぇ」と、筋違いなところで残念がっていた。

その夜、本当にこれが最後だと決めて彼女に短いメールを送った。

『嘘だったんだね』

一時間以上も文章を練った結果、送信するときに残っていたのは、この一言だけだった。返事など期待していなかったのだが、驚いたことに、送って一分もしないうち、彼女からの返事が来た。

『ごめんナサイ』

そこにはそう書かれてあった。

変換を間違えたのか、わざとなのか、なぜかしらカタカナとひらがなが逆になっている「ごめんナサイ」を見て、亮介は非難めいたメールを送った自分が恥かしくなった。

その夜も、やはり眠れなかった。布団《ふとん》の中で何度も何度も寝返りを打つのに嫌気がさして、結局アパートを飛び出した。

ただ、飛び出したところで行くあてなどどこにもなく、スクーターに乗って、高浜運河沿いにあるコンビニへ行き、読みたくもない雑誌を立ち読みした。品川埠頭《ふとう》の岸壁へ行ってみようかと思ったのは、ほとんど車も走っていない海岸通りを、右に左にゆっくりと、まるで酔っているような蛇行運転をしているときで、なんとなくハンドルを切ってしまい、気がつくと、京浜運河にかかる港南大橋を猛スピードで渡っていたのだ。

まだ夏の熱気が残る夜で、汗ばんだ肌に激しくぶつかってくる潮風が心地よかった。品川埠頭に入って、岸壁のほうへ向かった。湾の向こうにはお台場の美しい夜景が見える。コンビニ以外、明かりのついていないようなこちら側から見ると、深夜とはいえ、対岸のお台場は輝いていた。

岸壁沿いに並んだ倉庫へ入る鉄門が少しだけ開いており、亮介はスクーターで中へ入った。内貿上屋が並ぶ場所から道はまっすぐに東京湾へ伸びている。岸壁の突端、カクンと直角に折れたその場所はすでに深い海。

最初遊びのつもりで、内貿上屋の手前からスピードを上げて、岸壁の突端に向かった。直線にして二百メートル弱、アクセルをふかし、時速三十キロまで上げたところでエンジンを切る。ブレーキから手を放しているので、エンジンを切った途端にスーッと惰性でスクーターは走り続ける。どの辺りまで進んでいくかと試してみると、岸壁の突端から二十メートルほど手前で止まった。勢いのよかった進み方も、最後にはジリジリと数センチずつ前へ出るような動きになる。

また元の場所に引き返して、今度はさっきよりも少しだけエンジンを切るタイミングを遅らせた。まるで計ったように、スクーターが停止する場所が少しだけ岸壁の突端に近くなる。

何度か同じことを繰り返しているうちに、スクーターの前輪が岸壁ギリギリのところで止まるタイミングで、エンジンを切れるようになった。

海はすぐ足元にあった。スクーターの前輪は、ほとんど宙に浮くような格好で、辛うじて岸壁に留まっていた。

その夜から何日か、亮介はこの岸壁にきた。数日後には、目をつぶったままエンジンを切れるようにまでなっていた。ただ、バランスをとるのが大変で、三回に一度は、進んでいく途中で思わず足をついてしまう。

目をつぶったまま、海へ向かってスクーターを走らせるのは、ゾクゾクするようなスリルがあった。何かに近づいていく感じと、何かが間近に迫ってくる感じを、同時に味わうことができるのだ。岸壁でこの遊びを繰り返しているあいだは、無理にではなく「涼子」のことが忘れられた。

「ニュースステーション」のスポーツコーナーが始まっても、泊まりに来るはずの真理から連絡が入らなかった。八時過ぎにビデオ屋から隣室へ戻ってきた大杉とゆうこは、すでに借りてきた映画も観《み》終わったのか、早くから部屋の電気を消してしまっている。さっき洗濯物を干そうと窓を開けると、ちょうど羽田空港からのモノレールが頭上を走り抜けた。なんというタイトルだったか忘れたが、昔、静岡に住んでいる十一歳も年の離れた従兄《いとこ》の家に遊びに行って、ボクシングのマンガを読ませてもらったことがある。そのマンガに相手のパンチが見えるようになる特訓として、走ってくる電車の中の乗客たちの顔を判別するという動体視力訓練のエピソードがあった。

アパートの窓から見えるモノレールの窓にも、たしかにいくつもの人影が見える。おそらく、そのほとんどの人たちが、日本各地から飛行機に乗って、ここ東京にやってきた人たちだ。昔、読んだマンガの主人公のように、彼らがどんな表情でモノレールの窓際《まどぎわ》に立っているのか、見えればいいのにと亮介は思う。

窓明かりが並んだモノレールは美しい。夜空に星が流れるように、亮介が暮らすアパートの上を通過していく。

十一時を廻ったところで、亮介は真理の携帯に電話をかけてみた。留守番電話に切り替わったら、メッセージは入れずに切るつもりだったのだが、呼び出し音が十数回続いたあとで、「あ、もしもし、ごめん」という慌《あわ》ただしい真理の声が聞こえた。

「あ、ごめん。今、忙しかった？」

「ううん、大丈夫なんだけど、……あ、えっと、あとでかけ直してもいいかな？」

「いいよ」

電話を切ると、ひどく慌てている自分に気づいた。元々、いわゆる「会社」と呼ばれる場所に電話をかけるのは苦手なのだが、まるで見知らぬ他人に電話をかけてしまったようだった。

亮介は畳の上にごろんと横になった。もう半年も前に、大杉とゆうこが開いてくれた誕生日パーティーの飾りが、未だに天井からぶらさがっている。

亮介は手探りでコタツの上に置いてある携帯を摑《つか》んだ。真理から折り返しの電話が、いつかかるのか分からなかったが、彼女が今夜ここへ泊まりに来るのが無理だということは分かった。

握ったままの携帯で、無意識に動かしていた指が、メールを開いていた。送信メールの宛先《あてさき》に、手持ち無沙汰《ぶさた》から「涼子」のアドレスを打ち込む。ついこのあいだ、携帯を東京湾に落とした瞬間、まず真っ先に脳裏に浮かんだのがこの意味のない八つのアルファベットのアドレスだった。落とした瞬間に、自分がそのアドレスを記憶していたことに気づいたのだ。

亮介は『久しぶり。元気?』と文字を打ち込んでみた。そしてすぐに、一文字ずつ後ろから消していく。

廊下で物音がして、玄関がノックされた。「開いてるよ」と声をかけると、「あれ、まだ真理、来てなかったんだ?」と、パジャマ姿のゆうこが顔を出す。

「今夜は来ないいんじゃないかな」

亮介は握っていた携帯を、なんとなく枕の下に押し込んだ。

「連絡あったの？」

「さっき電話したら、まだ会社にいた」

ゆうこは、「あ、そう」と肯《うなず》いて、そのまま大杉の部屋へ戻っていった。すぐに薄い壁の向こうから、「まだ来てなかった。今夜は来ないみたいね」と報告するゆうこの声が聞こえる。

ゆうこの声が聞こえなくなると、亮介はまた携帯のメール画面を開いた。『久しぶり』と文字を打ち込んでは消し、『覚えてる？』と打ち込んでは、また消す。

しばらくのあいだ、いろんな挨拶《あいさつ》文を打ったり消したりしているうちに、画面には『モノレール』という文字だけが残った。

亮介は何度か送信ボタンを押す指をためらわせたあと、思い切って『モノレール』とだけ書かれたメールを「涼子」のアドレスに送信した。

青山ほたるから携帯に連絡が入ったのは、彼女たちが品川埠頭を見学に来た翌週水曜日の夕方、ちょうど亮介が仕事帰りに寄った「海岸浴場」の脱衣所で、服を脱ごうとしていたときだった。

電話に出ると、青山は手短に先日の礼を述べ、すぐに本題に入った。亮介は捲《ま》くし立てるような青山の物言いに圧倒され、ただ、「ええ、ええ」と相槌《あいづち》を打つのが精一杯だった。

青山は、次回作が『LUGO』という女性ファッション誌で連載されると教えてくれたのだが、雑誌の名前を聞いたこともなかった亮介は、「へぇ。そうなんですか」と、曖昧《あいまい》な反応を示すしかなかった。とにかく品川埠頭で働く港湾労働者が登場するのだ、と彼女は何度も繰り返した。

「そこで、ちょっとお願いがあるのよ。もしよかったら、今、和田くんが暮らしてる寮を見せてもらえないかと思って」

急に口調が柔らかくなった青山にそう言われ、「寮って言っても、ただのアパートですよ。下の階には知らない人たちが住んでるし」と亮介は答えた。

「いいの、それで。ほら、この前、埠頭を案内してくれたとき、すぐ近くに住んでるって言ってたでしょ？　だから、あんな倉庫ばっかり並んでるところで、どんな風に暮らしてるか知りたかったのよ。それにほら、窓からモノレールが見えるんでしょ？」

「まぁ、見えることは見えるけど、小説とかに出てくるようなロマンティックなもんじゃないですよ。ただ、うるさいだけで」

「いいの、いいの。じゃあ、大丈夫？」

「別に、かまいませんけど……」

一方的に青山が挙げてきた候補日の中から、亮介は次の日曜日を選んだ。というか、他の日はすべて平日の午後で、仕事を休むわけにもいかなかったからだ。

「たぶん、市井さんも来てくれると思うんだけど。じゃあ、とにかく今度の日曜日の五時に」

青山が電話を切ろうとするので、亮介は慌てて、「どこで待ち合わせするんですか？」と声をかけた。

「あ、そうか。住所教えてもらえれば、こっちで勝手に見つけていくけど……」

「じゃあ、品川駅の港南口で待ってますよ。広場があるから、その辺りで」

「ほんと？　助かるわ」

「あ、そうだ。俺の友達があなたのファンらしくて、日曜日、彼女も呼んでいいですか？」

「和田くんの彼女？」

「隣に住んでる同僚の彼女です」

受話器の向こうから、ゴクッと唾《つば》を飲み込む音が聞こえた。

青山はゆうこを同伴することを快諾し、「もし、そのあと、何も予定がないんだったら、みんなで食事でもしましょうよ」と言って電話を切った。

浴場に入る前に、亮介はゆうこの携帯に連絡を入れた。まだ、仕事中らしかったが、電話に出たゆうこは、「行く、行く、絶対に行く！」と、こちらの耳が痛くなるほどの声で叫んだ。どうせ土曜日は大杉の部屋に泊まるので、そのままアパートから一緒に迎えに行くという。

「その日は真理も来るんじゃないの？」と訊《き》かれて、「さぁ、どうだろ」と亮介は答えて電話を切った。

まだ片足だけ履《は》いたままだった靴下を脱ごうとすると、横のガラス戸がさっと開いて、からだを火照《ほて》らせたおっさんと一緒に、濃い湯気が脱衣所へ流れ出てくる。埠頭の駐車場から港南大橋を渡って、数分スクーターで走ってきただけなのに、吹きつける寒風ですっかりかじかんでいるからだが、その湯気で弛緩《しかん》する。冬の品川埠頭は、たぶん東京のどこよりも夜が痛い。

素っ裸になって、脱いだ服を放り込んだロッカーの鍵《かぎ》をかけようとしたとき、中で携帯が鳴った。メロディがメールの受信じゃなければ、そのまま熱い浴槽に向かっていたはずだ。

亮介は股間《こかん》をタオルで押えたまま、ロッカーを開けた。ズボンのポケットから携帯が半分だけ飛び出している。なんとなく、真理やゆうこではない気がした。ゆっくりと携帯を開き、新着のメールをあけた。

差出人は「涼子」だった。一瞬、中指がピクッと引き攣《つ》って、携帯を床に落としそうになる。

『こんにちは。すごく短いメールをありがとう。なんだか、もうずっと昔のような気がします。ずっと昔にどこかへ一緒に旅行したような感じ。モノレールから、亮介くんのアパートが見えて……。まだ、あのアパートで暮らしてますか？』

画面にはこんな文字が並んでいた。力強くスクロールさせたせいで、親指が痛い。

亮介は周囲で着替えたり、牛乳を飲んだりしている客たちの目も憚《はばか》らずに、素っ裸でマッサージ椅子《いす》に座ると、一度だけ大きく深呼吸して、彼女への返事を打ち始めた。

『こんにちは。返事ありがとう。まだ、あのアパートで暮らしています。』

そう打ち込んだメールを送って、マッサージ椅子でからだを伸ばした。浴場からは、噴き出るお湯の音に混じって、カーン、コーンと洗面器が床にぶつかる小気味よい音が響いてくる。

一分ほど待っていると、また「涼子」からのメールが届いた。

『キヨスクは嘘《うそ》だったけど、モノレールに乗ったのは、本当にあのときが初めてでした。』

亮介はすぐに返事を打った。

『今、近所の銭湯でこれを書いています。裸のおっさんたちに囲まれてます（笑）』

またすぐに返信がくる。

『私は今、電車で移動中です。詳しく言うと、ゆりかもめに乗って、お台場から新橋へ向かっている途中です。窓から品川埠頭が見えますよ。たぶん、あの辺に亮介くんが働いている倉庫があるんだと思う。』

亮介がまたメールに返信しようとすると、番台に座っていたオヤジさんから、「お客さん、そこに裸で座られると困るんだけどね」と注意された。

「すいません……」

亮介は素直に立ち上がりはしたが、それでもメールは打ち続けた。

『風邪を引きそうなので、またあとでメールします。今夜、必ずします。』

しばらく待っていると、またメールが届く。

『了解です。では、ゆっくり温まるように。』

携帯をロッカーに投げ込んで、亮介は浴場に駆け込み、熱いお湯にからだを沈めた。からだをジンジンと刺激するのが、お湯なのか、それとも彼女からのメールなのか分からなかった。

日曜日、ゆうことふたりで品川駅港南口の広場に立っていると、ほとんど約束の時間ちょうどに、青山ほたると市井景子が、先日よりは少しだけ薄手の防寒具を着て、構内からエスカレーターで降りてくるのが見えた。

亮介が頭を下げて挨拶すると、ふたりが同時に小さく手を振り返す。横に立っているゆうこに、「ねぇ、どっち？　どっちが青山ほたる？」と訊かれ、「ファンなんだろ？」と、少し呆《あき》れて応《こた》えた亮介は、市井景子のほうを指さして、「あっち。右側に立ってるほう」と嘘をついた。

アパートを出てくる前に、亮介は、「ところで、例の小説は持ってきたのか？」と、まるで自分の彼氏の部屋であるかのように、亮介の布団《ふとん》に寝転んでいるゆうこに尋ねた。

「うん、一応ね」と答えはしたが、ゆうこの小さなバッグにそれが入っているとは思えなかった。

「なんて題名だよ？」と亮介は尋ねた。

「教えてもいいけど、笑わない？」

「分からない」

「だったら言わない」

「分かった。笑わない」

「……『地酒』」

「は？」

「だから『地酒』」

「……笑うって、それじゃ」

　まだ待ち合わせまで時間があったので、亮介は布団に寝転んでいるゆうこを無視して、部屋中に掃除機をかけた。大杉は昼すぎからパチンコに出かけているらしかった。一緒に会おうよ、とゆうこは誘ったらしいのだが、「恋愛小説家だろ？　興味ねぇよ。ミステリー作家だったら、俺が考え出したトリックとか教えてやってもいいけどな」と、窓枠を工事する密室殺人だの、殺すまでに十年もかかりそうな薬殺だの、トリックというよりは「忍耐」と言ったほうがいいような考えを延々一時間以上も語っていたという。

駅構内からのエスカレーターを降りてきた青山と市井に、亮介はまず隣に立つゆうこを紹介した。興奮しているのか、「あの、ほんとに大ファンなんです！」と、声を裏返したゆうこが、きょとんとしている市井に握手を求める。

「ほんとに大ファンみたいねぇ……」

市井はふざけてその握手に応じていた。亮介はこみ上げてくる笑いを噛《か》み殺し、「行きますか？」と、当の青山に声をかけた。

港南口からだとアパートまで歩いて二十分以上はかかると説明すると、ふたりは相談もせずにタクシーを止めた。

助手席には亮介が乗った。青山と市井に挟まれて座るゆうこが、どれくらい自分が「青山ほたる」の小説のファンであるか、熱心に市井に語っていた。

「あの、青山さんって、どこに住んでるんですか？」

亮介はわざと大きい声で、助手席から青山に尋ねた。

「ここ最近は浅草の仕事部屋にこもってるのよ」

亮介に「青山さん」と呼びかけられて返事をした「市井さん」を、ゆうこがきょとんとした顔で見ている。

タクシーが高浜運河に架かる御楯《みたて》橋を渡っているとき、「なんか、こういうところを見ると、同じ東京とは思えないよねぇ」と青山と市井が肯《うなず》き合うと、「そ、そうでしょ！　私も常々そう思ってたんです。なんていうか、ヴェニスみたいな感じだって、私も前から思ってたんです」と、ゆうこが無理やり会話に参加しようとする。

「ヴェニスほどロマンティックじゃないわ」

「そうね、カンツォーネって感じじゃないし」

ふたりの反論に慌《あわ》てたゆうこが、「そ、そうなんですよ。カンツォーネっていうよりは、屋形船なんですよね」と話を合わせる。

亮介は三人の嚙み合わない会話を聞きながら、無愛想な運転手にアパートまでの道順を丁寧に教えた。

小説家がどのように物語を発想するのか、亮介にはまったく分からないが、品川の中洲にまで足を運んで、わざわざ港湾労働者が暮らすアパートを見学に来たにもかかわらず、アパートの部屋に入ってきた青山ほたるは、仕事の話を訊くでもなく、「あら、ちゃんと料理とかするのねぇ」とか、「この土鍋《どなべ》、私も使ってる！」などと、しばらく台所から離れようとしなかった。

亮介はわざわざ見学に来るのだから、何かしら港湾関係の仕事について訊かれるのだろうと思い、一応、何を訊かれてもすぐに説明してやれるようにと、フォークリフト技能講習修了証や危険物取扱者免状、それに大型特殊自動車免許を取得したときの教科本などをコタツの上に揃《そろ》えておいたのだが、青山はまったくそれらには興味を示さなかった。ただ、よほど窓からモノレールが見えるというシチュエーションが気に入っているのか、十五分以上も開け放たれた窓際《まどぎわ》に立ち、寒風に身を震わせながら、「あ、来た！　来た！」とモノレールが走ってくるたびに歓声を上げていた。

「ねぇ、和田くんって、モノレールからこのアパートを見下ろしたことあるでしょ？」

とつぜん青山にそう訊かれて、亮介は一瞬言葉を詰まらせた。すぐに「涼子」とモノレールに乗ったときのことが思い浮かんだ。

「そりゃ、あるわよねぇ。私だって中央線から、いつも自分のマンション見てるもん」と市井が口を挟んでくる。

「市井さんちって、電車から見えるんだっけ？」

「中野から高円寺に向かって左側に見えるのよ」

「駅から近かった？」

「駅からは離れてるけど、ほら、周りに高いマンションがないから、なんだからうちのマンションだけ、ぴょこんと出てて」

青山と市井の会話が聞こえたのか、台所でコーヒーを淹《い》れていたゆうこが、「でも、あれですよねぇ。ニューヨークでのテロ以来、高いビルをしばらく見てると、なんかしら、向こうから飛んできて、それがビルに突っ込む様子を想像しちゃうんですよねぇ」と、脈絡なく会話に参加しようとする。そして、「あ、そうだ！　亮介くんもあるじゃない。モノレールからここを眺めたこと」と言いながら、トレーに四人分のコーヒーを運んできた。

「普通、そうだよねぇ。だって、乗ったら気になるもん」

青山がそう呟《つぶや》きながら座布団にちょこんと座り、トレーからコーヒーカップを持ち上げる。

「この人、こんな真面目《まじめ》そうな顔していながら、前に出会い系サイトに登録とかしちゃってて、それで知り合った子とモノレールからここを見下ろしたんですって」

大杉がバラしたに違いなかった。調子に乗ってしゃべり続けるゆうこを、「おい。やめろよ」と亮介は慌てて止めた。

「いいじゃない。別に昔のことなんだから」

「出会い系サイトねぇ……」

青山と市井が顔を見合わせて、コーヒーカップに唇を寄せる。

「そうなんですよ。その子と羽田空港でデートしたんだっけ？　その帰り道だっけ？」

「だから、やめろって」

さすがに寒くなったのか、市井が窓を閉めようとするので、亮介はさっと立ち上がり、「ここを押しながら引くんですよ」と、彼女に代わって閉めてやった。

四畳半の台所と六畳間。特に珍しい部屋でもないので、アパート見学はモノレール見物を含めても三十分足らずで終わった。

「このあと、四人でお食事でもどう？」

アパートの狭い玄関で靴を履いていた青山に誘われて、亮介は、「このあとちょっと予定があって……」と断った。ただ、まだ自分の小説を渡していないゆうこは、「あの、私は大丈夫ですから」と遠慮がない。

先日、「海岸浴場」から戻ると、亮介は約束通り「涼子」にメールを送った。裸でマッサージ椅子に座って、番台のオヤジさんに叱《しか》られたことや、ゆりかもめから見える品川埠頭《ふとう》の手前から三番目の倉庫に、いつも自分のいる事務所があることなどを書いて送った。三十分ほどすると「涼子」からの返信があった。出会い系サイトで知り合うときには他人だけれど、一度会って、それからしばらく会わなくて、それでまたメールをもらってみると、なんだか久しぶりに連絡の取れた同級生のような気がする。そこにはそんなことが書かれてあった。

直接、電話をかけて声を聞きたかったが我慢した。ただ、『また会いたいな』というメールを出すのは我慢できなかった。

はぐらかされるか、また交信が途切れるか、そのどちらかだと思っていたのだが、返事はすぐにきた。それも、『いいよ。いつがいい？』という驚くほど軽い文面で、『こっちはいつでもいいよ』と慌てて送ると、彼女は次の日曜日を指定した。すぐに青山ほたるたちとの約束を思い出したが、六時以降なら大丈夫だと亮介は返事を出した。

青山と市井、それにゆうこの三人を見送りにアパートを出ると、数分前に電話で呼んだタクシーが、すでに表通りで待っていた。

タクシーに乗り込むとき、「ねぇ、別の用って何よ？」とゆうこに訊かれた。

「真理と会うわけじゃないでしょ？　彼女、今日は実家に帰るって言っていたし」

首を傾《かし》げるゆうこの背中を押して車に乗せ、亮介は、「別に大した用じゃないよ」と言ってドアを閉めた。

奥に座った青山と市井が、交互に前屈の姿勢を取って、「ありがとうね」とお辞儀するので、「いえ」と亮介も小さく頭を下げた。

タクシーがゆっくりと走り出す。新港南橋に向かう角を曲がって、そのエンジン音が聞こえなくなると、休日の人気《ひとけ》のない倉庫街に、カラン、コロンと、風に転がされる発泡スチロールの音が響く。亮介はシャッターの降りた倉庫が並ぶ通りを見渡してみたのだが、どこかに転がっているはずのその白い物体を見つけることはできなかった。

第三章　お台場から

ここ二十三階にある喫煙ルームからは、東京湾をはさんで対岸の品川埠頭《ふとう》が見渡せる。前に一度、美緒《みお》は資料課にあった大東京地図で、ここお台場と品川埠頭がどれくらい離れているか調べたことがあった。距離にして一キロ弱、もし橋が架かっていれば、ほんの二十分ほどで渡っていける。

ただ、これが電車を使うと面倒で、まずゆりかもめでレインボーブリッジを渡って新橋へ向かい、そこから山手線に乗り換え、浜松町、田町と越えて品川。品川駅の港南口からは、埠頭循環バスが出ているらしいが、そのバスに揺られて十五分、やっと埠頭にたどりつく。

目の前に見えているからといって、決してそこが近い場所とは限らない。

窓際《まどぎわ》でぼんやりと対岸の埠頭を眺めていた美緒の肩を、そのとき誰かがポンと叩《たた》いた。振り返ると、一緒にランチをとろうと約束していた同僚の佳乃《よしの》が立っている。

「なに？　東京湾からなんか出てきそう？」

あまりにも美緒が熱心に海を見ていたせいか、佳乃がそう言って笑う。

「別に、なんにも出てこないんだけどさ」

力なく答えた美緒の横から、佳乃も同じように海を眺めた。

「でも、もし東京湾からなんか出てきたら、ちょっと楽しいだろうね」

ふとこぼした美緒の言葉に、「たとえば何？」と佳乃が尋ねる。

「そうねぇ……。たとえば、ゴジラとか？」

「ゴジラ？　でも、ほんとに出てきたら、ちょっと嬉《うれ》しいかも」

「ほんと？　火とか吹くんだよ」

「なによ！　自分が言ったんじゃない！」

笑いながらポンと肩をぶつけてきた佳乃に、「さて、『そば幸』にでも行きますか」と美緒は言った。両手でおしりをパチンと叩いた佳乃が、「そうしますか」と呟《つぶや》いて窓際を離れていく。

もう一度、美緒は対岸の品川埠頭へ目を向けた。日を浴びた白い岸壁を大きなトラックが走っている。

「ほら、美緒、行くよ！」

背後から佳乃に声をかけられ、「あ、はいはい」と美緒は応《こた》えた。

しかし、対岸の品川埠頭からは、しばらく目が離せなかった。


先に喫煙ルームを出ていった佳乃を追いかけて、美緒がエレベーターホールへ向かっていると、トイレから出てきた久保課長と危うくぶつかりそうになった。

相変わらず、まったくシャツに合っていないネクタイをしめ、もう何日も洗っていないようなハンカチで手を拭《ふ》いている。

「これから昼めしか？」

久保課長に訊《き》かれ、美緒は、「はい。課長は？」と尋ね返した。

「どうせ外に出るんだろ？　なんか買ってきてくれよ」

「いいですけど、たっぷり一時間はかかりますよ」

「いいよ」

久保課長が、まだ少し濡《ぬ》れている手で、財布の中から千円札を取り出し、「ほら、これで」と差し出してくる。

「なに買ってきます？」と美緒は尋ねた。

「お前に任せる」

「サブウェイのサンドイッチとか？」

「いや。サンドイッチは、食った気がしないんだよな」

「じゃあ、ワゴンで売ってるカレー？」

「カレーかぁ……」

「もう。ぜんぜん任せてないじゃないですか！」

美緒の声が聞こえたのか、エレベーターホールの壁の向こうから、ひょっと顔を出した佳乃が、「もう、早くしてよ！」と声を出さずに叫んでいる。

「ほんとに、なんでもいいよ。お前に任せる」

久保課長は汚れたハンカチをポケットに突っ込み、そう言い残して会議室の中に消えた。

エレベーターホールに向かっていくと、意味深な表情を浮かべた佳乃が、わざと目を合わせないようにして、「すごいじゃない。ああいうところ見ていると、まさかふたりが同じベッドから出勤したことがあるなんて、誰も想像つかないよね」と笑う。

「ちょ、ちょっと！」

美緒は慌《あわ》てて辺りを見回した。高層ビル上階のエレベーターホール。見えるのは誰もいない長い廊下と、窓の外に広がる灰色の東京上空だけだ。

「そう言えば、例の彼とも会ってるんでしょ？」

佳乃が急に話を変えた。

「誰よ、例の彼って？」

「メールで知り合った彼よ。なんて名前だっけ？　浩介《こうすけ》？　亮介？」

「亮介」

「彼とも会ってるんでしょ？」

エレベーターの扉が開いて、美緒は佳乃の背中を押した。十二時を回ったばかりで、エレベーターは更に上のフロアに入っているクレジット会社の社員たちで混み合っている。

「片や、二十も歳《とし》の離れた上司。片や、メールで知り合った三つ年下の男のコ。理想的といえば理想的だけど、なんか、肝心の的を外してるような気もするんだよねぇ」

美緒の耳元に口を寄せてはいたが、佳乃の声は間違いなく前に立つ背の高い男性には聞こえており、美緒は慌てて佳乃をヒジでつついた。

「うっ」

大げさに唸《うな》った佳乃の声が、狭いエレベーターの中でこもる。

数ヶ月ぶりに再会することになった亮介とは、何度かメールで連絡を取りあって、月島でもんじゃ焼きを食べる約束をした。理由はお互いに一度も食べたことがなかったからで、店は食通の佳乃に教えてもらった。ブラッド・ピットがお忍びで食べに来たという店だった。

その日、待ち合わせをした地下鉄の地上出口に、亮介は五分ほど遅れてやってきた。美緒は階段の上で待っていたのだが、彼が姿を現す前に、改札を抜けて地下通路を走ってくる彼の姿が見えた。いや、実際には、階段の上から見えるはずもないのだが、通路を駆けてくる亮介の姿が、はっきりと見えるような気がしたのだ。美緒は慌てて階段の下へ目を向けた。しかし、階段には誰の姿もない。その一秒後だった。壁に激突するかと思えるほどの勢いで、亮介がそこに駆け込んできて、わきの手すりを強く引っぱりながら、階段を大股《おおまた》で駆け上がってくる。歩調に勢いをつけようと、亮介が手すりを強く引くたびに、まるで自分の背後にある空まで引き寄せられるようだった。

途中で顔を上げた亮介は、階段の途中で立ち止まった。美緒が片手をあげて合図を送ると、亮介も照れくさそうに、手すりを握っていた手をあげる。

「ごめん」

階段を上がってきた亮介が、いきなり頭を下げるので、「いいよ、五分くらい」と美緒はその肩を叩いた。

羽田空港で会ったときよりも、彼の顔がどこか幼く見えたのは、日に灼《や》けていた肌が、少し白くなっていたせいかもしれない。

「ちょっと、前の用事が長引いちゃって」

店の場所を知っているはずもないのに、亮介が先に立って歩き出す。

「もう平気なの？」と美緒はその背中に訊いた。

「もう大丈夫。……『青山ほたる』って知ってる？」

亮介がちらっと振り返る。

「小説家の？」

「そう。彼女がうちに来てたんだよ。それで、ちょっと遅れた」

「知り合いなの？」

「いや……、なんていうか、取材？」

「取材？　亮介くんを？」

「いや、俺じゃなくて、品川埠頭の倉庫で働いてる奴《やつ》の取材なんだって」

亮介は一度ふり返ったきり、あとはずっと前を向いたまま話していた。もんじゃ焼きを食べることにはなっていたが、佳乃から教えてもらった店を、亮介に事前に教えた覚えはない。それなのに、亮介はなんのためらいもなく、そちらへ向かって歩いていく。

「この前、うちの倉庫を見学に来て、俺が案内したんだ。そうしたら、今度は俺のアパートも見てみたいって。うちのアパート、窓からモノレールが見えるんだけど、それがどうも気に入ったらしくて……。あ、そうだよ、涼子ちゃんとも一緒に見たよな」

メールのやりとりではそれほど気にならなかったが、改めて「涼子」と呼ばれると、もう一人別の女が、ここに立っているような気がした。

もんじゃ焼き屋でも、亮介は「涼子」を連発した。その都度、「ごめん。実は……」と言葉を挟もうとするのだが、その都度、亮介が目を逸《そ》らそうとしているように感じられる。訊かれれば、名前も、仕事も、素直に教えたのかもしれない。しかし、亮介は名前も仕事も訊いてこない。まるで、俺が会っているのは「涼子」で、他の誰でもないんだと、言われているようだった。

「やっぱりまだ連載始まってないね」

コンビニの雑誌コーナーで横に立っている佳乃から、ふと声をかけられ、「ん？何？」と、美緒は必要以上に大きな声を出してしまった。近くで同じように立ち読みしていた人たちが、いっせいに美緒と佳乃に視線を向ける。お昼どき、お台場海浜公園駅前にあるコンビニは、隣接するオフィスビルからお弁当を買いにきた客たちでごった返している。

「こ、これよ、これ」

佳乃がそれら視線を気にしながら、両手で広げている雑誌を突き出してくる。

「青山ほたるの新連載が始まるのって、この雑誌でしょ？」

佳乃の手には『LUGO』という女性ファッション誌があった。

「だって取材に来たっていうのが先月なんだから、そんなに早く連載が始まるわけないじゃない」

佳乃の手から『LUGO』を奪いとり、パラパラとページを捲《めく》った。これまでに買ったことはなかったが、広尾の美容院に行くたびに、いつもなんとなく目を通している雑誌だ。

「ねぇ、佳乃って、青山ほたるの小説とか読む？」

「読むよ。けっこう好き。『アゲハ蝶《ちょう》』とか『冬の時計』とか」

「面白いの？」

「好みにもよるなぁ」

「最後は？　ハッピーエンド？」

「それも作品によるよ。……ねぇ、その亮介くんって、元々、青山ほたると知り合いだったの？」

　横で別の雑誌を立ち読みし始めた佳乃が、興味なさそうに訊いてくる。

「そうじゃないんだって。なんか、偶然、働いてるところに取材にきて、彼が案内したって」

「彼って、何やってる人だっけ？」

「品川の倉庫で働いてる」

「品川の倉庫って、あの対岸にある？」

「そう。あそこ」

「あそこで何やってんの？」

「何って、船に荷物積んだり、下ろしたりしてるんじゃないの」

「ふーん」

テレビガイドを棚に戻した佳乃が、意味ありげに何度か肯《うなず》く。

「何よ、その『ふーん』って？」

「別に」

佳乃は雑誌コーナーを離れて、奥の棚でヨーグルトを選び始めた。あとを追おうとして、雑誌を棚に戻そうとすると、ちらっと「次号予告」という文字が見えた。改めてその辺りを捲ってみると、《青山ほたる「東京湾景」・新連載小説開始》と大きな文字で書いてあった。一瞬、買って帰ろうかと思ったが、結局、棚に戻してその場を立ち去った。背後で漫画を読んでいたサラリーマンが、すぐに空いたスペースにからだを割り込ませてくる。

レジ待ちの長い列に佳乃と並んで、一個ずつヨーグルトを買った。コンビニを出て、お台場の海岸通りを歩いていると、「ねぇ、その亮介くんって、どんな子なの？」と佳乃が訊いてくる。

「どんな子って？」と、美緒はわざととぼけた。

「だから、その子のどこが良くて付き合ってるわけ？」

「別に付き合ってるわけじゃないって」

「だって、もう何度も会ったんでしょ？」

「まだ二回だよ」

「え？　その羽田空港ともんじゃ焼きだけ？」

「そう。それだけ」

「へぇ。そうなんだ。もっとはまってるのかと思った」

海岸通りにカレーを売っているワゴン車が停まっていた。美緒は久保課長から何か買ってきてくれと頼まれていたことを思い出し、「先に帰ってて、私、あれ買って帰るから」と佳乃に告げた。

ほうれんそうカレーを買って、エレベーターで二十三階に上がると、そこにちょうど久保課長が立っていた。

「あれ、どっか出かけるんですか？　せっかく買ってきたのに」

美緒がまだ熱いカレーの入ったビニール袋を持ち上げると、「これから京橋に行かなきゃならないんだよ。悪いけど、俺のデスクに置いといてくれないか」と、名残惜しそうにビニール袋に目を向ける。

「ああ、例の契約ですか？」

「そうなんだよ。急に向こうの部長が今日なら会えるって言ってきて」

「大変だ。どうせ、銀座に流れるんでしょ？　途中で何か買って食べたほうがいいですよ」

　美緒がねぎらいの言葉をかけていると、背後に下りエレベーターが到着した。

「お前、あれだったら、そのカレー食っていいぞ」

　書類をかばんに押し込みながら、久保課長が慌ててエレベーターに乗り込んでいく。

「今、おそば食べてきたばっかりだから、いりませんよ」

　言い終わる前に、エレベーターの扉が閉まろうとした。閉まりかけた扉の隙間《すきま》から、

「富田がまだ食ってねぇから、あいつにやれ」と課長が叫ぶ。

「はい」

　美緒はすでに閉まっている扉に向かってそう答えた。

　さっき佳乃が言ったように、美緒は一度だけこの久保課長と同じベッドから出勤したことがある。ただ、あくまでも一度きり、それももう一年も前のことだ。

　その夜、課長はひどく酔っていた。そして、美緒も酔っていた。地下一階にある居酒屋でひらかれた新年会のあとだった。

　居酒屋からの帰り、ふたりでゆりかもめに乗っていた。お台場をあとにした電車は、きらびやかなレインボーブリッジを渡っていく。窓の外には、東京の夜景が広がっていた。風の強かった日で、上空のスモッグは晴れ、対岸の窓明かりは手を伸ばせば摑《つか》

めそうなほど近かった。

窓際に座った課長も、ずっとその景色に目を奪われていた。ふと美緒のヒザに課長の手が置かれたのはそのときで、課長の顔はガラス窓に映ったままだった。払いのけてもよかった。気づかぬふりをして、そっと脚を組み直してもよかった。しかし美緒はなぜかしらその手に、自分の手を重ねたのだ。

目の前に広がる美しい東京の夜景、その中で起こっているさまざまな出来事に比べれば、五分おきにこのレインボーブリッジを渡るゆりかもめの、その最後尾の車輛《しゃりょう》のシートで、好きでもない男の人と手を握り合うくらい、なんでもないことのように思えた。課長の横顔が寂しそうに見えたせいもある。いや、ただ寂しそうにではなく、これから一人暮らしの部屋に戻り、翌朝のために目覚ましをかけるだけの自分よりも、もっと寂しそうに見えたのだ。寂しそうな人にならば、寂しいと打ち明けてもいいような気がしたのかもしれない。

朝昼兼用にそばを茹《ゆ》でて、そう言えば昨日のお昼も佳乃とそばを食べに行ったんだと思いながら、近所の総菜屋で買ってきたえび天をビニールから出していると、リビングで電話が鳴り始めた。一瞬、佳乃からかと思った。夜、Bunkamura のオーチャードホールに「白鳥の湖」を観《み》に行く約束があったので、また待ち合わせ時間の変更か何かだろうと。ただ、佳乃ならば携帯のほうにかけてくる。

のんびりとタオルで手をふいてから受話器をとった。電話は博多《はかた》の母からだった。自分からかけてきたくせに、「もしもし」と美緒が声をかけると、「あら、やだ。いたの？」と驚いている。

「いるよ。どうして？」

美緒が呆《あき》れてそう尋ねると、「いや、土曜日やけん、どこかに出かけてるのかと思うて」という。

「そう思うとるんやったら、ふつう電話かけてこないでしょ？」

美緒はこの電話がどんな用件なのか、なんとなく分かるような気がして、突慳貪《つっけんどん》な言い方をした。

「お父さんがかけろかけろって、うるさいんやもん」

「どうして？」

「知らんよ。用があるんやったら、自分でかければいいのにねぇ」

受話器の向こうで、ぶつぶつ言い出した母のそばで、父がテレビを見ている姿が浮かんだ。

「お父さん、そこにおると？」

「代わろうか？」

いちおう送話口は押さえているらしいのだが、「ほら、お父さん！　美緒が代わってくれって」と叫ぶ母の声が、はっきりと伝わってくる。

ガタゴトと受話器を棚に置く音が響き、しばらくすると、「もしもし」と無愛想な父の声がした。

「もしもし。どうしたの？　なんか用やった？」

「いやぁ、別に用なんかないぞ」

「だって、お母さんに電話かけろって言うたんやろ？」

「いやぁ、そんなこと言うとらんよ……」

電話のプッシュボタンのまわりに積もったほこりを美緒は指ですくいとった。

「お見合いのことなんやろ？　向こうの人になんて言うてあるか知らんけど、私まだ……」

向こうが黙っているので、美緒の方から本題に入ろうとすると、「ちょ、ちょっと待たんか。別にすぐに結婚しろなんて、お父さん、言うつもりないのやけん。ただ、ほら……」と口ごもった父親が、「おい、ほら、母さん」と、母を電話口に呼び戻そうとする。

「もしもし、ちょっとお父さん！」

慌《あわ》てて美緒は叫んだが、受話器の向こうから聞こえてきたのは、「はいはい。何よ？」という面倒くさそうな母親の声だった。

「何よって、そっちが勝手に代わったんやないね」

「もう、なんで自分で言えんのやろねぇ……」

そうぶつぶつとしゃべり始めた母の話をまとめると、今月の末に、そのお見合い相手が東京に出張するらしい。わざわざ博多に戻ってお見合いするのは面倒でも、東京でなら一度くらい食事したってかまわないだろうというのだ。

「お父さん、そうとうその人のこと、気に入ってるみたいやね」と、美緒は半ば呆れて言った。

「とにかく日にちが分かったら、また連絡するけん」

「会わんといけん？」

「だってかわいそうやないの」

「誰が？」

「誰がって、お父さんよ」

「ちょっと。何よぉ、それぇ」

母は言いたいことだけ言うと、さっさと電話を切ってしまった。

電話で話しながら、いちおう鍋《なべ》の火は消していたのだが、すぐに冷水で冷やさなかったので、見るからに茹でたそばにツヤがない。

美緒は棚のうえから、買って一度しか使っていない竹ザルを出し、少しふやけたそばを一掴みずつそこに盛った。小鉢につゆを入れて、乾燥わけぎをパラパラと落とす。美緒はそばと小鉢をリビングの低いテーブルに運ぶと、ちょこんとクッションのうえに座り込み、ズルズルッと勢いよくすすった。

部屋にはやわらかい日が差し込んでいた。テレビをつけていないせいか、窓の外からは子供たちの笑い声が聞こえていた。

台所で食器を洗っていると、リビングで携帯が鳴った。今度こそ、佳乃からの時間変更のメールだと思いながら、リビングへ戻って携帯を開くと、亮介からのメールだった。

『今、何してる?』

そこにはそう書かれてあった。

美緒はなんとなくその文字を親指で撫《な》でた。このメールをたった今送信したばかりの亮介が、ごろんと床に寝ころがっている姿が浮かぶ。平らな腹にのせられた長い指が、まるで鍵盤《けんばん》を叩《たた》くように踊っている。美緒は携帯をベッドの上に投げ出した。一度大きくバウンドした携帯が、壁に当たって羽毛枕《まくら》の横に落ちる。

上半身裸になると、亮介の胸には火傷《やけど》の痕《あと》が広がっていた。筋肉質な肩口から始まった皮膚の引き攣《つ》れは、左胸全体を覆《おお》っている。思わず見つめてしまった美緒に、亮介は、「子供の頃、焚《た》き火が燃え移って……」と、その左胸を撫でながら教えてくれた。

「あ、熱かったでしょ？」

自分でもくだらぬ質問だと分かっていたが、それ以外に何も言葉が出てこなかった。その傷を見ているだけで、この皮膚を焼いた炎の熱さを感じられた。

「熱いよ、火だから」

亮介も呆れたように笑った。

ホテルのベッドに腰かけていた美緒は、何かに手を引かれるようにして立ち上がり、自分の手のひらをゆっくりと亮介の左胸に当てた。さっきまで感じていた炎が、そこにあるような気がした。目を背けたくなるほど、亮介の左胸にある火傷の痕は美しかった。

月島のもんじゃ焼き屋では、ほとんど口を開かなかった亮介が、「これからどうする?」と尋ねてきたのは、「銀座まで」と告げて乗り込んだタクシーの中だった。なんとなく、「銀座に出てみる?」と言い出したのは美緒のほうだった。

「もう一軒、どっかで飲んで帰ろうよ」

「俺、あんまり詳しくないんだよな」

亮介は首を伸ばして、フロントガラスに迫ってくる景色を眺めていた。

「バーだったら何軒か知ってるけど……、別にどこでもいいでしょ?」

美緒の言葉に、「あ、別にいいけど」と亮介がどこか不服そうな答え方をする。

「もしかして、帰りたい?」

不安になって、美緒が運転手に聞こえないように小声で尋ねると、「え?」と、亮介が心底驚いたような顔をする。

「なんで?」

「だって……、あんまり乗り気じゃないから……」

そう応《こた》えた美緒の目を、亮介はマジマジと見つめ返してきた。

「帰りたいわけないだろ」

亮介が怒ったような口調で囁《ささや》く。美緒は、「あ、ごめん」と謝った。その瞬間、シートに置かれていた美緒の手を、亮介が強く握り締めた。

「このまま、俺んちに行こうよ」

亮介はそう言った。

「え？」

「だから、このまま……」

「ちょ、ちょっと待ってよ。どうして亮介くんって、いつもそう急なの？」

「別に急じゃないよ」

「急じゃない。最初に会ったときもいきなりモノレールの中で……」

美緒は運転手を気にして、そこで言葉を切った。

「急に言い出したんじゃなくて、ずっと考えてた」

どこか子供っぽい亮介の物言いに、美緒は思わず吹き出した。元々、口数の多い人ではないのだろうが、ほとんど目を合わせることもなく、黙々ともんじゃ焼きを食べていた彼が、実はずっとそんなことを考えていたのかと思うと、言葉ではなく、ほかの何かで、からだの奥のほうをくすぐられているような気になる。

「あのぉ、銀座はどの辺ですか？」

ふたりの会話が聞こえていたのか、運転手に声をかけられ、美緒は亮介と顔を見合わせた。

「えっと、八丁目のほうにお願いします。……八丁目の日航ホテルの前に」

美緒は亮介を見つめながらそう言った。亮介は何か応えようと口を開きかけたが、何も言わずに、どこかほっとしたように微笑《ほほえ》んだ。

あれは何の雑誌だったか、府中市にある禁酒サークルを取材した記事が載っていて、そこに「溺《おぼ》れる」というのは、自分がなくなり、魂を吸い取られることだ。「溺れる」のと「のめりこむ」のは、まったく違う。「のめりこむ」というのは感覚の問題で、「溺れる」というのは魂の問題なのだ、と書かれてあった。

日航ホテルの窓際《まどぎわ》のベッドで、亮介は乱暴に美緒を抱いた。肉体的に乱暴に扱われたわけではない。精神的に亮介は乱暴に美緒を抱いたのだ。

せつなくなるまで——、ふたりの下腹と下腹が重なり合うその一瞬の感覚を、早く味わいたくて、せつなくなるまで——、亮介は丁寧に美緒のからだのあちらこちらをやさしく咬《か》んだ。

口の中に舌を差し入れてくる。口の端から垂れる唾液《だえき》が、自分のものなのか、彼のものなのか分からなくなる。彼はゆっくりと美緒の唇を咬む。首を咬む。亮介の硬い歯が自分の肌に触れるたび、お尻《しり》が痙攣《けいれん》するようにビクンと震える。湿っているのが、彼の肌なのか、自分の肌なのか、分からなかった。逃れるようにシーツを摑《つか》むと、その指さきから腋《わき》を、わき腹をゆっくりと撫でる。乱れたシーツの上で、簡単に裏返される自分が、木の葉のように感じられた。乳房も、背中も、肩も、腰も、まるで自分のからだのようには思えなかった。こんなにも自由に操られている自分の姿を、誰にも見られたくないと思いながらも、指一本、亮介の意思に抵抗させることができなかった。

亮介の前でこんなにも大胆になれる理由を、美緒は、乱れる息を嚙《か》み殺しながら懸命に探そうとした。そうしないと、まるで本来の自分が、こんな女だったように思えて仕方なかったからだ。自分がまだ「涼子」のままだからかもしれなかった。亮介の胸にある火傷の痕が、自分をこうさせているのかもしれなかった。とにかく、この甘くて乱暴な愛撫《あいぶ》を、声を上げそうなくらい欲している自分に、何かしらの言い訳が欲しかったのだ。

オーチャードホールでの「白鳥の湖」の公演が終わり、トイレに入った佳乃が出てくるのを玄関前で待ちながら、美緒はＯＦＦにしていた携帯に電源を入れた。昼間、

『今、何してる?』と送られてきた亮介のメールにはまだ返事を出していなかった。

一瞬ためらって、新着メールの問い合わせをした。「白鳥の湖」を観《み》ながらずっと、なぜかしら亮介からの新たなメールが届いているような気がしてならなかった。ホールを歩いてくる佳乃の姿が見えたのと、「新着メールなし」というメッセージが出たのが同時だった。美緒は携帯をバッグの中に入れると、歩いてきた佳乃に、「どうする? なんか食べて帰る?」と声をかけた。

「食べて帰ろうよ。そのつもりで出てきたんだから」

佳乃が表通りへ向かう人の流れに歩調を合わせながら唇を尖《とが》らせる。

「行くのはいいけど、この辺、遅くまでやってるレストランあったっけ?」と、美緒もそのあとに続いた。狭い歩道にはホールから出てきた人の長い列ができている。

「ポルトガル料理は?」

うまく横に並べずに、前を歩く佳乃がふり返ってそう言った。

「いいよ。この辺?」

「すぐそこ」

駅へと向かう人波から逃れて、美緒と佳乃は横断歩道を渡った。松濤《しょうとう》へと向かう通りを渋谷駅とは反対方向に歩いていくと、コンビニがあり、三台ほど停められる駐車スペースに、五、六人の若者がべたっと座り込み、大声で笑い合っている。

「予約入れてなくても平気なの？」

美緒は彼らから目を背けるようにして佳乃に尋ねた。

「たぶん大丈夫だと思うんだけど……」

彼らを眺める佳乃の表情にも、うんざりしたような色がある。

「てめぇ！　やめろよ！　うざいんだよ！」

地べたに座って肉まんを頬張っている女の子が奇声を上げていた。見れば、横に立っている少年が、ふざけて自分の下半身を、その女の子の顔に押しつけようとしている。

「ゲッ！　こいつ、勃起《ぼつき》させてねぇ？」

「うわ、きもい！」

「勃《た》ってねぇよ！」

座り込んだ集団のあちらこちらから、まるで通りの通行人たちに無理に聞かせようとでもしているような下品な声が聞こえてくる。

美緒と佳乃はほとんど自分の足元を見つめるほど俯《うつむ》いて、彼らがいるコンビニの前を通った。ゲラゲラと笑う彼らの声が遠ざかると、「しかし、ああなるともう動物だよね」と、うんざりしたように佳乃が呟《つぶや》く。

美緒はその横顔をちらっと見て、フッと小さな息を漏らした。

「『ウー、ワンワン』って吼《ほ》えても、きっとあの子たちには通じるよ」

佳乃がやっと顔を上げてそう呟き、「きっとなんにも考えてないんだろうなぁ」と首をふる。

「私たちだって、高校のころには何も考えてなかったじゃない」

「でもさ、ああまでひどくはなかったでしょ？」

「動物ねぇ」

「そう。動物よ。動物だと思えば、見かけても気にならないし」

佳乃はそう言うと、立ち止まって交差点の左右を確認した。

「ねぇ、動物ってさ、ほんとに何も考えてないのかな？」

立ち止まった佳乃の隣で、美緒はなんとなくそう尋ねた。

「何にも考えてないんじゃない」

「そう？」

「そうでしょ。本能のまま。ああ、おなかがすいた。ああ、発情した。ああ、眠いって。そんな感じなんじゃないの？」

「たとえばさ、恥ずかしいとか、照れるとか、そういう感情って動物にはないわけ？」

「恥ずかしい？　照れる？　そういう感情があったら、ああはならないでしょ」

　佳乃は背後をふり返り、コンビニの前でまだ奇声を上げている女の子たちのほうを顎《あご》でしゃくった。


　佳乃が案内してくれたポルトガル料理の店は、こぢんまりとした小さなレストランだったが、どの料理も少し甘いポルトガルワインによく合った。

　バッグの中で携帯が鳴ったのは、食事を終えて、濃いエスプレッソを飲んでいるときで、ちょうど佳乃はトイレに立っていた。バッグから取り出して受信したメールを確かめてみると、『何時でもいいから連絡くれ。』と書かれた亮介からのもので、消し忘れたのか、打ち忘れたのか、『待って』という文字が最後についている。何時でもいいから連絡くれ。待ってる。と打ちたかったのだろう。

　ぼんやりとその文面を眺めていると、トイレから戻った佳乃に、ポンと肩を叩かれた。椅子《いす》に腰かけながら、「誰から？」と画面を覗《のぞ》き込もうとする。

「別に」

「例の彼でしょ？」

美緒は何も答えず、カップの底に残ったエスプレッソを飲み干した。

「……ねぇ、ちょっと下品なこと訊《き》くけど、佳乃ってさ、これまでになんていうか、この人、うまいなぁって思うような人と出会ったことある？」

美緒はウェイターがテーブルの横を通り過ぎるのを待って、そう尋ねた。

「何よ、とつぜん。うまいなぁって、あれ？」

「そう」

「何、浩介くんがうまいんだ？」

「浩介じゃなくて、亮介」

「ああ、そうだった」

「うまいっていうか……」

「合うんでしょ？」

「え？」

「肌が合うとか合わないとか、よく言うじゃない。きっと美緒とその彼とは肌が合ってんのよ。……どんな感じなの？」

「何が？」

「だから、その彼の肌よ」

亮介の胸にあった火傷《やけど》の痕《あと》がふと浮かぶ。

「すべすべなんでしょ？」

「まぁ、すべすべって言えば、すべすべかな」

「『愛』でも『恋』でもなくて、『肌』なわけね？」

「何よ、それ」

「だってそうじゃない？」

亮介と一夜を過ごしたホテルを出たあと、美緒は一瞬、本当の名前を告げようかと思った。「今度はいつ会える？」と訊いてきた亮介の表情に、昨夜、何かが始まったことがはっきりと表れていたからだ。しかし、そのときすでに何かのタイミングがズレてしまっているように感じられたのもたしかで、結局、地下鉄の駅で別れてしまった。

あれからすでに二週間、毎日のように亮介からのメールは来るが、返事は出したり出さなかったり、週末に会おうと言われるたびに、「今週は休日出勤がある」「今週は伯母の家に行かなければならない」と、見え透いた嘘《うそ》で断っている。

「ねぇ、私のこと、嫌な女だと思わないでよ」

テーブルの上に財布を出した佳乃に、美緒はまずそう前置きした。

「何よ？　いきなり」

財布から一万円札を引き抜いた佳乃が、怪訝《けげん》な表情で顔を覗き込んでくる。

「彼と一緒にいても、ぜんぜん楽しいと思えないのよ」

「え？」

「だから、一緒にいても、すごく退屈なの」

「さっき肌が合うって言ったじゃない」

「だから、本当にそれだけなのよ」

美緒が周囲を気にして小声でそう囁《ささや》くと、佳乃もどう応《こた》えていいのか分からない様子で、財布から出した一万円札の皺《しわ》を伸ばそうとする。

「何、私に、『そんなの、セックスだけ楽しめばいいのよ』って言ってもらいたいわけ？」

「そうじゃなくて、佳乃だったら、どうするかなぁと思って」

「私だったら、そうする」

「そうするって？」

「だから、適当に遊ぶだけにする」

「相手が真面目《まじめ》に付き合ってると思っても？」

「そう思ってるの？」

「たぶん」

「でも、美緒は好きになれない？」

「というか……、あの最中にね……」

　美緒は周囲に声が聞こえないように、テーブルの上にある佳乃の顔に自分の顔をそっと寄せた。

「……なんていうか、ああ、この人が、ただのからだだったらいいのにって、なんかそう思っちゃったの」

「何よ、そのただのからだって」

「だから……」

「やだぁ、それって道具ってこと？　そんなの、相手に失礼よぉ」

　ウェイターがレシートを持ってきて、話はそこで中断された。きっちりと料金の半額を財布から出しながら、自分の話し方に照れがあったにしろ、佳乃に伝えたかったことと、実際に伝わったことが、少しズレてしまっていることに気づく。本当は彼がただのからだなのではなく、自分がそんなただのからだになりたがっているような気がしていたのだ。

井上と名乗る男から、携帯に連絡が入ったのは、翌週の火曜日だった。銀座での打ち合わせのため、ちょうど会社を出ようとしていたところで、一瞬、見覚えのない番号だったので、出るのをためらったのだが、母が最近携帯を買ったという話を聞いていて、それかもしれないと思って出た。

「平井美緒さんですか？」と相手は言った。

「はい。そうですけど」と応えると、電話の向こうで、無理に笑いを噛《か》み殺しているような感じが伝わってくる。

「あの、失礼ですけど」

ちょっときつい口調で尋ねた。

「あ、すいません。私、井上と申しまして、美緒さんのお父様にこの番号を教えて頂いた者です」

言葉使いは丁寧なのだが、やはりどこか無理に笑いを堪《こら》えている。

「父に？」

「はい。私、お父様の下で働かせてもらっている者で……」

例のお見合いの相手らしかった。

「……今月末の東京出張の際に、美緒さんとお会いできることになったとお聞きしまして」

「あ、でも、それはまだ……」

「はい。支店長のほうからも、美緒さんが渋っているという話は聞いておりますので」

どこかで聞いた覚えのある声だったが、どうしても思い出せなかった。

「あの、私、以前どこかでお目にかかったことありました？」

お台場海浜公園駅に繋《つな》がっているコンコースを歩きながら、美緒は尋ねた。

「お目にかかったこと？　相変わらず、上品ぶってんだな、お前」

「え？」

「俺だよ、俺。……井上幸治」

「井上幸治？　……え？　井上って、あの？」

「そうだよ。あの井上幸治」

「ちょ、ちょっと、え？　何よ、え？　どうしたの？」

「だから、お前と見合いしようと思って電話したんだよ」

「な、なんで」

ゲラゲラと笑いながら、幸治はことの顚末《てんまつ》を話し始めた。幸治とは高校のころ、同じ陸上部に所属していた。地元の大学に入り、同じクラスだった黒崎という女と付き合い始めたという話は風の噂《うわさ》で聞いてはいたが、それ以後、耳に入ってくる情報はなかった。

「今回はただの打ち合わせなんだけど、実は来月から一年間、東京支社勤務なんだよ」

「こっちに住むんだ？」

「ここからは通えないだろ」

幸治の話では、たまたま転属になった支店の支店長が、美緒の父親だったらしい。今回の見合い話も、彼が美緒の同級生だと知った上でのことだったという。

「お父さんも知ってて、黙ってたんだ？」

「そうでもしないと、お前は見合いなんかしないからって。俺、ちゃんと言ったんだよ、俺とお前は高校のころ同じ陸上部で、とても仲が良かったんですって」

「仲なんか良くなかったじゃない」

「それはほら、お前が俺のこと好きなくせに、嫌いなふりしてたから」

「何よ、それ」

たしかに幸治は人気があった。教室の隅のほうで、いつも窓から外を眺めているというニ枚目タイプではなく、文化祭があればパンクバンドを作って大暴れし、体育祭では応援団長を務めるような、そんなタイプの人気者だ。彼の周りには、いつも他の男子生徒がたむろしていて、彼らの下品な笑い声は、校舎のどこにいても聞こえていた。近寄ると汗くさいのに、離れているとその笑い声が気になって仕方がない。美緒にとって、幸治はそんな同級生だった。

高校総体の帰りのバスで、たまたま座席が隣になったことがある。

「あーあ、これで部活も終わりだな」と幸治が呟くので、「惜しかったね。予選のタイムが出てれば、決勝に残れたのにね」と美緒が声をかけると、「いっつもそうなんだよ、俺。いっつも、最後の最後でついてねぇんだよな」と、幸治は苦笑いした。

その笑い方がいつになく寂しそうだったので、見るともなくその横顔に目を向けると、その大きな瞳《ひとみ》が涙に濡《ぬ》れているように見えた。からかってやろうかとも思ったが、なんとなく目を逸《そ》らし、「ねぇ、幸治ってもう志望校、決めたの？」と話を変えた。

「お前は？」

「私は推薦だもん」

「あ、そうか。東京だったよな」

もう少しだけふたりきりで話をしたかったのだが、前の席に座っていた米倉《よねくら》という後輩がやってきて、補助席に座り込むと、幸治はまたいつものように馬鹿《ばか》な話を始め、バスが学校に到着するまで、一度も美緒のほうをふり向くことはなかった。


二週間ほど仕事に忙殺される日々が続いていた。大手石油会社の広報部に勤めて足かけ六年、自分がいなければどうにもならない現場も増え、体力的にきつい日はあっても、毎日、何かをこなしているという充実感はある。

昨年関わった会社のイメージポスターが、広告業界の小さな賞をもらって、次の人事では主任昇格も確実視されている。特に出世欲が強いわけではないが、仕事を認められると理屈ではなく、からだが素直に喜んでしまう。

亮介からのメールは、ほとんど返信を出さなかったせいもあって、最近ではめっきり回数も減り、三日に一度、短いものが届くだけになっていた。『今週末も忙しい？』と書かれたメールに、ちゃんと状況を説明しようと思うのだが、会社では落ち着いてメールを打つ時間はなく、帰宅してから送ろうと思っていても、シャワーを浴びてベッドに寝転ぶと、携帯を開く気力もなく、すぐに眠り込んでしまっている。

一度だけ、お台場から新橋へ向かうゆりかもめの中で、長いメールを打って送った。他愛《たわい》もない内容だったが、すぐに送り返されてきた亮介からのメールには、『仕事がんばれよ』と一言だけ書いてあった。

「ねぇ、午後からの撮影って、何時から？」

デスクでパンフレット用の原稿をチェックしていると、前を通りかかった佳乃に声をかけられた。

「三時から。なんで？」

美緒はまた手元の原稿に向き直りながら、そう答えた。

「お昼まででしょ？」

「え？　もうそんな時間？」

デスクに置かれた時計を見ると、すでに一時を廻っている。

「何、時間も忘れて仕事に熱中してるわけ？」

「だって、あさってが締め切りなのに、まだ半分しか原稿届いてないんだよ」

「誰に頼んだのよ？」

「ほら、課長が前から頼んでる今泉さんって知らない？」

「何年も中近東を旅行してた人でしょ？」

佳乃がデスクに置かれた原稿を手に取りながら、「今回のポスター、やっぱりすごくいいよね」と言う。

「ほんと？」

「実際にガソリンスタンドに貼《は》ってあるのを見たんだけど、かなりいい感じだった。子供の表情とか、すっごく可愛《かわい》いし。あのカメラマンって、美緒が探してきたの？」

「ううん。営業の三峰《みつみね》さんの紹介」

パラパラと原稿を捲《めく》った佳乃が、「さっ、なんか食べに行こうよ」と、美緒の背中をポンと叩《たた》く。

エレベーターを降りて、ビルの外へ出ると、とつぜん、「ねぇ、今日、天気いいからさ、『そば幸』やめて、砂浜のほうに行ってみない？」と佳乃が言い出した。

「砂浜？　寒いよ」

「何、言ってんの。こんなにいい天気じゃない」

佳乃が言うとおり、頬に当たる風が、つい先日までの吹きつけるような冷たい潮風ではない。美緒はお昼どきの混んだ「そば幸」の店内の合い席で、そばをすする自分の姿を想像し、「そうね」と佳乃の提案に肯《うなず》いた。

「せっかくだから、ビール飲んじゃおうか」と佳乃が言う。

「誰かに見られたら、どうすんのよ？」

「何をおっしゃいます。こんなに働いてるんだから、誰も文句言わないって」

平日だというのに、砂浜のほうへ伸びる海岸通りは、デックスやアクアシティに遊びに来ている人たちで賑《にぎ》わっていた。通りのコインパーキングには、色とりどりの車が並び、春色の服を着たカップルたちが、潮風を一身に浴びている。

「そうか。学生さんたちは、もう春休みだもんね」

佳乃が妬《ねた》ましそうに呟《つぶや》く。「やっぱりさ、お台場っていうのは遊びにくるところで、私たちみたいに、ここで働いちゃ駄目なんだよ」と。

車が途切れるのを待って、美緒は通りを渡った。あとをついてきた佳乃が、「でもさ、休みの日にこんなところに来たい？」と訊《き》くので、「相手にもよるよ」と答えた。

「もしかして、あの久保課長とお台場？」と佳乃が笑う。

「だから、なんで課長が出てくるのよ？」

「じゃあ、浩介くん？」

「だから、亮介だって！」

美緒と佳乃はガードレールを跨《また》いだ。街路樹の向こうから、かすかに海の匂《にお》いがする。

お台場という街を、美緒はあまり好きになれない。会社がたまたまこの場所にあるから通っているが、もしもここが通勤先でなかったら、一生来ることはなかったのかもしれない。なんというか、いかにも見栄《みば》えよく造りましたという感じが、逆にそのセンスを疑わせるのだ。週末、ここへ遊びにくるカップルたちも、実はみんなそんな思いを抱いているようで、通りや砂浜でふと耳にする会話は、

「なんか、つまんない場所だなぁ」

「なんか、期待はずれ」

というものが多い。

きっと、そんな科白《せりふ》を吐きに、みんなここへ来るのだろうと美緒は思う。お台場だけじゃない、全国にある観光地というものは、そのためにあるような気さえする。

海岸通りぞいのレストランで、テイクアウト用のクラブサンドを買って、日を浴びた砂浜に出ると、木陰にレジャーシートを広げた佳乃が、「こっち、こっち」と手をふっていた。

「そのシートどうしたのよ？」

「コンビニに缶ビールを買いに行ったら、五百円で売ってたの」

「なんか、本格的にピクニック気分ね」

そう言いながら、美緒はシートに腰をおろした。

「やるとなったら、なんでも徹底的によ」

佳乃が袋から缶ビールを取り出す。

砂浜には若いカップルたちのほかに、家族づれの姿も目立った。幼い女の子を腕に抱いた父親が、波打ち際《ぎわ》を散歩している。そのうしろから子供の靴をつまんだ母親が、砂の感触をたしかめるようについてくる。

「寒くないのかな？」

美緒は思わず呟いた。

決して美しい海ではない。銀色の東京湾に造られた人工の白い砂浜。ときどき、空を横ぎるカモメさえ、にせものではないかと思わせるが、海の上を渡ってくる風は、どこか遠くへ行きたくなるような、そんな潮のかおりを運んでくる。

「あ、そうだ。これこれ」

缶ビールを一口だけ飲んだ佳乃が、ビニール袋から雑誌を一冊取り出した。

「何？」と美緒が手を伸ばすと、「ちょっと、私が先に読むんだから」と、その手をヒジで払おうとする。

佳乃のヒザの上に広げられたのは、女性ファッション誌『LUGO』だった。

「今日発売みたい」

佳乃の細い指が雑誌のページを捲っていく。すでに夏のサンダルを特集しているページを飛ばし、夏のメイク特集を飛ばし、その指が止まったのは、青山ほたるの連載小説「東京湾景」のページだった。

佳乃が読み始めたので、美緒は仕方なくぼんやりと海を眺めながら、クラブサンドに齧《かじ》りついた。日を浴びているお陰で、それほど寒さは感じないが、シートから伝わってくる砂の感じは少し冷たい。

佳乃が見開き二ページの小説を読み終わったのと、クラブサンドをゆっくりと食べ終わった美緒が、なんとなく波打ち際まで歩いて、シートに戻ってきたのが同時だった。

「なるほどねぇ」と、雑誌をシートの上に投げ出した佳乃が、空に向かって背を伸ばす。

「何よ、その『なるほどねぇ』って」

美緒はシートに腰をおろしながら、投げ出された雑誌を手に取った。

「どう？　面白かった？」

ページを捲ろうとした美緒の手を、さっと佳乃が押さえ込む。

「何よ？」

「先に言っておくけど、この小説、けっこうまんま書いてあるよ」

「何、まんまって？」

「だから、たぶん、この小説の主人公の『永井英二』って、亮介くんだと思う」

「どういうことよ？」

美緒は開こうとした雑誌を、なんとなく閉じた。

「まぁ、自分で読んでよ。ちょっと覚悟いるけど」

「覚悟？　どういうことよ？」

「だから、なんていうのか……」

口ごもる佳乃の肩を、「何よ、気になるじゃない」と美緒は押した。大げさにからだを揺らした佳乃が、「あのねぇ、もしこれが本当の話だったら、亮介くんって、彼女がいるみたいよ」という。

「え？」

「だから、亮介くんって、彼女がいるみたい。隣に住んでる同僚の彼女の友達だって」

「何？　そんなことが書いてあるの？」

「それどころか……」

「何よ？」

「去年の夏、メールで知り合って、羽田空港でデートした女の子も出てくる。ちなみに名前は『リコ』ちゃんって言って、浜松町のキヨスクで働いてるって嘘《うそ》ついてたんだって」

「え？」

「ね？　ちょっとびっくりでしょ」

美緒は雑誌を開こうかどうしようか迷って、結局、シートの上に投げ出した。

「ところでなんでキヨスクだったわけ？」

「学生の頃バイトしてたことあって。それでつい……」

急に日が翳《かげ》った。白く輝いていた砂浜が、灰色の汚れた人工の砂浜に変わる。美緒は空を見上げてみた。どこから流れてきたのか、分厚い雲が太陽にかかっている。とつぜん海からの風が冷たくなり、隣で佳乃が、ぶるぶるっとからだを震わせる。

「そろそろ行く？」と美緒は訊いた。

「読まないの？」と、佳乃が言うので、「あとで読むよ」と美緒は答えた。

夜の「お台場海浜公園」駅を出発したゆりかもめは、左手にライトアップされた人工の砂浜を見下ろしながら、お台場をあとにし、その後、高速湾岸線と合流して、ゆっくりとレインボーブリッジを渡ってゆく。

運転手のいない完全コンピューター制御のこの電車は、台風のときはもちろん、多少の強風でも、運転が見合わされることがある。ほかにも、たとえば朝の通勤ラッシュのときなど、ドアの前に立っている人のコートが挟まってしまっただけで、まるで駄々をこねる子供のように、まったく駅から走り出そうとしない。

あるとき、「運転手のいない電車ってさ、安全だとは分かってても、なんとなく不安だよね」と、一緒に乗っていた佳乃が呟いたことがあった。

「どうして？」と、美緒が尋ねると、「別に、どうしてってこともないけど、この電車って誰も運転してないんだなぁって思うと、なんとなく不安じゃない」と笑う。

言われたときには、さほどピンとこなかったのだが、終点の新橋駅でゆりかもめを降りて、ＪＲの改札で佳乃と別れたあと、ひとり山手線のホームに立っていると、「なんとなく不安じゃない」と呟いた佳乃の言葉が、急に肌で分かるような気がした。

もちろん、はっきりと分かったわけではない。ただ、分かるような分からないような、それこそ「なんとなく」理解できたのだ。「不安」なのではなく、かといって「不安」でなくもない、そのあたりの微妙なニュアンスが。

美緒は向かい合わせになった四人がけのシートの窓側に座っていた。時間が中途半《はん》端《ぱ》なのか、それほど車内は混み合っていない。

ふと、前の座席に目を向けると、ここ数日、雨は降っていないのに、若いサラリーマンが黒い傘を持って座っている。これから雨にでもなるのだろうか。

ぼんやりとその傘を見つめていたせいか、邪魔になっていると勘違いして、男が傘を窓枠にかけようとする。美緒は少し申し訳なくなって目を逸《そ》らした。窓の外にはいつもと変わらぬ東京湾の夜景が広がっている。

ライトアップされたレインボーブリッジがゆっくりと迫ってきた。お台場から芝浦埠《ふ》頭《とう》へ東京湾を渡りきれば、巨大なループを描いて、日の出桟橋から浜離宮庭園を迂《う》回《かい》する。巨大なループを描くゆりかもめの窓からは、左右どちらからも東京湾岸の三六〇度大パノラマが広がる。

美緒は窓のそとの夜景から、自分の手元に視線を戻した。膝《ひざ》の上には『LUGO』が置いてある。

ゆりかもめの終点新橋駅で山手線に乗り換えた美緒が、品川駅のホームにふと降り立ったのは、九時を少し回ったころだった。本来なら山手線で渋谷へ向かい、そこで田園都市線に乗り換えて桜新町に向かう。

とつぜん品川で降りてみようと思い立ったのは、ゆりかもめの中で一心に読んだ青山ほたるの小説のせいだった。彼女の連載小説「東京湾景」には、品川駅港南口から主人公の「永井英二」が暮らすアパートまでの詳細な記述が載っていた。

去年の夏、一緒に乗ったモノレールの中から、美緒は一度だけ亮介のアパートを見下ろしたことがある。ただ、あの埠頭に自分の足で立ったことはない。それなのに、青山ほたるの小説を読んでいるうちに、自分があの埠頭を歩き、亮介のアパートに向かったことがあるような、そんな錯覚に陥っていた。

品川駅の港南口を出ると、美緒は小説に書かれてあった通りに歩き出した。夕方には港湾労働者で賑わう駅前の大衆酒場。細い路地に並ぶ韓国エステの店舗。交通量の多い旧海岸通りを渡れば、高浜運河にかかる御楯《みたて》橋のたもとになる。

黒い運河を見下ろしながら橋を渡ると、左手に広大な都営団地の敷地が見える。青山ほたるの小説で、主人公「永井英二」とその彼女「倉田愛」は、この薄暗い団地の中を歩いてアパートへ帰る。

通りを渡った美緒は、少しだけためらって都営団地の敷地には入らず、まっすぐに伸びる車道のほうを歩き出した。シンと静まり返った団地を右手に見ながら、しばらく歩いていくと、片側三車線の大通りにぶつかり、通りの向こうに不気味なほどじっとしている夜の倉庫街が広がっている。

信号は規則正しく変わっているのだが、車が一台も走っていない大通りで、誰のためにでもなく点滅している信号が、どこかむなしく見えなくもない。

小説には真っ暗な倉庫街と書かれてあったが、実際に目にしてみると、真っ暗というよりは、青い街灯に照らされて、倉庫街全体がぼんやりと浮かび上がっているようだった。

今夜、自分は亮介に会いたくて、ここへ来たわけではなかった。ただ、小説に書かれた通りに駅から歩けば、本当に彼の、いや、「永井英二」のアパートへたどり着けるのか、それを知りたくて来ただけなのだ。

倉庫街へと渡る横断歩道の信号は、数秒前に青信号に変わっていた。ここを渡るべきかどうか、なかなか決心がつかない。こちら側には遠くにコンビニの明かりも見える。しかしここを渡ってしまうと、本格的な倉庫街になってしまう。さすがに女の一人歩きでは勇気がいる。

通りの正面に、シャッターを開けたままの倉庫があった。その倉庫の中を、必死に見ようとするのだが、あまりにも闇《やみ》が深くて、そこにどれほどの空間が広がっているのか見当もつかない。段ボール詰めにされた貨物が、高く積み上げられているようにも見えるし、実は完全な空洞で、どんなに手を伸ばして探っても、その指先に触れるものはないようにも見える。

また信号が赤に変わって、美緒はやはり駅へ引き返そうかと思い直した。ここを渡るのは簡単だが、この広い倉庫街の中でアパートを見つけ出すのは容易ではない。小説にはこの辺りまでしか書かれていなかった。この先、倉庫街のどの辺りに「永井英二」のアパートが建っているのか、そこまでは記されていないのだ。

ただ、そのアパートの窓からは、モノレールの高架が見えるはずで、美緒が立っているこの通りからも、遠くにそれらしき高架橋は見える。

さんざん迷った末に、美緒はやはり駅へ引き返そうとした。そのときだ。見つめていた倉庫街の路地で、とつぜん光が膨らんだ。一台の車がわき道から走ってきているらしく、ライトの当たったコンクリートの壁で、その明るさがしだいに増していく。

引き返そうとした足を止めて、その光を見つめていると、わき道から車ではなく一台のスクーターが飛び出してきた。

壁に激突するほどのスピードで突っ込んできたスクーターが急カーブを切って、美緒が立つ大通りへ飛び出してくる。スクーターは美緒の目の前で大きくカーブを切ると、そのままコンビニのほうへ走りぬけた。

男は、灰色の上下スウェットを着て、素足にサンダル履きだった。一瞬、黒いヘルメットの中の目が、自分のほうに向けられた気がして、美緒は慌《あわ》てて駅のほうへ歩き出した。

走り去ったスクーターが、急ブレーキをかけたのはそのときだ。

十メートルほど先で、スクーターを停めた男がヘルメットを脱いでいる。美緒はいったん踏み出そうとした足を、もう一度引っ込めた。

「りょ、涼子ちゃん？」

男がこちらに向かって叫んだ声が、静まり返った大通りに響く。美緒は思わず、「あ！」と声を上げた。

「な、何してんの？　こんなとこで」

器用に両脚でスクーターをバックさせながら、亮介が後ろ向きに近づいてくる。美緒はどう応《こた》えてよいものか、とにかく、あとずさってくる彼の元へ駆け寄った。

美緒はガードレールのあいだをすり抜けて車道へ出た。亮介が目を丸くしている。

その髪から、微《かす》かにシャンプーの匂《にお》いがする。

「どうしたの？」

不思議そうに見つめてくる亮介に、美緒は、「あ、えっと……、あの、これ」と、慌ててバッグから『LUGO』を取り出した。

「……あの、ほら、これに、この辺のことが書いてあったもんだから」

しどろもどろではあったが、とにかくそう答えると、「何、それ？」と雑誌に手を伸ばしてきた亮介が首を傾《かし》げる。

「何って、青山ほたるが連載小説やってる雑誌。え？　出てるの知らなかったの？」

「知らない」

亮介はヘルメットと雑誌を器用に抱えながら、首をふった。

「きょ、今日発売だったたんだけど」

「ふーん」

「ふーんって、興味ないの？」

「なんで？」

「だって、取材まで受けたんでしょ？」

亮介は雑誌をパラパラと捲《めく》った。小説のあるページを飛ばしてしまったので、「ほら、ここ」と、美緒は慌てて指を挟んだ。

亮介は文字の多い誌面を一瞥《いちべつ》すると、また、「ふーん」と唸《うな》ってすぐに閉じ、そのまま美緒に突き返してきた。

美緒はきょとんと亮介を見つめた。わざと興味のないふりをしているのではなく、本当にどうでもいいような顔をしている。

「それにしても、こんな時間に……。一人で来たの？」

亮介に顔を覗《のぞ》き込まれて、「あ、うん。一人」と美緒は答えた。

「駅から歩いて？」

「そう」

「歩くと、けっこうあるだろ？」

「でも、ほら、これでだいたい見当はついてたから」

美緒はもう一度『LUGO』を持ち上げてみせた。相変わらず、通りを走ってくる車はない。

「来るんだったら、電話してくれればいいのに」

「ち、違うよ。亮介くんのところに来たんじゃなくて……」

「え？」

「あ、いや……ほんとにちょっと、この辺を歩いてみたかっただけだから」

ヘルメットをハンドルにかけた亮介が、ゆっくりとスクーターを押しながら歩きだす。一人その場に残るわけにもいかず、美緒もそのあとに続いた。まさか会うとは思っていなかったので、うまい言い訳さえ浮かんでこない。ここでちゃんと言い訳をしておかなければ、あらぬ誤解を招くことは分かっているのだが、肝心のその言葉が出てこない。

「どこ行くの？」

美緒はスクーターを押す亮介の背中に声をかけた。

「そこのコンビニ」

亮介が足を止めてふり返る。

「あの、じゃあ、私……、こっちだから」

「え？」

「駅。こっちでしょ？」

美緒は自分が歩いてきた都営団地のほうを指差した。亮介が何か言おうとして、その言葉を飲み込んだのが分かる。

「送るよ、駅まで」

亮介は美緒の目を見ずにそう言った。

「……い、いいよ」

「これで送るよ。歩くと遠いだろ」

亮介がハンドルにかけていたヘルメットをとり、美緒の前に差し出してくる。美緒は素直にそのヘルメットを受け取った。

「うちに来てほしいんだけど……、今日、ちょっと駄目なんだ」

亮介がスクーターに跨《また》がりながら、そう言った。

「い、いいよ。本当に、この辺、ちょっと歩いてみたかっただけだから」

亮介に腕を引かれて、スクーターの後ろに跨ろうとしたとき、ふと青山ほたるの小説に書かれていたある場面を思い出した。

「ねぇ、もしかして、部屋に彼女がいる？」

「え？」

ふり返った亮介の額が、美緒がかぶっているヘルメットにぶつかりそうになる。

「今、何か言ったろ？」

改めて首を傾げる亮介に、美緒は、「いや、何も」と慌てて答えた。

前を向いた亮介がスクーターにエンジンをかける。「摑《つか》まって」と、美緒の両手を自分の腰に巻きつける。

「ねぇ！」

今にもスクーターが走り出そうとしたとき、美緒は思わず声を上げた。

「何？」

ふり返った亮介が、まっすぐに目を覗き込んでくる。

「ねぇ、お台場」

「え？」

「だから、こっち側から、お台場を見てみたい」

美緒の言葉に、最初、亮介はきょとんとしていた。しかし、「お願い」と美緒が手を合わせると、「分かった。いいよ」と微笑《ほほえ》み、改めて美緒の両手を自分の腰に巻きつけた。


スクーターというものが、ふつうどれくらいのスピードで走るものなのか分からないが、初めて乗せてもらった美緒には、かなりの速さのように感じられた。必死に亮介の背中にしがみついていても、今にもタイヤが地面を離れて、車体ごとふっと浮かんでしまうような気がする。広い通りにはふたりが乗ったスクーター以外、走っている車は一台もなかった。

あっという間に、遠くに見えていたモノレールの高架橋をくぐった。くぐると、そこが大きな橋のたもとで、スクーターはほとんどスピードを落とさずに橋への坂道をのぼっていく。頬に当たる風に、ふと海の匂いがしたのはそのときで、ほとんど閉じかけていた目を開けると、すぐそこ、手が届きそうな場所に、青白くライトアップされた巨大なレインボーブリッジがあった。毎日、ゆりかもめでグルッと回っているループ橋が、静かな運河の水面にその影を落としている。

スクーターは橋のちょうど中間に差しかかっていた。

「止めて！」

自分では大声を出したつもりだったが、風に流されたのか、亮介の耳には届かない。スクーターは滑るように橋をおりた。大きなカーブに差しかかって、いくぶんスピードが落ちる。カーブを曲がると、まっすぐの一本道で、遠くまで青信号が連なっている。だだっ広い通りなのに、通行人はおろか、車一台走っていない。路肩に停められた大きなトレーラーさえ、その道では小さく見える。

両側に巨大な倉庫が並んでいた。どの倉庫も唇をかみしめるようにシャッターが降りている。連なった青信号の下を走り抜けて、スクーターがさっと左に折れた。バランスを崩した美緒は、慌てて亮介の腰を抱きしめた。

目の前に片側だけが開いている鉄門があった。スクーターはまっすぐにそこへ突っ込んでいく。

「あ！」

思わず声が漏れた。

鉄門の先に黒い東京湾が広がっていた。そして、その先、真っ黒な海から浮かび上がった光の要塞《ようさい》のように、お台場の夜景が輝いていたのだ。

亮介は岸壁の突端でスクーターを停めた。前輪の数十センチ先は海だった。美緒は呆然《ぼうぜん》と対岸のお台場に目を向けた。まるで真っ黒な海に浮かんだ小船に乗って、お台場に密集するビル群の光輝を、一身に浴びているようだった。

スクーターのエンジン音が消えると、プッッと何かが切れるように辺りが静まり返り、足元の岸壁にぶつかる波の音だけが残る。

美緒はゆっくりとスクーターから降り立った。自分が岸壁の先端に立っているからか、それとも目の前に広がる東京湾で、対岸の明かりが揺れているせいか、足元からぐらぐらとからだを揺すられているような気がする。

少し遅れてスクーターを降りた亮介が、「どう？」と、横から顔を覗き込んでくる。

「……すごい」

美緒は興奮気味に肯《うなず》いた。

「私ね、実はあそこで働いてるんだ」

美緒はまっすぐに対岸を指差した。

「あそこって……」

「あそこに建ってるビルの中で働いてるの」

隣にいる亮介の横顔が、月明かりを浴びている。

「キヨスクは嘘《うそ》だったけど、今度はほんと」

美緒は対岸に視線を戻して、そう言った。亮介が何も返事をしないので、「信じない？」と尋ねると、「信じるよ」と、対岸を見つめたまま亮介が小声で答える。

「真正面なんだな。この海を挟んだ真正面で、俺ら、働いてたんだ」

「向こうからもね。こっちがはっきり見えるんだよ。この岸壁を走ってるトラックとか、ほら、たまにこの辺に大きな貨物船が着くでしょ、その船からいろんな色のコンテナが下ろされるところとか」

「俺が吊《つ》り上げてるコンテナ、向こうで見てるんだ？」

「そう。向こうから見てる」

「向こうから見ると、ここってどんな感じ？」

「どんな感じって？」

「……こっちから見ると、ほら、向こうには観覧車なんかも見えるだろ。だから、にぎやかっていうか、今にも笑い声とか聞こえてきそうに見えるんだよな」

亮介はスクーターのシートに腰掛けていた。ときどき、美緒のほうをちらっと見るが、その視線はほとんど対岸に向けられている。お台場の夜景をバックにした亮介の横顔は、どことなく品があった。岸壁に並んでいるオレンジ色の街灯が、ふたりの影を足元のコンクリートに長く伸ばしている。

「向こうからこっちを見ると……、なんていうか、一生懸命な感じかな」

美緒はそう呟《つぶや》いた。これまでそんな風に思ったことは一度もなかったが、なぜかしらこの言葉がすらっと出てきた。

「一生懸命？」

亮介が対岸を見つめたまま訊《き》き返してくる。

黒い湾に波が立つたびに、お台場の夜景がそこで揺れていた。海が不安定なのか、それとも夜景が不安定なのか。

「俺さ、涼子ちゃんのこと……、追いかけてもいいかな？」

「え？」

海の中から聴こえてきたような声だった。

美緒が思わず、「え？」と改めて尋ねると、「いや、俺、やっぱり追いかけるよ」と、亮介が対岸を見つめたまま呟く。

「……俺さ、前にすげぇ好きになった人がいて……」

足元でポチャンと波が鳴る。

「高校んときの先生だったんだけど……。俺、マジで好きだったんだよな。まだ十八のガキのくせして、なんていうか、その人のこと見てるだけで、世界のすべてを見てるような気がしてさ」

亮介がちらっと自分を見たのは分かったが、美緒は敢《あ》えてその視線に応《こた》えなかった。

「……でも、結局、その人とは駄目になって。なんていうか、口にすると照れくさいんだけど、マジで好きだったんだよな。でも、俺、追いかけなかったんだ。あのとき、あの人のこと、俺、追いかけられなかったんだ。まだガキだったんだろうな」

「……だから、私を追いかけるの？」

「違うよ」

「そうじゃない」

「……人ってさ、そうそう誰かのこと、好きになれないだろ？　俺、あの人と別れてからそう思った。誰かのことを好きになるって、俺に言わせりゃ、自分の思い通りに夢をみるくらい大変で、なんていうか、俺の気持ちのはずなのに、誰かがスイッチ入れないとONにならないし、逆に誰かがスイッチ切らないとOFFになってくれない。好きになろうと思って、好きになれるもんじゃないし、嫌いになろうと思ったって、嫌いになれるもんじゃない……」

対岸を見つめたままの亮介の声を聞きながら、その誰かって誰だろうと美緒は思った。自分がその人を好きになるわけじゃない。気がつくと、自分はその人が好きなのだ。

亮介が口をつぐむと、波の音だけが残った。あちこちでぶつかっているはずの波音が、なぜかしら一つにまとまって耳に届く。一つ一つなら近いのに、まとまると不思議に遠くからの音に聴こえる。

「……今日は、いろいろと話してくれるんだね。いつもはずっと黙り込んでるのに」

美緒は半分真面目《まじめ》に、半分からかうようにそう言った。

コンクリートの岸壁に踵《かかと》をぶつけながら、「……必死だよ。必死でしゃべってる」

と亮介が照れ臭そうに呟く。

「どうして今夜に限って、必死でしゃべってくれるのよ？」

「さぁ、なんでだろ」

「ちゃんと答えてよ」

「……信用してもらいたいのかもな」

「私に？」

思わず漏らした美緒の言葉に、「他に誰がいるよ」と亮介が笑った。

夜空には星が一つも出ていなかった。そこにあった星々がまるでお台場に落ちてしまったように見える。

「そろそろ、行く？」

ふと声をかけられて、美緒は見つめていた対岸から亮介に目を向けた。遠くまで一直線に続いている岸壁の先に、大きな貨物船が停泊している。ライトアップされたコンテナが、まるで巨大な積み木のように見える。

亮介がスクーターに跨って、エンジンをかけた。

「……行かない」

最初は小さくそう呟いた。エンジンの音に、その声がかき消されてしまう。

「ん？」と、亮介に尋ね返され、「行かない！」と今度は大声で叫んだ。

「だって、亮介くん、言ってることとやってることがぜんぜん違うじゃない！　それなのに、なんで……、なんで『追いかけてもいいかな？』なんて、そんなことが言えるのよ」

「な、なんだよ、いきなり」

きょとんとした亮介の表情に、とつぜん恥ずかしくなった。「ごめん」と謝ると、「ど、どうしたんだよ？」と、亮介がまた顔を覗《のぞ》き込んでくる。

「……ねぇ、もし私が、今夜、朝まで一緒にいたいって言ったら、亮介くん、一緒にいてくれる？」

「今夜？」

「そう。今夜」

「だから、今夜はちょっと駄目なんだよ」

「亮介くんの部屋じゃなくていい。ここでいい。ここでいいから、朝まで一緒にいてよ」

「ここに？」

「さっき、信用してもらいたいって言ったじゃない。私だって……。でも……怖いんだよ、人を信用するのって、すごく勇気がいるんだから」

自分でも支離滅裂なことを言っているのは分かったが、口から飛び出してくる言葉を止められなかった。

「……いいよ、一緒にいる。朝までずっとここにいるよ」

亮介はスクーターのエンジンを止めた。足元でまた波の音が高くなる。

品川埠頭《ふとう》に並んでいる倉庫内にも、波の音ははっきりと届いた。まるで閉じられたシャッターにぶつかっているような、そんな激しい波音だった。

亮介に手を引かれて、恐る恐る侵入した倉庫の中は真っ暗で、感じられるのはしっかりと手を握ってくれる亮介の指の感触だけだ。

倉庫内の照明は、バン、バン、という音を立てていた。だだっ広い倉庫の中には、ところどころに貨物が積み上げられているだけで、不気味なほどがらんとしている。

「ほんとに大丈夫なの？」

美緒が亮介の手を握り締めたままそう尋ねると、亮介が、うん、うん、と声を出さずに深く肯く。

「誰もいないの？」

「誰もいない」

「電気なんかつけて平気？」

「寝るときは消すよ」

「寝るって、ここで？」

「岸壁よりはマシだろ？」

亮介が手を離そうとするので、美緒は慌《あわ》ててその手を握り締めた。

「上から毛布持ってくるよ。仮眠用のがあるんだ」

「わ、私も一緒に行く」

「なんだよ、そんなにビビることないだろ」

「だって……」

「大丈夫だって」

亮介が美緒の手を払い、あっという間に鉄階段を上っていく。コン、コン、コンと、その足音が倉庫内に響き渡る。亮介の姿が事務所らしきドアの中に入っていくと、美緒は改めて自分を包み込むような、巨大な倉庫内を見渡した。

あらゆる物陰に誰かが潜んでいるようにも思えるし、まるで誰もいなくなった東京に、自分だけが取り残されたようにも感じる。

ほとんど身動きできなくなって、ビクビクとその広さを背筋に感じていると、とつぜん、バン、バンと音が響いて、向こうのほうから、照明が落とされた。

「きゃ！」

思わず上げた美緒の悲鳴が、光を失った倉庫内に、うぉんと響く。

「りょ、亮介くん！」

美緒は恐る恐る声を出した。暗闇《くらやみ》に反響する自分の声にも、身がすくんでくる。しっかりと目を開けているはずなのに、濃い闇がまるで瞳《ひとみ》に触れているような近さに感じられる。ちゃんと地面に立っているはずなのに、平衡感覚がなくなり、まるで暗い水の中に浮いているような感じもする。

そのとき、ふと背中に何かが触れた。背骨に沿って、すっと下りた感触が、そのまま、またどこかに消えてしまう。

「りょ、亮介くん。どこ？　そこにいるんでしょ？」

そこに誰かがいる気配はある。ただ、どんなに手を伸ばしても、そこには暗闇が広がっているだけで、指に触れるものがない。

そのとき、ふっと首筋に熱い手のひらが置かれた。長い指が顎《あご》の裏を撫《な》で、ゆっくりと半開きだった唇に上ってくる。

「亮介くん？」

自分の足がガクガクと震えているのが分かった。手を伸ばせば、そこに亮介のからだがあるはずなのに、どうしても手を伸ばせない。自分が目を閉じているのか、開けているのかが分からない。

次の瞬間、ふっと潮の香りが鼻先を流れて、いきなり唇が重ねられた。

「びっくりした?」

亮介の声が、自分の口の中に差し込まれてくる。美緒はゆっくりと口を開いた。亮介の熱い舌がそこにある。まるで広い倉庫の闇の中に、亮介の熱い舌だけが存在しているようだった。自分は目を閉じている。やっと、美緒は自分が目を閉じていたことに気がついた。

第四章　天王洲1605

締め切ったカーテンを、強い夕日が染めている。乱れた布団《ふとん》に全裸で寝転んでいる自分の腹に、カーテンの隙間《すきま》から差し込んだ光が一直線に伸びてくる。この角度でからだを斬《き》られれば、ちょうど上半身と下半身が真っ二つに分かれる。もしもどちらか一方だけを自分のからだとして選ばなければならないとしたら、いったいどちらを選ぶだろうか。

亮介はくたった自分の性器に手を伸ばした。さっきまでこの指で涼子のからだに触れていたのだと思うと、また下腹の辺りが熱くなってくる。寝返りを打って、半勃《だ》ちになった性器を布団に押しつけた。枕《まくら》を抱くと、涼子の髪の匂《にお》いがする。

そのとき、乱暴に玄関がノックされて、「亮介くん？」と叫ぶゆうこの声が聞こえた。亮介は慌《あわ》ててタオルケットをからだに巻きつけ、「なに？」と大声で叫び返した。

「開けるよ！」

「ちょ、ちょっと待っ……」

亮介の返事も聞かずに、ゆうこが玄関ドアを開けてしまう。

「げっ！　何よ、この『わたくしたち、たった今まで、セックスしておりました』って空気……」

遠慮なくずかずかと上がり込んできたゆうこが、半裸の亮介を跨《また》いで、締め切られていたカーテンと窓を開け放つ。ちょうど高架橋をモノレールが走ってきて、差し込んでいた夕日が畳の上で点滅する。

「さっきまで涼子がいたんだよ」

亮介は身を捻《ね》じって、腰に巻いたタオルケットを胸元まで引き上げた。

「知ってるよ。彼女が帰るのを待って、迎えに来たんだから」

「迎え？」

「やっぱり忘れてる。今日、青山先生のところに一緒に行く約束してたでしょ？」

「あ、そうか……今日か」

「そうよ、今日よ」

青山ほたるの連載小説の第二話目が、先週発売された『LUGO』に載っていたという話は、すでに涼子から聞いていた。主人公の「永井英二」という男のモデルが自分らしいということも知ってはいるが、あまり興味がわかず、その上、活字を読むのが面倒で、あらすじだけを彼女から聞いている。第一話目では、主人公の「永井英二」が「倉田愛」という彼女がおりながら、メールで知り合った「リコ」という女と羽田空港で会うなど、かなり現実と近いエピソードもあったらしいが、今月の第二話になると、その「倉田愛」がまるで探偵のように「リコ」の身辺を探り始めるなど、すでに現実とは事情が違ってきているらしい。

「ほら、とにかく早く着替えてよ。六時には行くって言ってあるんだから」

部屋の隅に脱ぎ散らかされたジーンズとシャツを、ゆうこが投げつけてくる。亮介は、タオルケットを腰に巻きつけたまま立ち上がると、ゆうこに背を向けてパンツを穿《は》いた。

「……でも、俺に何の用があるんだよ?」

パンツ一枚で便所に向かいながら、亮介は尋ねた。ドアも閉めずに小便をしていると、「だから、青山先生がスランプなんだって」と、あとをついてきたゆうこが乱暴にドアを閉める。

一瞬、それと俺となんの関係があるんだよ、と言い返そうかと思ったが、言ったところで連れて行かれるのは目に見えていたので、敢《あ》えて言葉にしなかった。

「大杉は？」

ドア越しに亮介は尋ねた。

「パチンコ」

ドア越しにゆうこの声が返ってくる。

「大杉も一緒に行くんだろ？」

「なんで？　亮介くんと私だけよ」

腹を掻《か》きながら、亮介は便所を出た。勝手に冷蔵庫を開けているゆうこが、「これ、まだ飲める？」と言いながら、オレンジジュースを取り出す。

「ああ。きのう、涼子が買ってきたやつだから」

涼子という名前を聞いて、ゆうこは一瞬、飲もうか飲むまいかと迷ったようだったが、結局、棚からグラスを出して、なみなみと果汁百パーセントのジュースを注いだ。

「あの涼子って人……」

一口だけジュースを飲んだゆうこが、グラスを持ったまま、亮介を見る。また、涼子の悪口が始まるのだろうと思い、亮介は聞こえなかったふりをして台所を出ると、乱れた布団の上に落ちているジーンズを拾い上げた。

「ねぇ、あの涼子って人なんだけど……」

それでもゆうこが話を続ける。

「なんだよ？」

亮介はふり返らず、少し不機嫌に尋ね返した。

「あの人のこと、どうも好きになれないんだよねぇ……」

亮介は返事をしなかった。何もゆうこに、涼子を好きになってほしいわけではない。

「あれでしょ？ ……どうせ、私が好きだろうと嫌いだろうと関係ないって思ってんでしょ？」

「別に」

亮介はシャツを羽織った。昨夜、このシャツのボタンを一つずつ丁寧に外してくれた涼子の指が思い出される。ここ一ヶ月というもの、毎週、涼子はこの部屋に泊まっている。土曜日の夕方に来て、日曜日の夜まで、ほとんどふたり裸のまま、この部屋の中で過ごす。

「たまには、どっかに出かけようぜ」と亮介が誘っても、涼子は、「ここにいたい」と、近所のコンビニにも出かけようとしない。必然的に食事は宅配のピザか、ラーメン屋の出前になる。さすがに涼子は服を羽織るが、亮介は素っ裸のままでピザに齧《かじ》りついている。

「あの人さ、私の高校の同級生に似てるのよねぇ」

シャツのボタンを留めながら振り返ると、ゆうこはすでにグラスのオレンジジュースを飲み干していた。

「青山ほたるの家って、たしか浅草のほうだったよな？」

「……渚《なぎさ》って子だったんだけどね、顔が似てるわけじゃないんだよ。なんていうか、あの雰囲気っていうの、あの感じがまさに渚なんだよねぇ」

亮介はゆうこを無視して、財布をジーンズのポケットに入れ、テーブルの上から鍵《かぎ》束《たば》を摑《つか》み取った。

「渚って、実際、男の子にモテたんだよね。かといって、同性に反感買うタイプでもないのよ。ただ、なんていうか、いつ会っても、不機嫌っていうわけじゃないんだけど、どこかつまらなそうにしてて……」

ゆうこの話が長引きそうだったので、亮介は布団に座り込んで煙草《たばこ》に火をつけた。

「……でね、あるとき、たまたま帰りが一緒になって、なんとなく、そんなことを、私、訊《き》いてみたわけ、彼女に。『渚ってさぁ、なんか、いつもつまんなそうにしてるよねぇ』って。……別に、すごく仲が良かったわけじゃないけど、教室なんかで顔を合わせれば一緒にいたから、別にこれぐらいの質問なら失礼にもならないだろうと思って。……そしたら、彼女が、『だって、私、死にたいんだもん』って答えるわけ。それもニコニコ笑いながら。一瞬、びっくりしたけど、相手は笑顔でしょ、きっと冗談なんだと思って、『死ぬときは言ってよ。私、形見として、渚の洋服いっぱいもらいたいから』って、私も調子に乗って言っちゃったのよ。まだ駅まで距離があったから、ここで話を終わらせるのもどうかと思って、『ねぇ、でもさ、なんで死にたいわけ?』って、私、訊いたの。もちろん、冗談っぽくよ。そしたら彼女が、『ゆうこ、死にたいって思ったことないの?』って訊くじゃない。慌てて、『ないわよ!』って言い返しちゃった。『私さ、何やっても楽しくないんだよねぇ。……こう言うと、なんか、すごく甘えてるみたいに聞こえるでしょ？……でもね、何やっても楽しくないって、実際、かなりきついんだよねぇ』……たしか彼女、そんなこと言ってたと思う。『だって、彼氏いるんでしょ?』って訊いたら、『いるよ』って。『うまくいってないの?』って訊いたら、『うまくいってる』って。『じゃあ、問題ないじゃない』って、私、言ったの。ほら、当時、私、一人身だったもんだから。『そうよねぇ。これで楽しくなかったら、嘘《うそ》だよねぇ』……彼女、なんか考え込んじゃってさ。だから、私、『そうよ。渚なんて、顔も可愛《かわい》くて、スタイルもよくて、おまけに私たち、花の十代なんだよ。これで楽しくなかったら、この先いったい何があるっていうのよ』って、私、笑ったの。渚も、『そうだよねぇ。これ以上、楽しくなるなんてことないかもねぇ』って言ってたんだけど……」

すぐに出かけないと約束の時間に間に合わないと言っていたくせに、いつの間にかゆうこも布団の端にちょこんと座って、自分のバッグから煙草を取り出していた。

「……でね、本当に死んじゃったのよ」

「え？」

思わず、亮介は声を裏返した。吸い込もうとした煙が気管に入って激しく咳《せ》き込み、胸を殴られるような痛みが走る。

「だから、その渚って子、本当に死んじゃったの。……ね？　ちょっとびっくりでしょ？　たしか、短大を卒業して一年目。卒業してから連絡取り合ってなかったから、人づてに聞いただけなんだけど、彼女、自殺しちゃったんだって。その話を聞いたとき、『何やっても楽しくないって、実際、かなりきついんだよねぇ』って笑ってた渚の顔を思い出しちゃってさ」

最後に笑えるオチでもあるのだろうと思っていた亮介は、しれっと友人の自殺について語るゆうこの顔を、マジマジと見つめてしまった。

「あ、もう、こんな時間だ。早く行かなきゃ」

ゆうこが慌てて吸っていた煙草を灰皿に押しつけ、何事もなかったかのように立ち上がる。

「お、おい」と、思わず亮介は声をかけた。

「何？」

「何って……」

「ここからだと、浅草まで一時間みなきゃいけないんだから」

そう言って、ゆうこが玄関のほうへ歩いて行こうとする。亮介は慌てて手を伸ばし、その手首を掴んだ。

「何よ？」

「……その女と涼子が似てるって言うのか？」

「え？」

「さっき、お前がそう言っただろ」

「だから、雰囲気よ」

「涼子が死にそうってことか？」

「は？」

「だって、そういう……」

「何言ってんのよ！　自殺しそうな女が、毎週、毎週、この部屋にこもってセックスなんかしてるわけないじゃない」

　ゆうこは亮介の腕を乱暴に払った。

「……それにね、死にそうなのは、あの人じゃなくて、真理のほうよ」

　ゆうこが小声でぼそりと呟《つぶや》く。

　亮介はゆうこを見上げた。さっと顔を逸《そ》らしたゆうこが、「ほら、行くよ」と、玄関のほうに歩き出す。亮介は何も応《こた》えずに立ち上がった。足元で乱れている布団の端に、昨夜、煙草を落としてつけたこげ痕《あと》がある。

　亮介が真理に、涼子との関係を一部始終隠さずに告げたのは、とつぜん涼子に誘われて、品川の倉庫で朝を迎えた翌日だった。

　結局、朝まで一睡もせずに、亮介は倉庫の片隅に広げた毛布の上で、涼子のからだを抱いていた。

　コンビニに買物に出てきただけだったので、部屋で帰りを待っているだろう真理には、涼子から携帯を借りて、大杉の部屋に電話を入れ、「今夜は戻らないから、てきとうに言い訳しておいてくれ」と頼んだ。もちろん、「どこにいるんだよ？」と、大杉はしつこく尋ねてきたが、亮介は、「頼む。な、頼むよ」と繰り返し、訳を言わずに電話を切った。

朝の四時になると、倉庫の天窓からうっすらと夜の明ける気配がして、お互いに脱ぎ散らかしていた服を身に着けた。まったく眠らずに抱き合っていたせいで、ふたりとも目が腫《は》れ、固い床のせいで背中も痛かった。

倉庫を出て、岸壁に停めてあったスクーターに乗った。乗ったときにはまだ薄暗かったが、ゆっくりと港南大橋を渡っていると、東の空に朝日が昇ってくるのが見えた。

品川駅の改札で涼子と別れてアパートへ戻ると、真理はすでに起きており、「おかえり」といつもと変わらぬ様子で迎えてくれた。

「ごめん」と亮介は謝った。

「仕方ないじゃない。上司に捕まったんじゃ、途中で帰れないもんね」と真理が笑う。

大杉がてきとうについた嘘らしかった。

「あんまり酔ってないね。今まで飲んでたんでしょ？」

「……うん」

靴を脱ぎ、部屋に入った。畳まれたままの布団《ふとん》を見て、真理が一睡もしていなかったことが分かった。

「少し寝るでしょ？」

亮介が冷蔵庫から水を取り出して飲んでいると、真理が布団を敷こうとする。

「いいよ」と亮介は真理を止めた。

「寝ないの？　まだ二時間くらい眠れるよ」

「……いいよ」と亮介はもう一度言った。

水のボトルを冷蔵庫に戻し、少しだけ伸ばされた布団に腰かけた。真理は無理に目を合わせないようにしているようだった。

「信じてないんだろ？」

亮介は真理の腕を引っ張り、無理に自分のほうに顔を向けさせた。

「……うん」と真理が小さく肯《うなず》く。

本当は隠しておいたほうが、というよりも、何も知らせずに別れを切り出すほうが、真理を傷つけないのだろうが、では、それ以外の何の理由があって、別れたいと言えばいいのか、その言葉が浮かんでこなかった。

涼子と知り合ったのがメールだったこと。真理と出会ってからも、いつも心のどこかで彼女のことを思っていたこと。一緒にいると、どこか後ろめたい気持ちになっていたことなど、ぽつりぽつりではあったが、自分なりに懸命に説明した。

真理は黙ってその話を聞いていた。ときどき、小さなため息をつき、正座している亮介の膝《ひざ》を軽く叩《たた》いた。

一通り話し終わると、真理はしばらく目を閉じたあと、「分かった。……分かった」と肯いた。「……最近、ちょっと様子がヘンだとは思ってたんだ」と。

「その人のことが好きなのね？」

亮介は肯かずに、真理を見た。すっと目を逸らした真理が、「私も、私も亮介くんのこと、好きなんだけどなぁ……」と呟く。

今度は亮介が目を逸らした。窓の外はすっかり夜が明けていた。すぐそこの電線に止まっている雀《すずめ》の鳴き声だけが、部屋の中に響いていた。

「私が諦《あきら》めなきゃ駄目かな？」

真理は誰に言うともなく、そう呟いた。

亮介は顔を伏せたまま、「……ごめん」と小さく謝った。

「二股《ふたまた》……、二股かけてくれればいいじゃない！」

とつぜん真理が声を荒らげたのはそのときだった。これまでに一度も聞いたことのない真理の怒声に、亮介は慌《あわ》てて、「そ、そんなことできないよ」と言い返した。

「どうして？　とつぜん別れてくれなんて残酷なこと、平気で言えるくせに、どうして二股かけるくらいのことができないのよ！」

掴みかかってくるかと思ったが、真理はすっと立ち上がり、「……これ以上、何か言っても、亮介くん、ますます私のこと嫌いになるだけなんだよね」と言った。

「どうしてだろう……。私って、いつもは思ってることの半分も言葉にできないのに、どうして男にフラれるときだけ、こんなに正直にいろんなことが言えるんだろう」

真理はそう言って、自分で笑った。ひどく乾いた笑い方だった。何か言ってあげなければならないのは分かっていたが、何も言葉が出てこなかった。真理がハンドバッグを拾い上げる。

「駅まで送るよ」

亮介はやっとそれだけの言葉を返した。


浅草駅で地下鉄を降りて、青山ほたるのマンションへ向かう途中、亮介は、最近、真理に会ったか？　とゆうこに尋ねた。

「気になるなら、電話してあげればいいじゃない」とゆうこは言った。

「できないよ」と亮介は言い返した。

死にそうなのはあの人じゃなくて、真理のほうよ。そう言ったゆうこの言葉が気になっていた。

「……会ってるんだろ？」

足早に歩いていくゆうこに、亮介は尋ねた。

「会ってないよ」

「なんで？」

「会おうって誘っても会いたがらないんだもん」

「でも電話では話してるんだろ？」

「電話ではね。ただ、その声が暗いのなんの……」

青山ほたるのマンションは、彼女が言っていた通り、本当に浅草寺の真裏に位置していた。思っていたよりも古いマンションで、オートロックもなく、エントランスに並んだ郵便受けには鍵《かぎ》もかかっていない。

「こんなところに住んでんだな」

「ここは仕事部屋なんだって。自宅は青山」

「青山か、そっちのほうが恋愛小説家らしいな」

「ここはね、言ってみれば先生の実家よ。今はご両親とも亡《な》くなって、先生が仕事部屋にしてるけど、大学を卒業するまでずっとここに住んでたんだって」

まるで我が家のようにエントランスを抜けたゆうこが、エレベーターホールに向かう。

「大杉が言ってたけど、しょっちゅう、ここに来てんだってな」

エレベーターに乗り込むと、手早く十二階のボタンを押したゆうこが、ちらっと亮介のほうを見て、「週末はほとんど」と答える。

「何やってんの？　って訊《き》きたいんでしょ？」

「……別に」

「手伝ってるのよ」

「何を？」

「だから、今回の連載小説のネタを提供してんの」

一瞬、「ネタって、まんま、俺と涼子のことをしゃべってるだけじゃねぇか」と言い返そうかと思ったが、速度の速いエレベーターが十二階に到着するほうが早かった。

「和田くん、真理ちゃんと別れたそうじゃない」

台所から両手に缶の紅茶を持って出てきた青山ほたるにそう言われ、亮介は何も応えずに差し出されたその缶を受け取った。

青山が仕事部屋にしているというマンションは、かなり年季の入ったもので、つい数年前まで年老いた両親が暮らしていた匂《にお》いが、至るところに残っていた。

ゆうこに背中を押されるようにして玄関を入ると、青山は廊下の突き当たりにある居間で、たった今までパソコンに向かっていたらしく、デスクの上に置かれた灰皿には、吸いかけの煙草《たばこ》が二本ものっていた。一瞬、他にも誰かいるのかと思ったが、襖《ふすま》で仕切られた狭い３ＬＤＫの間取りに他の誰かがいる気配はない。

「遅いから、もう来ないのかと思ってた」

青山は台所に向かいながらそう言った。

「先生、私がやりますよ」

ゆうこが青山のあとを追っていく。

「あ、そうだ。コーヒー豆、切らしてたんだ。電話して買ってきてもらえばよかった……」

「買ってきますよ。そこのドトールでいつものやつを買ってくればいいんでしょ？」

台所から聞こえてくるふたりの会話を聞きながら、亮介は居間に突っ立ったまま、見るともなく辺りを窺《うかが》った。食器棚の横に、パンパンに膨れた紙袋が下げてあり、折り畳まれた紙袋がいくつもそこには突っ込まれている。テーブルにはしょうゆやソースの瓶が、置いたままになっていた。乱雑に食パンやら果物やらも載っている。

「和田くん、遠慮しないでそこに座っててね」

台所から青山の声が聞こえ、亮介は、「あ、はい……」と小声で答えた。

ゆうこがコーヒー豆を買いに出ると、急に居心地が悪くなった。台所から出てきた青山も向かい合った椅子《いす》に腰かけたのだが、特に話しかけてくるわけでもなく、指先で食パンを押したりしながら、ちらちらと亮介のほうを見ている。

「缶の紅茶ならあるけど」と言われて、「じゃあ、下さい」と亮介は応えた。

台所から缶の紅茶を持って、再び居間に戻ってきた青山の第一声が、「和田くん、真理ちゃんと別れたそうじゃない」というものだった。

缶を開けながら、「真理も、ここに……」と亮介が尋ねようとすると、質問を待たずに、「来たことあるよ。ゆうこちゃんと一緒に一度だけ」と、青山が答える。

「そうですか……」と亮介は肯いた。

「うん。来たことある」と、青山も同じように肯く。

化粧っけのない青山の顔は、ひどく疲れて見えた。まるで一睡もせずに朝を迎えたようでもあり、睡眠をとりすぎて頭がボーッとしているようでもあった。

青山が煙草に火をつけたので、亮介はパソコンの置いてある背後のデスクをふり返った。さっきまで煙が立っていた二本の煙草は、いつの間にか灰になって灰皿に落ちている。

「ねぇ、お願い。……お願いだから、私を助けて」

缶の紅茶を持っていた亮介の手を、青山が握り締めてきたのはとつぜんだった。

「へ？」

思わず身を反らした亮介の手を、テーブルの上で青山がまだ握り締めている。

「な、なんすか？」

「本当にもう、何も浮かんでこないのよ。自分が書いてる小説の登場人物たちが、いったい何を考えてるのか……、ぜんぜん分からなくなっちゃったのよ」

「は？」

「ゆうこちゃんに聞いたでしょ？　あさってが第三話目の締め切りなのに、まだ一行も書けてないの。見てよ、この部屋。これが恋愛小説書いてる女の部屋に見える？」

亮介はテーブルに置かれた食パンを見た。まだ一片も減っていないのに、一目で硬くなっているのが分かる。そして、その横には、半分ほど残っている『ごはんですよ』の瓶が置いてある。

「……こんな生活してて、恋愛小説なんか書けると思う？」

「そ、そんなこと俺に言われても」

亮介は早くゆうこが戻ってこないかと玄関のほうへ首を伸ばした。

「ゆうこちゃんなら、しばらく帰ってこないわよ。一時間くらい、どこかで時間潰《つぶ》してきてって頼んだから」

「え？」

「その間に、和田くんにいろんな話を聞きたいのよ」

「俺に？　な、何の話を？」

「いろいろ。どんな恋愛をしてきたかとか、どんなシチュエーションをエロティックだと思うかとか……」

「そ、そんなの聞いてどうすんですか？」

「だから、小説の参考にするのよ」

「嫌ですよ」

「なんで？」

「なんでって……」

「だから、助けると思って。……ね？　お願い」

そう言って、青山が両手を合わせる。

「だ、だって、そういうのを自分で考えて書くのが小説家の才能なんでしょ？」

「才能？　そんなもん、デビュー作を書いた時点で使い果たしちゃったわよ。あとは同じようなことを、手を変え、品を変え、書いてるだけ。たとえば主人公のA子は、仕事もてきぱきとこなすキャリアウーマンで、もう五年も付き合ってる知的でお金持ちの彼氏がいる。でも、心のどこかで寂しさも抱えてて、そこに現れるのがたいがい野性的な青年で、必然的にA子はこのふたりの間で翻弄《ほんろう》される。で、結局、最後にはふたりを捨てて、次の幸せに向かって歩き出す。自立するのよ。私の小説なんて、ほとんどこのパターンの繰り返しよ」

「だったら、変えればいいじゃないですか？」

「変えるって、どう？」

「……だから、よく分かんないけど、……たとえば、ふたりとも捨てないで、どっちかと幸せに暮らすとか」

「どっちかと幸せに暮らす？　……そんなの、誰が読みたがるのよ？」

「し、知りませんよ」

亮介は呆《あき》れて椅子から立ち上がろうとした。慌てて、青山が、「ちょ、ちょっと、どこ行くのよ？」と腕を摑《つか》む。

亮介は、「便所、貸してくださいよ」とその手をふりほどいた。

「吉原のほうに桜肉のおいしい店があるのよ、せっかくだからそこで食べて帰ろうか？」

青山ほたるのマンションを出てすぐに、ゆうこが言った。駅へ向かおうとしていた亮介は足を止め、「桜肉って、なんだよ？」とふり返った。

「桜肉も知らないの？　馬肉よ。馬肉すき焼きがおいしい店が吉原にあるのよ」

ゆうこが呆れたように首をふって、駅のほうへ向かっていた亮介の手を引っ張る。帰り際《ぎわ》、青山が、「ふたりでごはんでも食べて帰って」と、ゆうこに金を握らせていた。「いいですよ」と、亮介は断ろうとしたのだが、「え？　ありがとうございます」と、ゆうこが無遠慮に受け取ってしまった。

ゆうこが長いお遣いから部屋へ帰ってきたのは、きっかり一時間後のことだった。そのころには、亮介に対する青山の質問も一通り終わっており、ゆうこの帰りをふたりして煙草を吸いながら待っている状態だった。

「ねぇ、青山先生になに訊かれたの？」

マンション裏の路地を歩き出すと、横に並んだゆうこが訊いてくる。

「……別に」と、亮介は目を逸《そ》らした。

前から走ってきたスクーターを目で追って、何気なく背後をふり返ると、浅草寺の大きな屋根が見え、その向こうに五重塔が聳《そび》えている。

「別にって、一時間も話してたんでしょ？」

「……あのさ、お前さっき、『また、連れてきますね』ってあの人に言ってたけど、俺、もう行かないからな」

「なんで？　やっぱり襲われた？」

「俺が？　なんで？」

「だって、最近の先生の口癖、『ゆうこちゃん、やっぱり恋愛小説家たるもの、恋愛してなきゃ駄目よねぇ』だもん。ここだけの話、あの先生ね、もう二年も男とセックスしてないんだって」

「二年？　どうりで、なんか切羽詰った感じだったんだなぁ。あれ、小説が書けないんじゃなくて、ただの欲求不満だぞ……なんか、話してると、今にも嚙《か》みついてきそうな感じだったよ」

「『官能小説家は、性欲ためてないと書けないらしいけど、恋愛小説家が性欲ためて、どうするのよねぇ』って、先生、笑ってた。……とにかく、また呼んでくれって頼まれたら、来てよね」

「だから、嫌だって」

「三万円もくれたんだよ」

「お、お前、三万ももらったのかよ？　断れよ」

「なんで？」

「なんでって……」

　青山ほたるの質問に答えているうちに、亮介はひどくイライラしている自分に気づいた。あれをなんと呼べばいいのか、これまで言葉にならなかった自分の感情や思いを、スパッ、スパッと青山の言葉に変換されるたびに、あのころの自分はそんな風に思っていたのかとか、今さらながら気づかされるような気がして、妙に居心地が悪くなっていたのだ。

　もちろん最初のほうは、「初体験っていつなの？」などという青山のストレートな質問に、「……な、なんで、そんなこと答えなきゃならないんですか」と、いちいち抵抗していたのだが、「お願い。ほんと、私を助けると思ってさ」と、ほとんど目をうるませて懇願する彼女を見ているうちに、こんな質問に答えるだけでいいのなら、別に構わないかと思い始めた。

「十八ですよ」と、亮介はぶっきらぼうに答えた。

「相手は？」と、青山が身を乗り出してくるので、「相手？　別にいいじゃないですか」と、また答えるのを拒む。

「隠しておきたい？」と青山が訊《き》く。

「別に、そんなこともないけど」と亮介が答える。

「じゃあ、教えてよ」

「先生ですよ、先生。高校んときの英語の先生」

亮介は言葉を投げつけるようにそう答えた。

「どんな人だったの？」

「どんな人って……別に」

「別に何？」

「何って言われても……」

「美人だった？」

「まぁ、美人ですよ」

「その人のどこが好きだったの？」

「どこって、別に……」

「和田くんのほうから告白したんでしょ？　だって、先生が生徒に告白するなんて、ちょっと難しいもんねぇ。……でしょ？」

「まぁ、そうですよ」

「なんて？」

「……覚えてないですよ」

「思い出したくないんでしょ？」

「別に、そういうわけじゃ」

「じゃあ、教えてよ」

「ふつうに好きだって言っただけですよ。授業中、見てるとたまらなくなるって」

「先生は？　なんて答えた？」

「困るって。そう言ったかな」

「その先生とは続いたわけ？」

「続きましたよ。一年ちょっと。卒業してからは一緒に暮らしてたし」

「……そうなんだ。で、別れた原因は？」

「知りませんよ。向こうがとつぜん出て行ったんだから」

「身に覚えは？」

「ないですね」

「ほんと？　だったら、その先生、そうとう身勝手な女じゃない？」

「……一緒にいると、イライラするようになってた」

自分でもほとんど意識せずにこぼれた言葉だった。

「誰が？」

「俺がですよ。別に嫌いになったわけじゃないのに、一緒にいると息がつまって、気がつくと文句ばっかり言ってた」

「どうして？」

「……そうやって、『どうして？』『なんで？』『教えてよ』って、一日中、言われるからですよ！」

思わず声を荒らげた自分にハッとして、亮介は、「あ、すいません」と小声で謝った。

「和田くんって、セックス好き？」

青山がとつぜん話題を変える。

「別に、嫌いじゃないですけど」と、亮介が口を尖《とが》らせると、「でも、同じ人とばっかりじゃ飽きない？」と首を傾《かし》げる。

「別に飽きたから、あの人のこと、邪険にしたわけじゃ……」

「誰もそんな風に言ってないじゃない」

「……そうだけど」

「同じ人とばっかりじゃ飽きる。これ、ふつうだと思うんだよね。男でも、もちろん女でも」

青山にまっすぐに見つめられて、亮介は目を伏せた。

「男の人ってさ、どういうときに一番幸せを感じるわけ？　きれい事じゃなくて、なんていうか、恋愛の絶頂感っていうのかなぁ」

「恋愛の絶頂感？　なんすか、それ？」

「あ、そうか。ここで『恋愛』なんて陳腐な言葉を使っちゃうから、私の小説って駄目なんだな。……そうね、なんて言えばいいんだろう……、『情』とでも言うのかしら。男と女の間の『情』。その絶頂を感じるときって、どんなとき？」

「情の絶頂？」

「そう。……たとえば、そうねぇ、もうどうにもならないっていうか、せつないっていうか、狂おしいっていうか、そういう気持ちになるときよ」

青山にそう問われて、亮介は素直に考えてみた。狂おしいぐらいに相手を思うとき……。

「どう？　そういう経験ない？」

「そんなの、好きな女とセックスしてるときですよ」

最初に浮かんだ情景がそれだったし、それ以外の情景を思い浮かべようとしても、やはりその情景がくっきりと浮かんできたからだ。

「和田くんも、意外と単純ねぇ」

「仕方ないでしょ。実際、そうなんだから」

「そりゃそうかもしれないけど、それって言い換えれば、絶頂＝射精ってことでしょ？　情というより、生理的なもんじゃない」

「違いますよ」

「どう違うのよ？」

「青山さんは見たことないから、そんな風に言うんですよ」

「私が何を見たことないのよ？」

「……抱かれてるときの女の顔を、……青山さん、見たことないでしょ？」

窓の外から激しいクラクションの音が聞こえていた。狭い路地に違法駐車している車の運転手に知らせようとしているのか、クラクションの音は激しいわりに緩慢で、しばらく聞いているうちに、ほとんど気にならなくなっていた。

おつかいからゆうこが戻り、コーヒーを一杯飲んで、青山のマンションを出た。亮介が玄関で靴を履いていると、「なんか、亮介くんと話していると、人が人を好きになるのって、そんなに難しいことじゃないような気がしてきたわ」と、青山はしみじみと呟《つぶや》いた。「難しいことだと思ってたんですか？」と亮介が尋ねると、「だから、いろいろと思い悩むんだと思ってた。でも、難しいからじゃなくて、本当はすごくシンプルなものだから、こんなにも難しいのね……」と、青山は少し疲れたように微笑《ほほえ》んでいた。

天王洲アイルにあるカラオケボックスで、鼻にかかった声で熱唱する涼子の横顔を、亮介はぼんやりと見つめていた。高音部になるとその白い首に、触れてみたくなるような細い窪《くぼ》みができる。

ひとつひとつ　消えてゆく雨の中

見つめるたびに　悲しくなる
傘もささず　二人だまっているわ
さよなら　私の恋

思いきり泣いて　強く抱かれたいけれど
今の私は　遠すぎるあなたが

雨は冷たいけど　ぬれていたいの
思い出も涙も　流すから

間奏になって、ちらっとこちらを見た涼子が、「ね？　下手でしょ？」と申し訳なさそうな顔をするので、「いや、うまいよ。俺よりぜんぜんうまい」と亮介は微笑んだ。

「これ、誰の曲？」
間奏が終わりそうだったので、亮介が慌《あわ》てて訊《き》くと、「森高千里の『雨』。知らない？」と涼子が首を傾げる。

「聴き覚えはあるけど……」

そこで間奏が終わった。さっと画面に顔を向けて、気持ち良さそうに歌いだした涼子の唇が、マイクに微《かす》かに触れている。黒いマイクと真っ赤な涼子の唇が、薄暗くしたカラオケボックスの中に浮き立つ。

青山ほたるのマンションで妙な質問を受けた次の週末、いつものように部屋に泊まりにきた涼子に、「なぁ、来週、ちゃんとしたデートしてみようか」と亮介は言った。一瞬、涼子は何のことだか分からなかったようだが、「天気が良かったら、どっかにドライブとか……」と、亮介が付け加えると、やっと意味を理解したようで、「いいけど、亮介くん、車、持ってないじゃない」と笑った。

「レンタカーでも借りるよ」

「遠出したいの？」

「別に、日帰りでもいいけど」

「だったら、レンタカーじゃなくて、亮介くんのスクーターでどっか行こうよ」

「スクーターで？　あんなの三十分も乗ってたら、ケツが痛くなってしょうがないよ」

「じゃあ、三十分で行けるところにすればいいじゃない」

涼子がシャワーを浴びている間に、亮介は東京の地図を広げて、ここから三十分でどの辺まで行けるのだろうかと調べてみた。……二人乗りだし、平均時速四十キロとして単純に計算すれば、距離的には、西は横浜、東は幕張辺りまで行けるのだが、さすがに混んだ都内の道をそうそう順調に走れるとも思えない。計算では横浜でも、実際には蒲田《かまた》辺りがいいところなのかもしれない。

シャワーを浴びて浴室を出てきた涼子に、亮介は広げていた地図を差し出して、「この円の中でどこに行きたい？」と、指先で品川を中心とした半径五キロほどの円を描いた。

からだにタオルを巻いたまま、ちょこんと布団《ふとん》に座り込んだ涼子が、その円を一瞥《いちべつ》して、まるで適当に選ぶように、「ここ」と地図の上に指を載せる。指の下には「しながわ水族館」という文字があった。

ちゃんとしたデートは品川駅での待ち合わせから始めた。涼子は時間通りに港南口前の広場に現れ、スクーターに跨《また》がった亮介を見つけると、エスカレーターの途中で手をふり、それに応《こた》えた亮介に、大きなバッグの中から新品のヘルメットを取り出してみせる。

「それ、わざわざ買ったの？」

近づいてきた涼子に尋ねると、「だって、いつも借りてるヘルメット、すごく汗くさいんだもん」と鼻を抓《つま》む真似《まね》をする。

亮介は自分用のヘルメットの臭《にお》いを嗅《か》いでみた。いい匂《にお》いはしなかったが、顔をしかめるほどの臭いでもない。

「さっ、今日はちゃんとしたデートしましょ」

そう言った涼子の声は、どこか投げやりな感じもしたが、「今日は全部、亮介くんに任せてあるんだから。とにかく、よろしくお願いします」と、しおらしくお辞儀をする姿は、いつになく幼く見えて可愛《かわい》かった。

「なんか、ちゃんとしたデートなんて、すごく懐《なつ》かしい感じがする」

涼子はそう言いながら、新品のヘルメットをかぶった。

「一応、AコースとBコースがあるんだ」

亮介がそう告げると、「え？　選べるの？」と、涼子がひどく驚いたような顔をする。

「当然だよ。昨日、必死に考えた」

「嘘《うそ》。ちょっと、うれしいかも」

「まずAコースは、水族館に行って、どっか美味《うま》いレストランで食事して、カラオケ行って、それからホテル」

「ホテル？」

「そうだよ。ちゃんとしたデートなんだぞ」

「じゃあ、Bコースは？」

「Bコースは、まずホテルに行って、そのあと水族館に行って、どっか美味しいレストランで食事して、最後にカラオケ」

「もう、何よ、ホテルに行く順番が違うだけじゃない」

涼子は、亮介の肩を小突くと、ヘルメットのベルトを締めて、スクーターの後ろに跨った。

亮介がとつぜんちゃんとしたデートをしたいと思い立ったのは、青山ほたるのマンションでいろいろと話をしているときに、「ねぇ、和田くんって、女はマスターベーションとかしないと思ってるタイプでしょ？」と彼女に笑われたからだ。世の女たちがそういうことをやっているかもしれないからといって、どうして自分が涼子とデートらしいデートをしたがるのか、自分でも分からなかったが、いつものように明け方まで激しく抱き合ったあと、すっかり自分専用にしている枕《まくら》を抱きしめて、すやすやと眠っている涼子の寝顔を見ているうちに、ひとり眠れずにいる自分が、ふと、そのための道具のように思えたことがあった。しかし、それを惨《みじ》めだと思ったかといえば、そうでもなく、もちろん、うれしかったわけでもない。ただ、ふたりの付き合い方がふつうとは少しズレたところに来ていて、それがどこか、もっと良くないほう、良くないほうへと、堕《お》ちていくような気がし、その上、その堕ちた場所を自分が見てみたいと思っているような気がしたのだ。

青山ほたるからの質問の中に、「和田くんって、これまでに死にたいと思ったことある？」というものがあった。もちろんすぐに、「ないですよ」と鼻で笑ってみせたのだが、「どうして？」と真顔で問われて、一瞬言葉を失った。

「じゃあ、逆に、生きたいって強く思ったことはある？」と、青山は言った。

「ありますよ！」

亮介は強い口調で言い返した。自分でもなぜそんなにムキになるのか分からなかった。

「どんなとき？」と青山が訊く。

「どんなときって……」

思わず口ごもった亮介に、「……最近さ、今回の小説の中で、誰と誰を東京湾で心中させようかなんてことばっかり考えてるから、……つい、ヘンな質問しちゃったわ」と青山が苦笑する。

「亮介くん、まだ次の曲入れてないの？」

トイレから戻ってきた涼子の声に、亮介はぼんやりと見つめていたポッキーから目を離し、慌ててリモコンを手に取った。

「じゃあ、俺の十八番、『スタンド・バイ・ミー』を」

隣に座った涼子の膝《ひざ》が、亮介の太ももに当たる。

昼間、水族館でピラルクという魚を目で追っているとき、どちらからともなく、初めてキスをしたときの話になった。「初めてキスをしたのと初体験したのは同じときだった」と亮介が素直に告げると、水槽の中を見つめていた涼子が、「え！」と、魚たちにも聞こえるような大声で驚く。

「ヘンかな？」

不安になって亮介は尋ねた。

「別にヘンじゃないけど、一応そういうのは、順序を追って経験していくもんじゃないの？」と涼子が首を傾《かし》げる。

「そうか？」と亮介も首を傾げた。

ピラルクという魚は、アマゾン川に多く生息しているらしかった。学名のArapaima gigasとは、〝巨大な赤い魚〟という意味で、大きいものになると全長二・五メートル、体重二百キロにも及ぶという。

「魚ってキスしないよね？」と涼子が言った。

「するんじゃない」と亮介は答えた。

よく磨かれた水槽のガラスに、涼子の唇が映っていた。

When the night has come
And the land is dark
And the moon is the only Light we'll see,
No, I won't be afraid,
No, I won't be afraid
Just as long as you stand
Stand By Me

「これが亮介くんの十八番？」

「何か問題ある？」

「だってぇ」

まだ曲が続いているというのに、大声で笑い出した涼子が、亮介の肩を激しく揺する。

「だって、なんか、外人が日本語で歌ってるみたいなんだもん」

「日本人が英語で歌ってんだよ」

亮介は肩を揺する涼子の手を摑《つか》んだ。への字になっている涼子の目が、一瞬、亮介の視線を捉《とら》える。亮介は片手にマイクを握ったまま、涼子の腰を乱暴に抱き寄せた。ソファの上でぐっと顔と顔が寄って、唇が涼子の鼻先に触れる。

涼子の腰にマイクが当たって、ガサガサという雑音にエコーがかかっていた。亮介はゆっくりと唇を動かした。自分の下唇に、涼子の上唇が触れる。自分の下唇が、涼子の唇の間に入る。亮介は軽く口をあけ、涼子の上唇をやさしく嚙《か》んだ。

So darling, darling,

Stand By Me, oh, Stand By Me
Oh, Stand, Stand By Me
Stand By Me,

薄暗い室内に、コーラスだけが鳴り響いていた。

亮介がマイクを投げ出して、もう一度、唇を合わせようとすると、クスクスッと含み笑いをした涼子が、「……結局、こうなるんじゃない」と呟《つぶや》く。

亮介は今にも触れそうだった唇を離し、何か言い返そうとしたのだが、そのときちょうど壁の電話が鳴って、抱いていた涼子のからだを放した。電話に出ると、「あと五分です」という無愛想な店員の声が聞こえる。

「あと、五分だって。延長する？」と亮介は尋ねた。

「どっちでもいいよ」

そう答えた涼子の表情は、延長したがっているようには見えなかった。

「分かりました」

亮介はそう応えて電話を切ると、「あと一曲、なんか歌えよ」と、涼子の膝の上に分厚い曲目リストを置いた。

「さっき、なんか言いかけなかった？」

涼子がパラパラとページを捲《めく》りながら、そう訊《き》いてくる。

「さっき？」

「そう、さっき」

自分が何を言いかけたのか、思い出そうとしても思い出せない。

「何、歌おうかなぁ」

涼子はすでに曲目リストに視線を落としている。

「さっきの歌えば」

「さっきのって？」

「ほら、雨は冷たいけど〜ってやつ」

「ああ、あれ。……えっと、あれは何番だっけ……」

亮介がリモコンを手に取って待っていると、「あ、あった、あった。……１６０５でお願いします」と涼子がリストを投げ出す。

曲が始まり、さっき聴いたばかりのメロディが流れ出した。亮介はぴったりと自分に寄り添って、昔のアイドルの歌を熱唱する涼子の横顔を見つめた。画面で映像の色合いが変わるたびに、その頬が青く、赤く、染められる。

水族館を見学しているとき、青山ほたるにどんなことを訊かれたのか、という話になった。

「別に、大したことじゃないよ」と亮介が答えても、「たとえば、どんなことよ」と、涼子が食い下がる。

「初体験はいつだったかとか、セックスは好きかとか」

「何よ、それ。そんなこと訊いて、どうするつもりなんだろう」

「小説のネタにするんだって」

「そんなもんがネタになるの？」

「知らないよ」

水族館のプールの観客席には、ちらほらと人の姿があるだけだった。自由に泳ぎまわっているイルカを眺めている人もいれば、子供にサンドイッチを食べさせている母親もいる。

「他には？」

「他には……、どういうシチュエーションが一番興奮するか、とか」

「なんて、答えたの？」

「夜這《よば》い」

「え？」

「だから、夜這い」

「亮介くん、そういうのに興奮するんだ？」

「しない？」

「私？……しない……と思うよ」

「今夜、試してみる？」

「何を？」

「だから、夜這い。部屋を真っ暗にして眠ってるところに、俺がこっそり忍び込むよ」

亮介が肩に触れようとすると、涼子はさっと身をかわした。

「他には？他にはどんなこと訊かれた？まさか、そんな質問ばっかりじゃなかったんでしょ？」

「他には……、あ、そうだ、死にたいと思ったことがあるかとか」

プールの中を悠々と泳いでいるバンドウイルカを眺めていた涼子の表情が、一瞬だけ強張《こわば》って、「で、なんて答えたのよ？」と訊いてくる。亮介は、「そんなもん、ないって答えるに決まってるだろ」と笑った。

そろそろショーが始まるらしく、客席に観客たちがぞろぞろと入り始めていた。

「ショー、見る？」と亮介が尋ねると、「見たい？」と訊き返してくるので、「別に」と首をふった。

「でも、なんでそんなこと訊いたんだろうね？」

観客席に入ってくる人たちを避けながら出口のほうへ向かっていると、涼子が思い出したようにそう言った。

「そんなことって？」

「だから、死にたいと思ったことがあるかとか……」

「今、書いてる小説の中で、誰と誰を心中させようか、ずっと考えてんだって」

「そんな、無理に心中させることないじゃない」

「そのほうがドラマティックになるんだって」

「そりゃ、そうかもしれないけど……」

「そういう風にしないと、誰も恋愛小説なんか読まないんだって。なんかそんなこと言ってたな」

「そうかなぁ？　……でも、まぁ、たしかに、ダラダラ付き合ってる男と女の話なんか読みたくないかなぁ。どうせなら、それこそ心中しちゃうくらい、どっぷりと恋愛に溺《おぼ》れる姿を読みたいもんね」

背後で激しい水しぶきが上がる音がした。まだショーは始まっていないのに、イルカが勝手にジャンプをしたらしかった。


天王洲からアパートがある中洲《なかす》までは、東京モノレールと並行する海岸通りをまっすぐにひた走る。天王洲の一郭だけは、まるで近未来都市のようなのだが、スクーターで橋を渡れば、周囲の景色は日ごろ見慣れた倉庫街へと姿を変える。頭上をモノレールと高速の高架橋に遮られた海岸通りは、日に何千台とこの通りを走り抜けるトラックから吐き出される排気ガスのせいで、横断歩道も、ガードレールも、看板も、道端の雑草も、自動販売機までもが黒ずんで見える。

腰に腕を回して、自分にしっかりと掴まっている涼子を、信号で停まるたびに亮介はふり返った。そのたびに少し大きいらしいヘルメットを指で押し上げ、涼子が笑みを浮かべてみせる。

カラオケボックスを出た亮介が、隣接する東京シーフォートホテルへ向かおうとすると、「本当にホテルに泊まるつもりなの?」と、涼子は驚いた顔をした。

「なんで? ちゃんとしたデートだろ?」

「予約してあるの？」

「いや、それはまだ……」

「だったら、私、ホテルなんかより、亮介の部屋のほうがいい」

涼子は、そう言った。そう言って、あとはもう何も言わずに、黙って亮介の目を見つめていた。

信号が変わって、亮介は勢いよくスクーターを発進させた。一瞬、前輪が浮いて、すぐにストンと地面に落ちる。大通りから路地に入って、アパートの前に到着すると、亮介はまず涼子を下ろし、スクーターを歩道に押し上げた。

先に階段を上がっていく涼子を追いかけて、亮介も二段飛ばしでアパートの階段を上がった。古い鉄階段が、自分の体重で微《かす》かに揺れる。

玄関の前でポケットから鍵《かぎ》を出そうとすると、大杉の部屋のドアが開き、そこからひどく深刻な表情のゆうこが、そっと顔を出した。

前に一度だけ紹介したことがあったので、「あ、こんばんは」と、涼子が声をかける。

「こんばんは」

緩慢にお辞儀をしたゆうこの背中を押すようにして、中から出てきたのは真理だった。思わず亮介は、鍵穴に突っ込もうとしていた鍵を落としてしまった。慌《あわ》てて拾い上げようとしたのだが、一瞬、真理から離れ足元に向かった視線が、何かに吸いつけられるように真理の顔に引き戻された。

「お、お前……」

どうにか口から出せた言葉がこれだった。それ以外、どんな言葉も浮かんでこなかった。一目見て、ぞっとさせられるほど、真理のからだは瘦《や》せ細っていた。たかが二ヶ月足らずの期間で、人間のからだがここまで変われるのかと、思わず身震いしてしまうほどの瘦せ方だった。

「真理ね、ちょっと亮介くんに話があるんだって」

真理をかばうように立っているゆうこにそう言われ、亮介はやっと真理の瘦せたからだから視線を逸《そ》らすことができた。

「お、大杉は？」

自分でもなんでこんなときに大杉の所在などを尋ねているのか分からなかったが、何か声を発しないと、そのままその場にへなへなと座り込んでしまいそうだった。

「今、いない。真理とふたりで話したかったから、ちょっと出かけてもらってる」

「ど、どこに？」

「パチンコでもしてんじゃない。……そんなことより、真理がね、亮介くんにちょっと話があるんだって、お客さんと一緒のときに申し訳ないんだけど……」

そう言って、ゆうこが睨《にら》むように涼子を見る。

「……ねぇ、とにかく、五分でいいから、ちょっとこっちの部屋に来てくれない」

ゆうこに畳み込まれるようにそう言われ、亮介は背後に立つ涼子を窺《うかが》った。ゆうこが大杉の彼女だということは知っているが、その横に立つ真理がいったい何者なのか、涼子は知らない。ただ、自分が邪魔になっていることだけは理解したようで、ふり返った亮介に、「うん、うん」と小刻みに肯《うなず》いてみせる。

「悪い。ちょっと、先に中に入って待っててくれるか？」

亮介は小声でそう囁《ささや》き、足元に落ちたままになっている鍵を拾った。

「美緒さんって言うんでしょ？」

そのときだった。急に瘦せたせいか、声の質まで変わっている真理がそう言った。

亮介は鍵を拾う格好のまま、ゆうこの背後に立つ瘦せこけた真理に目を向けた。

「いつまで偽名で亮介くんと付き合うつもりなんですか？」

そう言った真理は、亮介ではなく、涼子のほうを見つめている。

「お、おい、何だよ、いきなり」

亮介は慌てて口を挟んだ。今にも真理が涼子に摑《つか》みかかってきそうに見えたのだ。

「亮介くんも亮介くんよ。自分の彼女の名前も知らないなんて、どうかしてんじゃない！」

真理は無理に怒りを抑えているような声を出した。

「その人、涼子じゃなくて、美緒っていうのよ。亮介くん、そんなことも知らないで……」

怒りを越えて真理の声はほとんど涙声に近い。

ゆうこが慌てて真理をなだめる。

「ま、真理、ちょっと待ちなさいよ」

とつぜん背後から涼子に腕を摑まれて、亮介は、「あ、うん」と意味もなく肯いた。

「ね、ねぇ」

「知らなかったんでしょ！」

腕を摑む涼子の手が微かに震えているようだった。亮介は握っていた鍵で玄関を開けると、立ちすくむ涼子の背中を中へ押し入れた。あとに続いて自分も入ると、「ちょっと！」と叫ぶゆうこの声が追ってくる。

亮介はいったんドアを閉め、瞬《まばた》きもせずじっと自分を見つめている涼子の肩に手を置いた。

「ちょっと行ってくるよ」と亮介が告げると、「う、うん」と涼子が肯く。

「……付き合ってたんだ。あんな女じゃなかったんだけど……」

亮介は声が漏れないように、涼子の耳元で囁いた。しかし涼子は、まだ平常心を取り戻せていないようで、「うん、うん」と、小刻みに頭を揺らすことしかできない。

亮介はそんな涼子を置いて通路に出た。そこにはゆうこと真理が待っている。亮介はまっすぐにふたりの元へ近寄ると、ゆうこのからだを押しのけ、真理の目の前に立った。

「どうしたんだよ?」

亮介はただそう訊いた。

「あの人、亮介くんに本名も教えてないじゃない」

うるんだ真理の目に、ちょうど走ってきたモノレールが映っている。モノレールが通り過ぎるのを待って、「知ってるよ」と亮介は呟《つぶや》いた。

「知ってたの? あの人が本名じゃないって」

「いや、ちゃんと知ってたわけじゃないけど……、メールで知り合ったんだぞ。最初から本名でメール送ってくる女なんて、ふつういないだろ?」

「じゃあ、何？　亮介くん、知っててずっと涼子って呼んでたんだ？」

横からゆうこが口を挟んできたので、「向こうが言いたがってないんだから、こっちで無理に聞くこともないだろ」と亮介は言い返した。

「だって、そんなのヘンじゃない。亮介くんとあの人、付き合ってんでしょ？」

真理を押しのけるようにしてしゃべるゆうこに、「なぁ、ちょっと真理とふたりにしてくれよ」と亮介は頼んだ。

ゆうこはちらっと真理のほうを窺ったが、「大丈夫」と真理が肯くので、ちょっと名残惜しそうな顔をしながらも、素直に大杉の部屋に入っていった。

「どうしたんだよ？」

ふたりきりになると、亮介は改めて真理の痩せたからだに視線を走らせた。

「……思ってたよりさ、亮介くんと別れたの、つらかったみたいなのよ」

やっといつもの口調に戻った真理が、今にも消え入りそうな笑みを浮かべて、そう呟く。

「俺、何も言ってやれないよ」と亮介は言った。

「……うん。分かってる」と、真理が微笑《ほほえ》む。

「……やっぱり駄目だなぁ。どうして私って、こう自分のことを好きになってくれない人ばっかり好きになっちゃうんだろう。だから、ゆうこにあんたは男運が悪いって、いつも笑われちゃうんだねぇ」

肩を落とした真理に、何か言葉をかけてやりたかったが、すぐそこにあるドアの向こうでゆうこが聞き耳を立てているのが分かっていたし、ここでなんと言ったところで、嘘《うそ》っぽくなるのだろうと思うと、何も言葉が浮かんでこない。

「亮介くんが、知ってて付き合ってるんだったらいいのよ」と真理は言った。

「何を？」

「だから、あの人が涼子って名前じゃないこと」

亮介はなんとなくふり返って、自分の部屋の玄関を見た。明かりがついていないところを見ると、涼子はまだドアの向こうに立っているままなのかもしれない。

「もういいよ」

そう声をかけられ、亮介は改めて真理のほうへ向き直った。

「あの人、待ってるから」

真理はそう言うと、「ごめんね」と小さく謝って、亮介の胸を押した。

「駅まで送ろうか？」と尋ねると、「いい。ゆうことのんびり歩いて帰るから」と、無理に笑顔を作ってみせる。

「ちょ、ちょっと！」と、いきなり大杉の玄関ドアが開いて、ゆうこが顔を見せたのはそのときで、「な、なんだよ！」と、思わず亮介も真理も身を仰《の》け反らせてしまった。

「それだけじゃないでしょ。もう一つ話があるんでしょ？」

ゆうこが真理に食ってかかる。

「な、なんだよ、もう一つって」

亮介はゆうこの勢いに押され、背中を手すりに押しつけるようにして訊《き》き返した。

「い、いいのよ。もう」

代わりに真理が慌てて答える。

「だって……」

「ほ、本当にもういいんだって」

真理がゆうこの肩を押して、部屋の中に戻そうとする。

「真理がそう言うんなら、私はいいけど……」

「ほんと。もういいから」

ふたりのやりとりを、亮介は口も挟めずにただ眺めているしかなかった。

「ほんとにごめんね、急に」

亮介のほうに向き直った真理が、早く部屋に戻ってくれとでも言いたげに、力強く胸を押してくる。

そのもう一つの話というのが気になりはしたが、あまりにも真理が強く胸を押すので、「い、いいのか?」と呟いて、亮介は自分の部屋のほうへ足を踏み出した。頭上の高架橋をまたモノレールが走ってくる。その音に紛れるように、真理はゆうこを大杉の部屋に押し込み、そのまま自分も一緒に入って、さっとドアを閉めてしまった。

玄関先に一人ぽつんと残った亮介は、しばらく閉ざされた大杉の部屋のドアを見つめ、再び真理が一人で出てくる気配がないのを確かめると、涼子の待つ自分の部屋のドアを開けた。

やはり涼子は玄関に突っ立っていた。薄いドアなので、外の声が聞こえていないはずもないのだが、「何だったの?」と、何も聞こえていなかったふりをする。

「大丈夫」

亮介は台所の電気をつけた。靴を脱いで、奥の部屋まで歩いていくと、「ねぇ」と背中に声が届く。

涼子は靴も脱がずに、まだ玄関に突っ立っていた。

「上がれば」と亮介は言った。

「うん……」

そう答えながらも、涼子は靴を脱ごうとしない。

「名前のこと？」

気にしていなかったはずなのに、そう尋ねた自分の声が、どこか不機嫌な感じに響いた。涼子が何も言わないので、「ふつう、出会い系サイトでメールくれるような女、本名じゃないだろ」と亮介が笑うと、笑った本人が驚いてしまうほど涼子が表情を強《こわ》張《ば》らせる。

「あ、別に、そういう意味じゃ……」

慌ててそう付け加えた。しかし、薄暗い台所の蛍光灯に照らされた涼子の表情は、強張ったままだった。

第五章　りんかい

「ちょっと待って！」

お弁当を買いにビルのエントランスを出ようとすると、背後から佳乃の声が聞こえた。ふり返ってみたが、そこに彼女の姿はない。美緒は広いホールを見渡した。声はすれど姿は見えず。たしかに佳乃の声だったのに、と思いながら、美緒が改めて外へ出ようとすると、「ちょっとって！」と、二階ホールからの階段を、サンダル履きの佳乃がパタパタと降りてくる。

「上から呼んでたんだ」

美緒は、大理石の床を滑りそうになりながら駆け寄ってくる佳乃を迎えた。

「お昼でしょ？」

息を整えながら佳乃が訊《き》くので、「そう。一緒に行く？」と尋ねた。

ふたり並んでエントランスを出ると、ひどい土砂降りだった。高層階の窓を濡《ぬ》らす雨は、いつも決まって霧雨のようで、あまりその強さを感じない。

「やだね、雨……」

佳乃が派手な傘を差しながら、うんざりした声で呟《つぶや》く。その横で、美緒も折りたたみの傘を開く。

「……あ、そうだ。もう『りんかい線』って開通してるんだって。美緒、知ってた？」

「いつ？」

「さぁ、先月だか、先々月だか……」

屋根のない場所へ出ると、地面で跳ねた雨粒が、サンダル履きの足先を濡らす。すぐそこに東京湾が見えるのだが、雨のせいか、どんよりとしてまるで固まっているように見える。

「今さ、二階のホールで、ばったり営業の市毛さんと会ったのよ。ほら、川崎のほうにマンション買ったとか言ってたから、『通うの大変でしょう？』って訊いたら、『お前、りんかい線ができたの知らないのかよ。ほんと、お前はなんも知らないなぁ』だって。そんなこと言われてもねぇ。東京テレポート駅のほうなんか行かないもんねぇ。

……市毛さんね、前は池袋のほうから通ってたでしょ。だから、通勤時間半分になったらしいよ」

水溜《たま》りを避けながら歩く佳乃が近づいてきたり、遠ざかったりする。

「りんかい線って、どこと繋《つな》がったんだっけ？」と美緒は訊いた。

「だから、ここお台場から東京湾の海底を通って、天王洲アイルでしょ？　たしか、その先が大井町だから、川崎からだと確かに近いよ」

佳乃の説明を聞きながら、美緒は頭の中で東京湾周辺の地図を思い浮かべてみた。これまではゆりかもめでぐるっと湾を半周しなければならなかった品川が、今では東京湾の底をもぐって一直線にいける。

「どれくらいかかるの？」と美緒は訊いた。

「川崎まで？」

「じゃなくて、東京湾を横断するのに」

「さぁ、一駅だから三分くらいのもんなんじゃないの」

佳乃は首を傾《かし》げながらもそう答え、足元にあった小さな水溜りを、ひょいと飛び越えてみせた。

どしゃぶりの雨のせいで、海浜公園沿いの通りに並んだカフェやレストランはがらがらだった。弁当を買って帰るつもりだったが、「待たなくてよさそうだし」という佳乃の言葉につられて、ハワイ料理の店に入った。これまでにも何度か入ったことはあるが、席を埋める客のほとんどがこの辺りに勤務しているＯＬたちで、どのテーブルからも男の話と同僚や上司への愚痴が聞こえてきて、これならば、「そば幸」の狭いテーブルで、無言でそばを啜《すす》っているオヤジたちのほうがマシだと、最近ではほとんど来ていない。

カジキとスペアリブのセットをあらかた食べ終わると、ずっと携帯でメールを打っていた佳乃が、「そういえば、最近、あんた、社内で評判悪いよぉ」と、顔をしかめる。

「何よ、とつぜん」

美緒はフォークで刺したカジキを口に持っていこうとしていた手を止めた。

「だってさぁ、あの優秀な広報部の平井美緒さんが、午前中の会議には遅刻してくるし、大事なパーティーは欠席するし……、きっとヘンな男にはまってんだって、み～んな噂《うわさ》してる」

「女にちょっと何かあると、すぐ男のせいになるのね」

「だって、実際そうじゃない」

佳乃はふざけた感じでそう言うと、「まぁ、私は美緒の味方だから、そういう噂を聞いたら、もっと大げさにしてやってるけどね」と笑う。

「もう！　実はヘンな噂を流してる張本人、佳乃なんでしょ？」

「なんで私よぉ。私はちゃんと、『やっと平井さんにも、女の幸せに溺《おぼ》れられる相手ができたんです。しばらく大目に見てやって下さい』って言ってあげてるわよ」

「冗談でしょ？」

美緒は思わず摑《つか》んでいたフォークで、佳乃を刺す真似《まね》をした。

「冗談よ。さすがにそんな本当のことは言えません」

佳乃が大げさにフォークを避けながら笑い出す。

ランチタイムで焦《あせ》っているのか食後のコーヒーが運ばれてきて、話はそこで中断した。たしかに佳乃が言うとおり、ここ二週間のほとんどを亮介の部屋で過ごしている。この二週間のあいだ、亮介と何を話していたのかは覚えていないが、この二週間のあいだ、彼がどんな風に自分のからだを抱いたかは、はっきりと覚えている。

あの感じを何に譬《たと》えればいいのか、ふたりの体温で温まっている布団《ふとん》から、朝、起き出すときの憂鬱《ゆううつ》さ……、予定があるにもかかわらず、出がけにふと亮介に触れられた首筋から、全身にゆっくりと伝わってくるあの名残惜しさ……、このままここにいても何があるというわけではないのに、なぜかしら重くなっていく自分のからだ。ただ一緒にいたいというような、そんな甘い感覚ではない。抱かれたいのではなく、抱かれ続けたいような……、水に浮かびたいのではなく、泥に沈んでいきたいような、そんな獰猛《どうもう》な感覚だ。

「ところで、例の元彼女って、最近、現れてないの？」

目の前で佳乃がエスプレッソに砂糖を落としていた。美緒は、自分がエスプレッソのカップに浮いた泡をじっと見つめていたことにふと気づく。

「私さ、美緒からその話を聞いたとき、てっきり諦《あきら》めるかと思った」

「諦めるって？」

美緒は見つめていたエスプレッソを一口飲んだ。濃いコーヒー豆の香りがふっと鼻から抜けていく。

「だから、そういうタイプの女相手に三角関係を演じるなんて、なんか、私が知ってる美緒っぽくないって思ったのよ。まぁ、私が美緒の何を知ってるのよって話もあるんだけど」

「だって私も自分で驚いてるんだもん」

美緒はカップをソーサーに戻した。横のテーブルに座っているＯＬ三人組が、小銭をテーブルに広げている。

「その彼のアパートに張り込んでて、そこから帰る美緒をつけてたんでしょ？　かなり怖いんですけど」

「……というか、これは私の勘なんだけど、隣に彼の友達が住んでるのよ。その彼女とその彼女が友達で、たぶん、その彼女がその彼女に、『今日、泊まりにきてる』とか、『そろそろ帰るみたい』とか、情報を流してたんだと思う」

「その彼女、その彼女って、どっちがどっちか分かんない」

特に分かりたくもないような口調で、佳乃がそう言って笑う。

「とにかく、最初に会った夜は殺されるんじゃないかって思ったけど、今になってみると、なんていうか、あの彼女の気持ちも分からないでもないんだよねぇ」

「どういう意味よ？」

「だから、もし今、私がとつぜん彼に捨てられるとするじゃない……」

「え？　美緒もその彼女みたいになるって言うの？」

「……いや、分かんないけどさぁ」

「いや、絶対に無理」

「何が無理よ？」

「だって美緒がそんなことできるわけないじゃない」

「どうして？」

「どうしてって……。それにね、私の感じとしては、美緒、その彼とはうまくいかないって」

「何よ、それ。ひどいこと言うじゃない」

「なんていうのかなぁ……、話を聞いてる限りじゃ、その亮介くんだっけ？　その人って、美緒の好きなタイプの男なんじゃなくて、美緒がこれまでにただ知らなかったタイプの男なんじゃない？　私にはそういう風にしか思えないんだけどなぁ」

「そんなことないよ……」

「そう？　じゃあ、その彼との生活とか考えられる？」

美緒はその生活とやらを思い描いてみようとしたが、浮かんでくるのはカーテンの締め切られた真っ昼間の部屋で、抱き合っているふたりの姿だった。

隣のテーブルで小銭をかき集めていたOLたちが席を立って、食べ散らかされた食器だけがそこに残っていた。残すならば下げてもらえばいいのに、最後まで三人で突《つつ》いていたチョコレートのアイスクリームが、どろっと白い皿に溶けている。

時計を見ると、すでに一時半を廻っていた。

「そろそろ、行く?」

美緒がそう声をかけると、「うん」と肯《うなず》いた佳乃が、財布からお金を出しながら、

「あ、そうそう。こんなところであれなんだけど、私、来月いっぱいで仕事辞めるから」と、とつぜん言う。

「え? 来月いっぱい?」

「ほんとはね、もうちょっと続ける予定だったけど……」

「なんか、あったの?」

「子供」

佳乃は少し照れ臭そうに呟いた。

大学のころから付き合っている彼と、そろそろ結婚するという話は聞かされていた。式を挙げるつもりはないが、籍だけは入れることにした、と。ただ、向こうの両親がもし式を挙げないのであれば、彼の地元の岡山に来て、親戚《しんせき》の家を一軒一軒回ってほしいというので、それがまた面倒で、籍を入れるのも時期を考えていたのだ。

席を立とうとする佳乃に、「じゃあ、いよいよ籍も入れるんだ?」と尋ねると、「実はね、もう先月、入れたのよ」と答える。

「嘘《うそ》でしょ？　なんで言ってくれないのよ」

「だから、今、言ったじゃない。でも、お願いだから、他の人には言わないでね」

「なんで？」

「だって、お祝いもらったりしたら、あとが面倒でしょ」

「何よ、それぇ」

美緒は何か憎まれ口を叩《たた》いてやろうかとも思ったが、自分に置き換えてみれば、佳乃の気持ちが分からないでもない。

「辞めれば辞めたで、少しはさびしくなるんだろうけど……、でも、ほら、私ってさ、美緒みたいに仕事に生きがい持てるタイプじゃないし」

「別に、私だって生きがいなんて持ってないよ」

「いやいや、美緒はそう言うけどさぁ……。それに、あれよ、仕事に向いてるかどうかなんて、本人が決めることじゃなくて、仕事のほうに決められるのよ。美緒は、間違いなく仕事に好かれてます」

「それ、褒められてるの？」

「当たり前じゃない。……だから、その今の彼とイチャイチャしてるのも楽だろうけどさ、きっといつか物足りなくなるって」

「楽って何よ？」

「あ、ごめんごめん。言いすぎました。……でも、ほら、美緒みたいな似非《えせ》優等生タイプは、ときどき、なんていうか、だらしない女に憧《あこが》れちゃうじゃない？」

「何よ、そのだらしない女って」

「だから、今の美緒みたいな女よ」

「私のどこがだらしないのよ？」

「彼の愛に溺れて、仕事サボっちゃうんだから、十分だらしないでしょ？　……あ、別に非難しているわけじゃないんだよ。ただ、今はそういうのも楽しいだろうけどさ、いつかきっとそんな自分が嫌になるって。……私の友達にもいるけどさぁ、だらしない女って、本当に、筋金入りなんだから」

「でも、女としたら、なんかそっちのほうが幸せそうな気がする」

「またまた。そんなことぜんぜん思ってもないくせに」

「どうしてよ？　思ってるよ」

「じゃあ、なんで、ずっと彼と偽名で会ってたのよ？」

「それは、ほら……」

「だらしない女っていうのはね、もっと自分のことを平気でさらけ出せるもんなのよ」

レジで勘定をして店を出た。雨脚はまったく衰えておらず、すぐそこに見える砂浜が、濃い灰色に染まっている。激しい雨に叩かれている海に、白い靄《もや》がかかり、対岸の品川埠頭《ふとう》が、いつもよりも遠くに見える。この下を「りんかい線」は走っているらしい。たったの三分。荒れた海の下を、たったの三分走れば、電車は対岸に着くという。

「ねぇ、もし、私が、このままずっとこうしてたい、明日からお互いに仕事にも行かないで、ずっとここで、こうやってたいって言ったら、……亮介、どうする？」

背中に、亮介の胸や腹の感触を味わいながら、美緒は少ししゃがれた声でそう訊《き》いた。声がしゃがれているのは、唾液《だえき》のほとんどを亮介の唇に吸い取られたからでもあったし、渇いた喉《のど》から必死に声を出し続けようとしたせいでもあった。

亮介が返事をしないので、美緒は、「ねぇ」と、背後から首を絞めるような格好で自分を抱いている亮介の腕を噛《か》んだ。

「イテッ」

身を仰《の》け反らせた亮介の下半身が、逆に美緒の尻《しり》に突きつけられる。

「ねぇ、どうする？」と美緒は訊いた。

嚙まれた腕を搔《か》きながら、「言ってみろよ」と亮介が言う。

「何を？」

「だから、『このままずっとこうしてたい』って」

「言ったら、なんて答える？」

「だから、言ってみろって」

電気を消した部屋には、声の出ていないテレビがついている。名古屋市で起きたという連続通り魔事件を伝える映像の色調が変わるたびに、赤く、青く、素っ裸で布団に寝ているふたりの肌を染める。

美緒がテレビのボリュームを上げようと、テーブルの下に落ちているリモコンに手を伸ばそうとすると、ぴったりと張りついていた自分の背中と亮介の胸が離れ、汗ばんだ肌にすっと風が通る。

美緒は手を伸ばした。あと五ミリで指先はリモコンに届きそうなのだが、その最後の五ミリがどうしても足りない。そのとき、背後で立ち上がろうとした亮介に肩をぐっと押された。指先が、すっとリモコンを摑《つか》む。

立ち上がった亮介は、いつものように裸のまま、トイレへと姿を消した。リモコンのボタンを確かめ、テレビのボリュームを上げようとした途端、トイレから亮介が用を足す音が聞こえてくる。

「ねぇ!」

美緒はテレビのボリュームを上げずに、トイレに向かって声をかけた。

「あ?」

少し面倒くさそうな亮介の声が返ってくる。

「ここで、ずっと、こうしてたい!」

そう叫んだ声に、水を流す音が重なった。ドアを開けて出てきた亮介が、「え? 何?」と言いながら、冷蔵庫の前にしゃがみ込み、中から水のボトルを取り出す。

「私にも」と、美緒が声をかけると、ゴクゴクと喉を鳴らして飲みながら、また布団へ戻ってくる。

亮介は冷たいボトルを美緒の下腹につけた。「ひゃっ」と悲鳴を上げた美緒が、ボトルを手で押しやろうとすると、いきなり唇を寄せてきて、中に含んでいた生ぬるい水を、美緒の口の中に注ぎ込もうとする。

美緒は身を捩《よじ》って、亮介から逃れた。亮介の口からこぼれた水が、無精ひげの生えた顎《あご》を伝い、美緒の乳房に落ちてくる。

「ねぇ、明日もあさっても、しあさっても、仕事休んで、ずっとここでこうしてたい」

ごろんと横になった亮介の顔を、美緒は覗《のぞ》き込むように上半身を起こした。

「ほら、ちゃんと言ったんだから、答えてよ」

そう言って、美緒は天井を見つめている亮介の鼻を抓《つま》んだ。大げさに口をパクパクと動かしながら、「いいよ」と亮介が笑う。

「何がいいのよ？」と美緒は訊いた。

「だから、明日もあさっても、しあさっても、ずっとここでこうしてるよ」

「ずっとこうしてたら、生活できないじゃない」

「なんだよ、お前が言ったんだろ？」

「だって、亮介が簡単に答えるから」

「どうせ冗談なんだろ。真面目《まじめ》に答えるほうが馬鹿《ばか》みたいじゃねぇか？」

「じゃあ、本気だって言ったら？」

亮介は天井に向けていた目をちらっと美緒のほうへ向け、「……いや、本気じゃないね」と笑って、また天井を見つめた。

「もし本気だって言ったら？」

美緒は天井に向けられている亮介の顔の上に、自分の顔を突き出した。しばらくのあいだ、亮介は美緒の瞳《ひとみ》の奥を探るように見つめていたが、「……いや、やっぱり本気じゃねぇ」と笑って、突き出された美緒の頭をやさしく押し戻した。

この日、美緒は初めて「りんかい線」を使って、品川へやってきていた。会社が終わり、日ごろの癖で「お台場海浜公園」駅へと向かっていると、ふと「りんかい線」が開通していることを思い出し、Uターンして「東京テレポート」駅へ向かったのだ。

本当にあっという間だった。東京テレポート駅から天王洲アイル駅までは、ある意味、あっけないほどの距離だった。地形的に二つの駅は、東京湾を挟んで対岸にある。それがまるで地図上に定規を使って一直線を引くように、何の起伏もなく、すっと電車は到着したのだ。もちろん、東京湾を横断しているという感慨もなく、海の香りを微《かす》かに感じるわけでもない。

この話を亮介にすると、「天王洲からはどうやってきたんだよ?」と訊かれた。

「歩くと結構あるだろ」と言うので、「タクシーできた」と答えた。

「電話すりゃ、スクーターで迎えに行ったのに」

「ワンメーターだもん」

「じゃあ、近くなったたな」

「近いよ。タイミングいいと、十分で来れちゃう」

亮介も「りんかい線」が開通していたことを知らなかった。天王洲に新しい駅ができていることは知っていたのだが、それがどこへ向かって伸びているのか、用もなかったし、調べようともしなかったらしい。

腹が減ったと言い出して、台所でカップヌードル用のお湯を沸かし始めた亮介に、「ねぇ、そういえば、そろそろ『LUGO』の新しい号がでるんじゃない」と、美緒は声をかけた。

「ルーゴ？」

「ほら、青山ほたるの小説が載ってる」

「あ、ああ」

「あ、ああって、青山ほたるの家にまで行ったんでしょ？」

美緒は枕《まくら》を抱えるようにして、台所のほうを見た。お湯を沸かすときぐらい下着をつければいいのに、素っ裸で腕組みをした亮介が、じっとやかんを見つめている。

「……なんかさ、今になって思うと、俺、あの人にいろんなこと、しゃべってんだよなぁ」

やかんを見つめたまま、亮介が言う。

「初体験はいつだったか、とか、セックスは好きか、とかでしょ？」

「……そう。そういう質問もあったけど、そこからいろんなこと、しゃべっちゃうんだよ。なんていうか、あの人の前だと、つい……しゃべっちゃうんだよな」

「たとえば？」

「たとえばってこともないんだけど……、ほら、あの人って、こっちをついケンカ腰にさせるんだよ。何か訊かれて、俺が、『覚えてない』って答えるだろ、そうすると、『覚えてないんじゃなくて、思い出したくないんでしょ』なんてさ。だから、ついこっちも、無理やりにでも思い出して、答えたくなるんだよ」

お湯が沸いたらしく、亮介はやかんを持ち上げて、すでに封を開けてあるカップヌードルにお湯を注いだ。もうすっかり見慣れ、触れなれてきたが、こうやってレンジの炎と一緒に亮介の裸を見ると、その胸に残る火傷《やけど》の痕《あと》にやはり目は引きつけられる。

「あの小説。どうなるんだろうね？」

片手にカップヌードルを持ち、口に箸《はし》を咥《くわ》えて戻ってきた亮介にそう尋ねると、

「さぁ、知らねぇ」と箸を咥えたまま、首をふる。

「あの小説、展開が早いから、あっという間に私たち、抜かれちゃうよ」

「なんだよ、抜かれるって？」

今になって思えば、第二話で「永井英二」の恋人「倉田愛」が、メールで知り合った「リコ」の素性を調べようと、このアパートの前で待ち伏せし、家へ帰る彼女を尾行したというエピソードは本当のことだったのだ。実際、自分がいつ真理につけられたのかは分からないが、そのときのことを想像すると、手足の先から凍ってくるような寒気を感じる。先日、佳乃が言った通り、もしもこれまでの自分なら、そういった三角関係からは自ら手を引いていたはずだ。しかし、今回、それでも亮介との関係を続けているのは、「真理とは電話でちゃんと話をしたから、もう大丈夫だよ」と言ってくれた亮介の言葉ではなく、この関係が、今後どうなっていくのだろうかというような、それこそ小説を読んでいるような、どこか冷めた感覚からで、それは会議に遅刻したり、大事なパーティーを無断欠席している自分を、どこか離れた場所から眺めているようなところにも通じる。

佳乃は、「愛に溺《おぼ》れている」などと言って茶化すが、それはどこか違うと美緒は思う。こうやって素っ裸でカップヌードルを啜《すす》っている亮介を愛しているから、自分がこんなにも彼の前で大胆になれるわけではなくて、亮介のことをそれほど愛していないからこそ、彼の腕の中でこんなにも自由にからだを解放できるのだ。

「食う？」

あまりにもじっと見つめていたせいか、亮介がカップヌードルを突き出してきた。美緒は、「いらない」と首をふって、あぐらをかいている亮介の太腿《ふともも》に手をのせた。

日曜日の午後遅く、駅前のクリーニング店でスーツを受け取って、美緒は三日ぶりに自分のアパートへの道を歩き出した。会社から亮介のアパートへ行き、翌日はそこから出勤する。ここしばらく、自宅には着替えを取りに戻ってくるだけだった。

246沿いのスーパーへ寄るにはクリーニング店の前の通りをまっすぐに歩いていくのが一番の近道なのだが、そういえば、今年は桜並木を見に来なかったなぁと思い、遠回りして小川の流れる遊歩道へと足を向けた。

井上幸治から電話がかかってきたのはそのときで、携帯を耳に当てると、「もしもし、俺、俺」と元気な声が聞こえてくる。

ちょうど目の前に有名な政治家の豪邸があって、大きな門の前に立つ警察官がちらちらとこちらを見ていたので、美緒は足早にその門の前を通り過ぎた。

「……やっと落ち着いたよ」

聞こえてきた幸治の声に、「ずいぶん時間かかったじゃない」と美緒は答えた。

「とにかく、引継ぎだの、歓迎会だの、毎晩、残業だし、そのあとは飲みに誘われるだろ。電話しようと思っても、ぜんぜんできなくてさ」

「今、外なのよ。これからうちに戻るから、かけ直してもいい？」

美緒は一方的に話し続ける幸治を制して、そう言った。

「分かった。何分後ぐらい？」

「これからスーパーに寄ってからだから、三十分後ぐらい」

「じゃあ、部屋の電話にかけてくれよ」

美緒は電話を切ると、携帯をバッグにしまった。わざわざ散歩しようと思って遠回りしてきたのに、電話を切ったときにはすでに、桜並木の続く遊歩道の出口辺りまで歩いてきていた。

転勤の準備のために上京してきた幸治と銀座の和光前で待ち合わせをしたのは、亮介としながわ水族館でちゃんとしたデートをする一週間ほど前だった。東京に着いたその夜に電話があった。「今度の日曜、ヒマか？」といきなり訊《き》くので、「ごめん、ちょっと用がある」と、美緒は答えた。特に約束していたわけではなかったが、土曜から亮介のアパートに泊まりに行くつもりだったのだ。

「一日中？」と幸治が訊くので、「なんで？」と美緒は訊き返した。

「なんでって、お前も相変わらず可愛《かわい》くねぇなぁ。お見合いだよ、お見合い」

受話器の向こうで幸治が笑い出す。

「まさか、あれ、本気にしてたの？」

「当たり前だろ。それだけが楽しみの東京転勤なんだからよ」

美緒が思わず口ごもっていると、「冗談だよ、冗談。どうせ、もう男がいるんだろ？」と幸治が笑う。

美緒は、「まぁ、そうよ」と答えた。一瞬、妙な間があいたようだったが、「まぁ、そんなことだろうとは思ってたけどよ」と幸治がまた笑う。

「まぁ、それでもいいや、せっかく東京に出てきたんだしよ、何の用があるのか知らねぇけど、晩メシくらい付き合えよ。ふたりで同窓会やろうぜ、同窓会」

断るつもりでいたのだが、幸治の声というのは妙な雰囲気があって、誘われると何かいいことがありそうな気がしてくる。ヘンな意味ではなく、退屈していた夏休みに、とつぜん海に行こうと迎えに来られたような感じになるのだ。

「遅くなってもいいからさ、どっかで酒でも飲もうぜ。俺、月曜の夜にはもう帰らなきゃならないんだよ」

そのころはまだ、遅くても日曜の六時ごろには亮介のアパートから戻っていたので、そのあとで会おうと思えば会えないこともなかった。

「今、どこのホテルに泊まってるの？」と美緒は尋ねた。

「銀座のホテル」

「じゃあさ、七時ごろに銀座に行くよ」

結局、会うことにして電話を切った。別に浮気するわけでもなかったし、高校を卒業して以来、一度も会っていない彼を見てみたいと思う気持ちもあった。

約束の日、待ち合わせ場所の和光前で待っていると、十五分ほど遅れて幸治はやってきた。近いから迷うはずもないと思って地図も持たずに出てきたら、早速間違えて新橋駅のほうへ歩いてしまったという。

「お前、ぜんぜん変わってねぇな」

ほとんど十年ぶりの再会だったので、多少ビクビクしていたが、幸治の第一声がこれだった。

「俺は変わっただろ？」と訊くので、「そうねぇ、ちょっと大人になってるかな」と美緒は答えた。

実際、久しぶりに目の前に現れた幸治の姿は、どこか貫禄《かんろく》がついていたし、その目はどこか自信に満ち溢《あふ》れていた。

「あのあと、お父さんに電話かけて聞いたんだけど、その年で東京支社に来るって、かなりの出世コースらしいじゃない」

幸治が予約しているというレストランに向かいながら、美緒が茶化すと、「そうだよ。俺と結婚すれば、将来は安泰だよ」と幸治もふざける。

同級生というのは不思議なもので、ほとんど十年に近い歳月が流れていても、ふと再会した瞬間に、当時の自分たちのリズムが蘇《よみがえ》る。

幸治が連れて行ってくれた店は、感じのいいイタリア料理の店だった。厨房《ちゅうぼう》にはモザイクタイルが張られた窯《かま》もあり、どの料理も楽しくなってくるぐらいおいしい。

「よく、こんな店、知ってたじゃない」

美緒がからかい半分に言うと、「必死に下調べしたんだよ」と幸治は笑った。

「いつからなの、本格的にこっちに来るの？」

「たぶん来月の十日辺りになりそうだな」

「じゃあ、大変じゃない。引っ越しやなんか」

「何？　手伝ってくれんの？」

「バイト代出る？」

「ほら、前払い」

幸治はそう言うと、一枚だけあまっていたアンチョビのピザを、ぽんと美緒の皿に投げ置いた。

「ほんとに困ってるんだったら手伝うよ」

「いや、大丈夫。大沼とか、石井とか覚えてるだろ？　あいつらがこっちにいるから、手伝ってもらうことになってんだ」

「相変わらず、男子で固まってるわけ？」

「まぁ、そう言うなって。お前だって、相変わらず、一人でつまんなそうな顔してんだろ？」

「私、高校のころ、つまんなそうな顔してた？」

「してたよ。俺らが馬鹿《ばか》やってると、なんかいつも遠くのほうから冷た〜い視線感じて、ふり返ると、いっつもお前がこっち見てたもん」

「つまんなそうな顔して？」

「そう。つまんなそうな顔して」

「まだ子供だったのよ。まぁ、許してやってよ。でも、ほら、今はこんなにつまんない人と食事してんのに、こんな笑顔でいられるようになりました」

美緒の言葉に、大口を開けて笑う幸治の笑顔を見ていると、ふと亮介のことが頭をよぎった。亮介の部屋で、こんなに大きな声を出して笑い合ったことはない。

スーパーで買物をしてアパートへ戻り、洗濯機を回そうと思って、ベッドのシーツを剝《は》がしていると電話が鳴った。

作業を中断して受話器を上げると、「なんだよ、帰ってんじゃねぇか」と、幸治の声が聞こえてくる。

「何よ、せっかちねぇ」

「お前が三十分後って言ったんだろ？」

時計を見ると、スーパーの帰りに本屋に寄ったせいで、すでに一時間以上が過ぎていた。

「ごめん。ちょっと本屋に……」

「まぁ、いいよ。……それより、今度の日曜日、映画観《み》に行かねぇか？」

「映画？」

「そう。東京ってさ、いろんな映画やってんのな。昔の映画とか、すげぇいい特集組んであるよ」

「井上くんって、映画好きだったっけ？」

「何をおっしゃる、こう見えても、大学のころ映画研究会に入ってたんだからな」

「自分で撮ってたの？」

「短いやつな。八ミリで」

「へぇ、意外」

「だろ？　俺も意外だったもん」

美緒は受話器を肩に挟みながら、シーツを剝がし始めた。

「誘ってくれるのは嬉《うれ》しいんだけど、何度も言うように私には……」

「彼氏がいるんだろ？　分かってるって。だから、そういうんじゃなくて、上京したてでまだ知り合いのいない友人を助けると思ってさ」

「何、観に行くのよ？」

「それがさ、銀座でミケランジェロ・アントニオーニの特集やってんだよ」

「嘘《うそ》？　私も大好き」

「マジ？」

「『砂丘』とか、『日蝕《にっしょく》』とか、大好きよ」

「おっ、『日蝕』なんて言っちゃうところを見ると、かなりの通だねぇ。……その『日蝕』を今やってんだよ。劇場で観たことある？」

「ない。ビデオだけ」

「なぁ、行こうぜ」

美緒はシーツを丸めて洗濯機に突っ込んだ。


翌月曜日の夕方、オフィスのデスクで、ゆっくりと朝日が昇ってくるパソコンのスクリーンセーバー画面を眺めていると、出先から戻ってきた久保課長が、「平井、ちょっと」と、廊下へ出るように顎《あご》をしゃくった。

午前中、人事の発表があった。今回、美緒が勤務する広報部では、それほど大きな異動はなかったのだが、ただ一件だけ、同期入社の山口昌司《まさし》が主任に昇格することになっていた。

久保課長からちょっと外へ出ろと合図を送られてきたとき、きっとその話だろうと思った。発表後、自分を見る周囲の目がどこか気の毒そうになっている。

廊下へ出ると、「喫煙ルーム行こうか」と課長は言った。

「もし、人事の話だったら……」

少し面倒くさくなって、美緒が先に告げようとすると、「いいから、ちょっと来い」と課長がその言葉を遮る。

対岸の品川埠頭《ふとう》が一望できる二十三階の喫煙ルームに他に人はおらず、壁際《かべぎわ》に並べられた自動販売機の音だけが、ブーンと低い唸《うな》り声をあげていた。

「店舗用のパンフレット、もう終わったのか？」

一番窓際にある自動販売機に百円玉を入れながら、課長が言った。

「はい」と、美緒が短く答えると、「何、飲む？」と、課長がふり返る。

「じゃあ、紅茶を」

課長の指が並んでいるボタンの上をしばらく迷って、ダージリンと書かれたボタンを押す。すぐに紙コップがことんと落ちて、中に紅茶が注がれる音がする。

「落ち込むことないぞ」

課長はとつぜんそう言った。美緒のほうではなく、わざわざ紅茶が注がれている扉の中を覗《のぞ》き込んだまま。

「別に、落ち込んでませんよ」

「そうか。ならいいんだ」

「私、落ち込んだほうがいいですか？」

美緒がそう尋ねると、すっとこちらに顔を向けた課長が、「あんまり強く反対するわけにもいかなくてな」と言う。

一瞬、何のことを言っているのか分からなかったが、「これからも、山口のやつを助けてやってくれよ」と言われ、前言の意味を理解した。

「人事なんて、だいたい現場の意見とは食い違ってくるもんだからな」

課長が熱い紅茶のカップを取り出しながら言う。

「だから、私は別に……」

美緒は差し出された紅茶のカップを受け取った。手のひらに熱が伝わって、鼻先をダージリンの甘い香りが流れる。

「ヘンなもんだよな、たった一回のことで……」

課長が何を言い出そうとしているのか分かった美緒は、慌《あわ》てて入り口のほうへ目を向けた。廊下を歩いてくる者はない。

「……たった一回のことなのに……、『主任には山口じゃなくて、お前のほうが適任だ』って言葉が、急に口から出てこなくなったんだよ」

「それとこれと、なんの関係があるんですか？」

自分でも少し冷たい言い方だったと思ったが、すでに口からこぼれてしまった言葉を、今さら取り消すわけにもいかない。

「そうだな、なんの関係もないな。でも、なんていうのか……、山口じゃなくて、お前のほうがいいって発言しようとしてる自分が、仕事じゃなくて、情で何かを選んでるような気がしてな……」

「ちょ、ちょっと……、それ、どういう意味ですか？」

「だから、一度だけとは言え、関係のあった女性を主任に推そうとしている自分が……」

「そんなの……、そんなのヘンですよ。純粋に仕事だけで選んでくれればいいじゃないですか！」

思わず声を荒らげてしまった自分に気づき、美緒は慌てて熱い紅茶を一口飲んだ。

「いや、そうなんだよ。俺も、それは分かって……」

「いえ、ぜんぜん分かってない！　そんなの……」

口の中に甘い紅茶の香りが広がっていた。甘い香りをつけた乱暴な言葉が、勝手に口から飛び出していく。

「……単純に仕事の出来不出来で選んだら、私だったんでしょ？　だったら、それでいいじゃないですか？　なんで、そんな一年も前のことに気兼ねして、それも、ぜんぜん理にかなってない気兼ねの仕方して……、私がこんな目に遭わせられなきゃならないんですか？　ヘンですよ。絶対、ヘンですよ。……そんなの、差別しないようにって、逆に差別してるようなもんじゃないですか！」

「人事から挙がってきた名前は山口だったんだよ」

「でも、課長は……」

「俺は……、だから、自分がいったい何を基準に選ぼうとしてるのか、分からなくなったんだよ」

「そんなの……。もう、バカみたい……」

思わず口からそう漏れた。実際、目の前に立っている課長が、老《ふ》けた中学生のように見える。

課長が口をつぐんでしまったので、「話はそれだけですか？」と美緒は訊《き》いた。

「あ、ああ」

少し戸惑ったように課長が肯《うなず》く。

「じゃあ、仕事に戻ります」

美緒は喫煙ルームをあとにした。

たかが一晩だけ心が通ったことを、未《いま》だに引きずっていたわけだ。頭で抱くからいけないのだ、と美緒は思う。亮介のように、もっとこう、からだだけで抱いてくれればいいのに、と。

それにしてもどうして、男の部下に目をかけてやるような単純なやり方で、女の部下を扱えないのだろうか。

廊下を歩いていくと、給湯室から佳乃が現れ、「課長、なんだって？」と訊く。美緒は立ち止まりもしないで、「……バカみたい」と一言呟《つぶや》いた。

急いであとを追ってくる佳乃が、「何よ？　どうしたのよ？」と肩を引っ張る。

「……どこに地雷があるか分かんないわよ」と美緒は言った。

「地雷？」

「……なんで、よりによって、あんな男と間違い犯しちゃったのかなぁ」

乱暴にオフィスの扉を開けると、山口昌司の席に集まっていたみんなが、一斉に視線を向けてきた。

「何？」

美緒が首を傾《かし》げると、「あのぉ、デスクの引っ越し、どうします？　山口さん、このままでいいって言うんだけど……、課長は移せって言うし……」と、後輩の麻耶《まや》が訊いてくる。

「移ればいいじゃない」

美緒は俯《うつむ》いている山口にそう言った。一斉にみんなの視線が伏せられる。

「あのぉ、山口さんと平井さんに替わってもらえれば、みんな動かなくて済むんですよぉ」

あっけらかんと麻耶が言う。後ろに立つ佳乃から、「いいじゃない」と背中を突《つつ》かれ、美緒はフーッと大きなため息をついた。

悔しいというのではない。もちろん、悲しいわけでもない。……やるせない、いや、そんな高尚な感情でもない。ただ、何もかもが、面倒に思えるだけ。ただ、何もかも、もうどうにでもなれ、と思えるだけ。

「東京テレポート」駅を発車した電車のシートで、美緒は車窓を流れていくホームを眺めていた。ホームの光景が去り、窓の外が暗くなれば、たったの三分で電車は「天王洲アイル」駅に到着してしまう。あまりにもあっけなく着いてしまう電車の中では、何かを深く考える余裕もない。

「天王洲アイル」駅で電車を降りて、美緒はタクシーを拾った。何度乗っても、美緒の説明で亮介のアパートの位置を理解してくれる運転手はいない。

アパート前でタクシーを降りると、美緒は二階の窓を見上げた。いつもなら、明かりがついている窓が暗い。

特に「これから行く」と連絡をしてもいないが、ここ最近は、わざわざそういうメールを打たずに来ている。

階段を上がると、やはり亮介は留守のようで、台所の窓の明かりも消えていた。寝ているのかもしれないと思い、何度かドアをノックしていると、隣のドアがカチャッと開いて、前に紹介してもらった大杉が顔を出した。

「亮介、まだ、帰ってないよ」

大杉は風呂《ふろ》から出てきたばかりなのか、バスタオルで髪を拭《ふ》いていた。

「仕事？」と美緒が訊くと、「そう。残業してる。鍵《かぎ》、持ってないの？」と大杉が訊き返してくる。

「持ってない」

「もうちょっとかかると思うけどなぁ……」

美緒がどうしようかと思案していると、「もし、あれだったら、こっちの部屋で待っててていいよ」と大杉が言う。

「でも……」

美緒が玄関ドアの隙間《すきま》から中を覗く真似《まね》をすると、「大丈夫。ゆうこなら来てないし」と大杉が笑った。

「でも、私を部屋に入れたなんて知ったら、ゆうこさん、怒るでしょ？」

「まぁ、怒るだろうね」

正直な大杉の答えに、美緒はフッと声を出して笑った。

「せっかくだけどいいよ」

「いいって、どうすんの？ そこに突っ立って待ってるわけにもいかないでしょ？」

「うーん、駅のほうに行って、喫茶店かなんかで時間潰《つぶ》してくる」

「歩いてくの？ この辺、女の子の一人歩き向きの道じゃないよ」

「知ってるけど……、タクシー捕まらないでしょ？」

「駅まで送っていこうか？」

「いいよ」

だらだらと玄関先で話していたせいで、風呂上りの大杉が一つ大きなクシャミをした。

「いいって。ほんと、大丈夫だから」

美緒が大杉を部屋に戻してやろうと思ってそう言うと、「いいよ、いいよ。俺も退屈だから、駅まで散歩するって」と、乱暴にドアを閉めた大杉が、あっという間にトレーナーを着込んで廊下へ出てくる。

「いいの？」と美緒は訊いた。

「いいよ。ヒマだし」

大杉のあとについてアパートの階段を降りた。

「こっから駅までけっこうあるからなぁ。ここからだと倉庫のほうが近いんだ」

大杉が誰に言うともなく、そう呟く。

「ねぇ、駅じゃなくて、倉庫のほうに行けない？」と美緒は訊いた。

「行けるけど……」

「私、亮介くんが働いてるところ、ちょっと見てみたいな。駄目？」

美緒の言葉に、大杉は少しだけ面倒くさそうな顔をしたが、「別にいいけど……。ただフォークリフトで荷物運んでるだけだよ」と笑った。

品川埠頭《ふとう》に建つ倉庫に向かう途中、どんな話の流れからだったか、亮介の胸にある火傷痕《やけどあと》の話題になった。

ちょうど港南大橋を渡っている最中で、運河を渡ってくる風に、美緒は乱れる髪を押さえた。すぐそこには、ライトアップされたレインボーブリッジが、まるでこちらに倒れこんでくるような遠近で迫っている。

「あいつさ、あの火傷のこと、青山ほたるって小説家に教えてたんだな」

大杉にそう言われ、美緒は、「そうなの？」と訊き返した。

「美緒ちゃんも知ってるんだよね？」

「何を？」

「だから、なんで火傷したか？」

「知ってるよ。亮介くん、教えてくれたから」

「あ、そう。まぁ、美緒ちゃんに教えるのはいいとして、なんであいつ、青山ほたるなんかに話したんだろうな」

「なんかね、彼女の前にいると、ついいろんなことしゃべりたくなっちゃうんだって。きっとなんか波長が合うんじゃない」

「でも、話せばすぐに小説のネタにされるんだよ」

「ネタにされてるんだ？」

「え？　まだ読んでないの？」

「だってまだ……」

「昨日、発売されてるよ。昨日、早速ゆうこが買ってきたもん」

「あ、そうだ。昨日、発売日だ」

港南大橋を渡り終え、清掃工場わきの薄暗い路地に入り込むと、どちらからともなく黙り込んだ。足早に表通りへ出れば、何も動くものがないとはいえ、さすがに煌々《こうこう》とライトがついているので、いくらか安心する。

「大杉くんって、歩いて通ってんの？」と美緒は訊いた。

「亮介のスクーターに乗せてもらうこともあるし、歩いていくこともあるし……」

「じゃあ、あの予備のヘルメットって大杉くんのだったんだ？」

「なんで？　臭かった？」

大杉に笑いかけられ、美緒も、「ごめん。臭かった」と笑い返した。

まるで映画のセットのような大通りの先に、ライトアップされたコンテナ置き場が見える。初めてここを訪れたとき、「防犯用に、あんなに明るく照らしてるんだ」と亮介は教えてくれた。「だって、コンテナを一晩中、照らしてる必要なんてないだろ」と。

「大杉くんとゆうこちゃんって、もう長いの？」

シンと静まり返った広い通りを歩きながら、美緒はなんとなくそう尋ねた。

「もう五年かな」

「仲良いよね」

「そうかな？　ふつうじゃない」

「仲良いよ。だって、週末はいつもふたりで過ごして」

「ふたりとも、他にやることないんだよ」

「そんなことないでしょ？」

「そんなことあるよ。あの見飽きた顔を、毎週見たいわけでもないし、かといって他にやりたいこともなし、あれも面倒、これも面倒なんてより分けてると、そこにあの見飽きた顔だけが残ってるって感じかな。まぁ、言ってみれば、消去法だよ」

大杉は、まるでノロけるように愚痴をこぼす。

「なるほど。消去法でただ一つ消えないのが、ゆうこちゃんなんだ」

そう呟いた美緒を、大杉がちらっと見る。照れて何か言い返してくるかと思ったが、大杉は何も言わずにニコッと笑っただけだった。

通りと岸壁を仕切る金網が、まっすぐに伸びていた。誰が捨てていくのか、路肩には、きちんとビニール袋で縛られ、中身だけがなくなっているコンビニの弁当がいくつも落ちている。弁当のほかにも、ヌードグラビアが開かれた週刊誌や、漫画雑誌なども捨ててある。この通りにトラックを停め、短い休憩を取った運転手たちが、窓から放り投げるのかもしれない。

岸壁沿いに並んだ倉庫へ入る鉄門を抜けると、すぐそこに東京湾があり、その先に、光を積み上げたようなお台場の夜景が見える。

大杉に案内されて向かった倉庫は、前に亮介と一夜を明かした倉庫ではなく、レインボーブリッジのほうから数えて、二つ目の倉庫だった。

海に向かっている大きな扉が、一メートルほどの幅で開いていて、倉庫内の光が、真っ暗な岸壁のほうへ伸びている。光は岸壁のぎりぎりのところで途切れ、その先の海には届いていない。

中に入ろうとする大杉を、「ちょっと待って」と美緒は引き止めた。

「ここからしばらく覗《のぞ》いてていいかな」と訊くと、「別にいいけど……」と大杉が呆《あき》れたように笑う。

美緒は冷たい扉に身を隠すようにして、隙間からそっと中を覗いた。所々に積み上げられている貨物の間を、黄色いフォークリフトが走っていく。運転しているのは間違いなく亮介で、器用にハンドルとレバーを動かし、リフトの先に貨物を載せると、さっとバックして別の場所へ運んでいく。

「あ、あいつ、またやってるよ」

背後からそう呟いた大杉の声が聞こえた。「え？　何？」と美緒がふり返ると、「もう仕事終わってんだよ。なのに、ほら、あっちの荷物をこっちに置き換えてんの」と笑う。

「置き換えるのが仕事なんじゃないの？」

「違うよ。どっかに置けばそれで終わりなんだから」

大杉にそう教えられ、美緒は改めて倉庫の中を覗き込んだ。見た目には分からないが、大杉がそう言うのだから本当なのだろう。実際にはやらなくてもいいことを、亮介は熱心にやっているらしい。ヘルメットが影になって、その表情までは見えないが、遠目にはとても真剣な顔をしているように見える。

「……あれやると、落ち着くんだって」

「え？」

大杉に声をかけられ、美緒はまた後ろをふり返った。明るい倉庫の中を覗き込んでいた目に、すぐそこの東京湾が、吸い込まれるほど深く暗く見える。

「……だから、ああやって、荷物をあっちからこっちに移してると、気分が落ち着くんだって」と大杉が言う。「……やっぱ、ああいうところを見ると、ちょっと変わってんだよなぁ、亮介って」と。

岸壁にぶつかっている波音が聞こえていた。

「美緒ちゃんさ、あいつと一緒にいて、たまにふっと殺気みたいなのを感じるときない？」

「殺気？」

「殺気っていうのは大げさだけど、なんていうか……、あいつの視線がさ、あまりにもまっすぐにこっちに向かってて、ちょっとゾッとさせられるっていうか」

美緒はしばらく考え込んで、「いや、ないけどなぁ……」と答えた。

「……別に、あいつが危険な男だなんて言ってんじゃないからね。実際、ぜんぜん危険じゃないし、友達として、あんなに気楽に付き合えるやつもいないしさ」

大杉が妙に言い訳がましくそう言うので、「何よ、どうしたの？」と美緒は笑った。

「……いや、別に何ってこともないんだけど、なんていうか、ああやって荷物をあっちからこっちへ必死に移している姿なんか見るとさぁ、やっぱ、思い出すわけよ」

「何を？」

「だから、火傷。……まぁ、男の俺と女の美緒ちゃんじゃ、受け取り方も違うんだろうけど、俺さ、あいつからその話聞いたとき、正直、ちょっとショックだったんだよね。……なんていうか、へぇ、そこまで女を好きになれるってのもすげぇなって。俺には無理だなぁって」

大杉が何を話しているのか、分からなかった。

「ね、ねぇ、何の話してんの？」

「何の話って……、あいつに聞いてたんじゃないの？」

「私が聞いたのは……、子供のころ、焚《た》き火が燃え移ってって……」

話の食い違いに気づいたらしい大杉が、慌《あわ》てて、「あ、そう。……で、でも、俺もほら、よく知らないから」と話を逸《そ》らそうとする。

「ちょっと、そこまで言ったんだから、最後まで教えてよ」

「いや、だから……」

「だって、青山ほたるの小説のネタになってんでしょ？」

美緒はふと思い出して、そう言った。大杉の表情に、あ、それもそうか、というような呑気《のんき》さが戻る。

「でも、あれだよ、俺もちゃんと聞いてるわけじゃないし、あの小説にしたって、どこまで本当なのか……」

長い前置きを始めた大杉に、「いいから、教えて」と美緒は詰め寄った。

高浜運河沿いにあるコンビニの雑誌コーナーに立ち、震えるような手で立ち読みした青山ほたるの小説の中に出てくるエピソードと、品川埠頭の岸壁で、「……まぁ、あいつも若かったんだよ。だってまだ十八なんて、ガキだよ、ガキ」という前置きから始まった大杉の話には、ほとんど相違点が見当たらなかった。

美緒は破ってしまいそうな勢いでページを捲《めく》った。店内には自分以外に一人も客がおらず、レジに立った店員も、退屈そうに指先のささくれを嚙《か》んでいる。

青山ほたるの小説「東京湾景」の第三話は、「リコ」の本名を探り出した「倉田愛」が、「永井英二」のアパートに乗り込み、その事実を告げる場面から始まっていた。おそらく、ゆうこが青山にいちいち告げ口しているのだろう。どこかで聞いたことのある科白《せりふ》や言葉が、薄っぺらい雑誌の誌面に踊っている。

「小百合《さゆり》さんって言うんでしょ？」

ひどく痩《や》せてしまった愛が、ひどく痩せ細った声でとつぜん言った。

「いつまで偽名を使って、英二くんと付き合うつもりよ！」

そう叫んだ愛が、英二の背後に立つリコを睨《にら》んでいる。

「英二くんも、英二くんよ！　本名も教えようとしない女のどこがいいのよ！　なんでこんな女のために、私が寂しい思いしなきゃならないのよ！」

美緒はイライラしながら、この場面を読み飛ばした。現実の世界でも、フィクションの世界でも、愛し合うふたりに弾《はじ》き飛ばされてしまった女は哀《かな》しい。もしも自分が亮介に出会っていなければ、もしも亮介と出会う前に、この小説を読んでいたとしたら、自分は誰に感情移入していただろうか。メールを出してまで男と知り合おうとする「リコ」のような女じゃないはずだ。そんな女に男を寝取られ、惨《みじ》めな思いをさせられる「倉田愛」のような女でもないはずだ。いったい自分がこの小説のどこにいるのか分からない。

修羅場のシーンを読み終えると、とつぜん場面が転換されて、主人公「永井英二」の回想シーンが始まった。

美緒は、ページに皺《しわ》がついてしまうほど、強く雑誌を摑《つか》み直した。

昨夜、リコの唇が何度も押し当てられた英二の胸にある火傷の痕は、英二がまだ十八のころに作ったものだった。

「どうしても行かなきゃ駄目かな？」

まだ十八だった英二は、桜井先生がジャスコで買ってきた喪服に袖《そで》を通しながら訊《き》いた。鏡台の前で、真珠のネックレスをつけていた先生が、「私たち、これからきちんと付き合ってくんでしょ？　だったら来てよ」と、鏡に向かって答える。

英二は小さく舌打ちをした。

高校の国語担任だった桜井彩子《あやこ》と、英二は高校を卒業してすぐに一緒に暮らし始めていた。三交代制の自動車部品工場での勤務は、かなりハードな仕事だったが、アパートへ帰れば先生がいることで、仕事での疲れなど吹っ飛んでしまう。

ただ、二人が幸せを感じれば感じるほど、周囲の人たちの目は厳しく、英二の両親に宛《あ》てて先生が書いた手紙は、いつも封も切られずに送り返されてきたし、息子が大学進学を諦《あきら》めたのを先生のせいにしている。同棲《どうせい》を始めて以来、先生のほうでも一度も実家へ戻れずにいる。

「いいチャンスなのよ。せっかく、お母さんが呼んでくれたんだから。これでやっと、英二のこと紹介できる」

真珠のネックレスをつけ、鏡の前で首を伸ばしている先生の横顔は美しかった。先生の父親の七回忌法要に、英二を連れて顔を出せと、先生の母親から電話があったのは、法要の三日前のことだった。電話口で、「ありがとう」と、ほとんど涙声で礼を言う先生を、英二は寝転がったベッドの上から眺めていた。教師になった自分の娘が、その教え子に手を出した。同じく学校の教師だったらしい母親には、どうしても許せぬ恋らしかった。

事件は、その法要後の酒席で起こった。末席でじっと座っている英二の耳に、ちくりちくりと親戚《しんせき》たちのいろんな批難の言葉が刺さってくる。自ら呼んだくせに、当の英二の若さを目《ま》の当たりにした途端、先生の母親は奥の部屋からほとんど出てこなくなっていた。

「あれが彩子の付き合ってる男か？　まだ、子供じゃないか」

「お義母《かあ》さん、いっつも、うちの彩子は、うちの彩子はって、自慢してたのに、その彩子さんがあれだもん。笑っちゃうわよ」

次々に酒が振舞われ、届いてくる言葉も辛らつで下品になってくる。

「彩子もあれだな、これまでずっと真面目《まじめ》だったもんだから、急に箍《たが》が外れたんだろ。遅咲きの女は、色に狂うと深いからな」

「麻疹《はしか》みたいなもんよ。若い男の子なんて、すぐに別の女に走ってくわよ」

「おい、彩子に聞こえるだろ」

「聞こえたっていいじゃない。いっつも、お義母さんから、娘の彩子は、娘の彩子はって、自慢されて、比べられて、嫌な思いしてんだから……。こんなときぐらい愚痴の一つも言わせてよ！　……何よ、自慢の娘が、若い男を囲って、それも自分の教え子だってんだから、笑っちゃうわよ。……そりゃさ、あんなぴちぴちした若い肌だもん、一度くっついたら、そうそう別れられるもんですか。女の業ってすごいんだから。特に、あんな真面目な顔をしてる彩子さんみたいな女っていうのは……」

どの辺まで、これらの会話を聞いていたのか、英二はあまり覚えていない。胸の奥からこみ上げてくる怒りを、じっと堪《こら》えているうちに、いつの間にか涙が溢《あふ》れそうになっていた。これではまるで、先生が、ただ若い男のからだだけが目的で、自分と付き合っているのだ、と言われているようだった。自分と先生は、もっと崇高な思いで向かい合っているはずなのに、ただ年齢が若いというだけで、何も知らぬ大人たちが、その二人の思いを下品な言葉で汚《けが》す。

こんなからだなどなくても、先生は俺を愛してくれる。俺と先生は、からだのもっと深いところで、しっかりと重なり合っている。

座敷での下品な会話はまだ続いていた。自分でも気がつかないうちに、英二はその場で立ち上がった。一斉にみんなのニヤけた視線が英二に向けられる。英二は横にあった火のついていないストーブを蹴《け》り倒した。途端、悲鳴と怒号が、座敷に響く。興奮して、自分でも何をやっているのか分からなかった。蹴り倒したストーブから英二は灯油の缶を引き抜いた。

「英二くん！」と叫ぶ先生の声は聞こえたが、動き出したからだが止まらなかった。

英二は灯油缶を抱えると、フタを開けて自分の胸に灯油をかけた。

「こんなもんなくっても、先生は俺と一緒にいてくれるんだよ！」

灯油に濡《ぬ》れた白いワイシャツが、胸にべったりと張りついていた。英二はテーブルに置いてあったライターで火をつけた。悲鳴を上げて、座敷から逃げ出そうとする女たちが、畳の上で転倒し、更なる悲鳴が立ち上がる。

ライターで点火された火は、あっという間にワイシャツに燃え移った。英二は立ち上がった炎に、まつげが燃える臭《にお》いを嗅《か》いだ。そのときだった。誰かがいきなり飛び掛ってきた。その弾みで、英二は後ろにひっくり返った。あっという間のできごとだった。次から次に伸びてくる手や足に、英二は畳の上を転がされ、炎の立つ胸を叩《たた》かれ、水をかけられ、最後は濡れた座布団《ざぶとん》で身動きできないほど押さえ込まれた。

　肩で息をしながら目を開けると、悲鳴はやみ、座敷はシンと静まり返っていた。何人もの荒い息遣いだけが聞こえる。胸を破られるような痛みが走ったのはそのときだ。シンと静まり返った座敷の中に、「痛ってぇ。マジ、痛ってぇー」と叫ぶ英二の情けない声だけが残った。


　美緒は電話をかけようか、かけるまいか、三十分ほど迷って受話器を上げた。携帯を使ってもよかったが、携帯というのはときどき言葉が途切れたり、自分の声がエコーして返ってくることがあるので、自分が言おうとしていることを、「本当にそれでいいのか？」と改めて確認させられるようなところがあって、この電話に関しては、それがないほうがいいように思えた。

　朝、起きたときからすでに返事は決まっていた。いや、月曜日の夜に高浜運河沿いのコンビニで『LUGO』を立ち読みして以来、いくら友達として付き合っているだけとはいえ、もう井上幸治に会うべきではないと、心の中で決めていたのかもしれない。単に、幸治と映画を観《み》に行くか、行かないかということではない。今日、行かないと決めることで、きっと自分が、何か別のことを決めようとしているように思える。

受話器を取ると、携帯電話に登録された番号を見ながら、美緒は幸治の携帯に電話をかけた。すぐに幸治が出て、「どうした？」と心配そうな声を出す。約束の三時間前、幸治もキャンセルの電話だと思ったのだろう。

「ごめん」

いきなり美緒がそう言うと、「駄目になった？」と幸治が訊く。

「うん、ちょっとどうしても会社に行かなきゃならなくなって……」

自分でもどうしてこんな嘘《うそ》をつくのか分からなかったが、口からすらすらと言葉が出てくる。

「あ、そう。俺、もうそろそろ出ようとしてたんだけど……」

「なんで？　まだ早いじゃない」

「そうなんだけどさ、ほら、電子レンジとか掃除機とか、まだ買ってなかったから、約束の前に買いに行こうかと思って」

「ほんと、ごめん」

「いいよ、いいよ。仕事だろ？　……仕方ない」

「うん……」

青山ほたるの小説を読んでからのこの一週間、美緒は一度も亮介のアパートに行っていない。毎日のように電話やメールはあるが、「ちょっと、今週、忙しくて」と嘘をついている。大杉は、「男の俺と、女の美緒ちゃんじゃ、受け取り方も違うんだろうけど」と言った。たしかに若さを馬鹿《ばか》にされたからと言って、自分のからだに火をつけるなどという行為は、無軌道で、馬鹿げた行為かもしれない。でも、美緒の胸には、笑ってしまうほどまっすぐに何かが届いてきた。本当に、笑ってしまうぐらいまっすぐに何かが刺さってきて、息もできないくらい亮介のことがいとおしくなった。

もちろん、小説に書かれていることが、すべて真実だとは思わない。でも、それが真実であろうとなかろうと、青山ほたるの文章が自分の気持ちをあんなにも揺さぶったのは真実で、揺さぶられたあの気持ちは、決して作り物ではない。それなのに、どうしてあの夜、自分は亮介のアパートへ飛んでいけなかったのか。どうして一週間も、亮介に会えずにいるのか。

「もしもし」

受話器の向こうから幸治の声が聞こえて、美緒は、自分が黙り込んでいたことに気づいた。

「あ、ごめん」と美緒が慌《あわ》てて言葉を返すと、「なんかあった？」と、幸治のやさしい声が聞こえる。

「別に、なんでもない。ごめん」

「なんかさ、さっきからずっと謝ってばっかりだな」

幸治に笑われて、「……そう言われると、そうかも」と美緒も笑った。

「ほんとに気にしなくていいよ。映画なら今月いっぱいやってるみたいだし……」

「うん……。あ、でも……」

「何？……なんか、いつもの平井らしくないな」

「そう？　ごめん」

「ほら」

幸治は呆《あき》れたようにそう言った。本当に口を開くと「ごめん」という言葉が出てきてしまう。

「来週は？」

「え？」

「だから、今日が無理なら、来週の日曜日」

黙っていても、誰かが代わりにしゃべってくれるわけではないのだ。美緒は受話器を持ち直すと、「あのさ……」と静かに語りかけた。

「……あのさ、私……、やっぱり、井上くんと映画、行けないわ」

「なんで?」

「なんでって……、なんていうか、いくら友達としてとは言ってもさ」

「言っても?」

「……だから、なんていうか、どっかでさ、……正直に言っちゃうと、私、高校のころ、井上くんのこと、ちょっと好きだったのかもしれない」

自分でも驚くほど、あっさりと告白ができた。実際、口にしてしまうと、本当に好きだったような気もしたし、まったくのでたらめを言っているようにも思える。

幸治が何も応《こた》えてくれないので、「ちょっとよ、ちょっと」と美緒は慌てて付け加えた。

「……俺は、お前のこと好きだったよ。ちょっとじゃなくて、かなり」

ぼそぼそと幸治の声がする。

「そのわりには何も言ってくれなかったじゃない」

「それはあれだよ、あのころの平井って、かなり恐かったから」

「私、恐かった?」

「恐いよ。お前、覚えてない。同じクラスに小野田って女がいたろ?」

「久実《くみ》でしょ?」

「そう、小野田久実。あいつが誰だったか名前忘れたけど、付き合ってた野球部の奴《やつ》からフラれたろ？　覚えてない？」

「うーん、なんとなく」

「で、小野田、教室で泣いてたんだよ。それこそ、悲劇のヒロインみたいに回りに女子を一杯集めてさ、そうしたら別のところに座ってたお前が、急に彼女のところにツカツカって歩いてって、『もう、いい加減にしてよ！』って。『そういうとこ見せられると、ほんと、自分が女だってことが恨めしく思えてくるのよね』って。お前、そう言ったんだよ」

「私、そんなこと言った？」

「言ったよ。教室にいた奴、みんな引いたもん。そんで、『始まったもん、いつか終わるに決まってんじゃない！』とか言って、みんなもさすがにどよめいて」

「覚えてない……」

「そんでさ、俺が、『平井って、一生、男できないな』とかなんとか茶化したら、いきなり小野田の筆箱、俺の顔面に投げつけてきたろ？」

「……あ、それは思い出した」

「だろ？　そんな女にさ、『好きです』なんて告白できる男子高校生いると思うか？」

幸治の話を聞いていると、ぼんやりながら当時の思い出が蘇《よみがえ》ってくる。特に両親の仲が悪かったわけではない。嫌な男と付き合って、ひどい目に遭わされたことがあったわけでもない。それなのに、まだ誰かを本気で好きになったこともなかったはずなのに、なぜかしら自分は、男が女を愛するということに、女が男を愛するということに、どこか作りものっぽい、陳腐な印象を持っていたのだ。テレビで垂れ流されていた恋愛ドラマを見ても、ぜんぜんピンとこなかった。世間で評判になっている恋愛小説を読んでも、最後まで読み通せなかった。愛についてのことなんて、何も書かれていないじゃないかと、いつも一人で憤《いきどお》っていた。自分が愛だと思っていることと、世間で認められている愛というものが、別物なのではないのかと疑ったことさえある。

「支店長にさ……」

幸治の声が耳に届いて、美緒は、「え？」と訊《き》き返した。

「……だから、お前の親父《おやじ》さんにさ、『井上、お前、彼女いないんだったら、うちの娘と見合いしてみる気ないか？』って冗談っぽく言われたとき、俺、そのときのこと、お前が泣いてる小野田に嚙《か》みついたときのこと、ふと思い出したんだよ。高校のころからすでにああだったんだから、今ごろはきっと、もっと世間のこと斜《はす》に構えて見てんだろうなぁって」

幸治の声を聞きながら、美緒は亮介のことを佳乃に語ったときの自分の言葉を思い出していた。まるで自分が、亮介ではなく、亮介のからだに魅《ひ》かれているような言い方。あれは、もしもこの恋が終わっても、亮介と別れるのではなく、亮介のからだと別れただけなのだと、自分に言い聞かせるための準備だったのかもしれない。そう、小野田久実のようになるのが嫌で、そんな自分が許せなくて、そんな自分に耐えられなくて……。

「でもさ、久しぶりにお前と会って、ほっとしたんだよ」

受話器から幸治の声がする。

「……ちゃんと彼氏いるみたいだしさ。男友達と映画も観に行けないくらい思い思われてるみたいだし」

「私ね、ずっと、なんていうか、男と女が心で繋《つな》がり合えるなんて、幻想だと思ってたところがあって、……きっと、心と心で繋がり合えないから、必死でからだとからだを重ね合うんだろうって、ずっとそんな風に思ってて……」

自分でもなぜこんな話を、久しぶりに再会した同級生に話しているのか分からなかった。本当は、この話を亮介にするべきなのだと思いながらも、次から次に出てくる言葉を、どうしても止めることができない。

「……だから、本当に、自分たちは心と心で繋がってるんだって、心と心だけでしか繋がってないんだって、そう胸を張って言える人に、いつか出会いたいって、……ずっと、なんかずっと、……馬鹿みたいだけど、なんかずっとそう思ってたのよ」

「で、それが見つかったんだろ？」

「え？」

「だから、そう胸を張って言ってくれそうな奴が、やっと見つかったんだろ？」

幸治がそう言った。もう一度、言ってもらいたいと思ったが、「……だから、俺とはもう、映画も観に行けないんだろ」としか幸治は言わない。

「ごめん」

「あ、また謝ってるよ」と幸治が笑う。

一週間ぶりに、連絡も入れず、会社帰りに亮介のアパートへ行った。タクシーを降りると、部屋には明かりがついていて、部屋の中を動いている亮介の影も見えた。

階段を上って、玄関ドアをノックすると、中から、「開いてるよ」という声が聞こえる。美緒は「こんばんは」と声をかけながらドアを開けた。奥の部屋に立った亮介は、銭湯に行く準備をしていた。

「これから行くの？」

美緒が靴を脱いでいると、「来るなら、連絡くれればいいのに」と言いながら、亮介が奥の部屋から出てくる。

「この前、大杉と一緒に倉庫まで来たんだって？」

台所に入ってきた亮介が、冷蔵庫から烏龍《ウーロン》茶を取り出しながら言う。

「知らなかったの？」

「今日、聞いた。最近、お前が来てないって話したら、『じゃあ、やっぱり、あれ読んで、相当ショックだったんだろうなぁ』って」

「あれって？」

「だから、青山ほたるの小説じゃねぇの？」

「亮介も読んだんだ？」

「いや、ゆうこがあらすじ教えてくれた。言っとくけど、あれ、心配しなくていいからな」

「あれって？」

亮介がボトルから烏龍茶をラッパ飲みする。

「だから、この火傷《やけど》のこと。もし、あれ読んで、ちょっと、なんていうか、引いたんなら、ぜんぜん気にしなくていいから」

亮介は口元からこぼれた烏龍茶を手の甲で拭《ぬぐ》いながらそう言った。美緒はマジマジと亮介を見つめた。片手に烏龍茶のボトルを、もう片方には洗面道具を持っている。

「風呂《ふろ》、一緒に来る？」

亮介はとぼけた顔でそう言うと、烏龍茶のボトルを冷蔵庫に突っ込んだ。

「ねぇ、心配しなくていいってどういう意味よ？」

「だから……」

「あれって、ほんとの話じゃないの？」

「まぁ、ほんとはほんとだけどさ。……とにかく、若かったんだよ。今となっちゃ、ただの笑い話」

亮介が玄関に突っ立っている美緒を押して、自分の汚れたサンダルに足を突っ込む。

「一緒に行くなら行こうぜ。急がないと、閉まっちゃうんだよ。……どうする？」

目の前で顔を覗《のぞ》き込まれ、美緒は仕方なく、「じゃ、じゃあ行く」と答えた。

「ねぇ、笑い話だなんて言うけど……」

アパートの階段を先に降りていく亮介の背中に、美緒は声をかけた。ふり返った亮介が、「何？」と少し面倒くさそうな顔をする。

「本気だったんでしょ？」

「もちろん、そのときは本気だよ。すげぇ腹立ってて、頭に血が上って……。ただ、あれだよ、なんていうか、今となっちゃ、ただのからだを張ったギャグ？」

「そんな風に言うことないじゃない」

美緒がそう言うと、亮介がとつぜん階段を降りたところで立ち止まった。危うく美緒は、その背中にぶつかりそうになった。

「……あれ読んだから、ここ一週間、来なかったんだろ？」

ふり返った亮介がそう言った。その真剣な顔を見て、美緒は思わず吹き出した。

「何？　それで、そんなに機嫌が悪いんだ？」

「別に、機嫌なんて悪くないよ」

「悪いじゃない」

歩き出した亮介を追って、美緒は亮介の腕に自分の腕を絡《から》めた。

「そうじゃないって、本当に先週、ずっと仕事が忙しくて……」

「なぁ、もう嘘《うそ》つかないでくれよ」

「え？」

初めて聞く亮介の冷たい声だった。あまりにもとつぜんで、思わず絡めた腕を外そうとしたつもりが、一層強く絡めてしまった。

「誰だってさ、付き合ってる男が、昔、自分のからだに火をつけたことがあるなんて聞いたらビビるよ。それならそう言ってくれればいいだろ？　そうすりゃ、こっちにだって、いろいろ言いわけが……」

「ちょ、ちょっと待ってよ。だから、あれとこれとはぜんぜん関係ないって」

「じゃあ、なんでこの一週間来なかったんだよ？」

「だから、それは……」

「な？　だってさ、前はいくら仕事が忙しくても来てたよ」

「だから……」

「だから、なんだよ？」

路地から広い通りに出ると、猛スピードでトラックが一台走り去った。まるで目の前の景色ごと持っていかれるような、そんな大きなトレーラーだった。

「告白すると、昔さ、ちょっとそんなことも思ってたんだ」

トレーラーが走り去ると、とつぜん亮介が呟《つぶや》いた。

「え？」

「だから、なんていうか、男と女ってさ、言葉で言うと陳腐だけど、なんかこう崇高っていうの？　すごくこう心の奥のほうで繋がってるんだって。まぁ、ガキだったんだけど、本気でそう思ってた時期があったんだよ。だから、ほら、なんか周りにそれを汚《けが》されたみたいな感じでさ、ついカッとなって……」

信号が青になるのを待って、亮介はゆっくりと歩き出した。腕を組んでいる美緒も一緒に足を前に出したのだが、いくら見上げても、亮介は目を合わせようとしない。

「今はもう、そう思ってないの？」

美緒はわざと顔を覗き込むようにして尋ねた。

「だから、今はもう、あのころからすりゃ、すげぇ成長してるから大丈夫だって。な？　あんな小説なんか気にしないで、これまで通り、楽しくやってこうぜ」

亮介が無理に目を合わせないように首を伸ばして、遠くに見える「海岸浴場」のほうへ顔を向ける。

「よかった。まだ看板に電気ついてるよ」

「ねぇ、ちょっと、それ、本気で言ってる？」

美緒は強く腕を引いた。ガクッと首を揺らした亮介が、「本気だよ」と口を尖《とが》らせる。

「そういう風に、男と女が繋がるなんてこと、ないと思ってるんだ？」

「思ってるよ」

わざとふざけたような言い方をする亮介に、だんだん腹が立ってきた。

「自分だって、そう思ってるだろ？」

「私？　どうして？」

「だってよ……」

亮介はそこで言葉を切った。何か言おうとしたのはたしかだったが、無理にそれを飲み込んだ。

「ちょっと、ちゃんと言ってよ！」

「……じゃ、じゃあ、言うけどさ、たしかに俺、自分のからだに火つけるような馬鹿《ばか》な真似《まね》したよ。でもな、あんときは本気で、あの人のこと好きだったんだ！」

とつぜん声を荒らげた亮介の顔が、車道のライトを浴びている。

「……ほんとに愛してたんだよ。……なのに、あんなに愛してたのに……、それでも終わったんだよ。人って何にでも飽きるんだよ。自分じゃどうしようもないんだよ。好きでいたいって思ってるのに、心が勝手に、もう飽きたって言うんだよ。……終わらないものってあるか？　なぁ？　お前だって、俺たちのこの関係がずっと続くなんて思ってないんだろ？」

何か、違う言葉を期待していた。それがどんな言葉なのか分からなかったが、この一週間ずっと期待していた言葉と、亮介の言葉はあまりにもかけ離れていた。

「……な、何よ、それ」

「ごめん。別に怒鳴る気はなかったんだ。ごめん」

絡めていた腕をほどいた亮介が、その腕をゆっくりと肩に回してくる。

「でも、俺、今はほんとにそう思ってんだ。だから、もしあの小説を読んで、俺のこと、なんていうか、嫌いにならないで欲しい」

「ちょ、ちょっと待ってよ」

大通りに人影はなかった。車一台走っていない通りに、ずらっと赤信号だけが並んでいる。

「私、あの小説読んで、ちょっと感動したんだからね。感動して、なんていうか、本当に亮介に出会えてよかったって思ったんだからね。それなのに、亮介、私たちもいつか終わると思ってるんだ？　そう思いながら、私と付き合ってたんだ？」

「そ、そんなこと言ってないだろ」

「言ってるじゃない。あんなに愛してたのに終わるって。どんなに愛してたって、いつか終わるって言ったじゃない」

「だから、それは……」

「ひどいよ。やっとここまで来たのに」

美緒は肩に置かれていた亮介の腕をふり払った。あまりにも乱暴に払いすぎたのか、一瞬、顔を硬直させた亮介が、「だ、だったら、お前はそう思ってないのかよ！」と怒鳴る。

「……ずっと付き合っていこうって思ってんのに、名前も教えてくれない。……他の男とも会ってて……」

亮介はまたそこで言葉を切った。そしてすぐに、「いや、別にそんなことはどうでもいいんだよ」と首をふった。

「な、何よ、それ。ちゃんと言ってよ」

美緒は歩き出そうとする亮介の腕をとった。激しく引っ張ったせいで、亮介が腕に抱えている洗面器の中から、カランと白い石鹸《せっけん》が落ちる。

「……真理が、ここから帰るお前のあとをつけたことがあっただろ。あれって、お前が『これから仕事に戻る』って俺に言って帰った日なんだよ。日曜日でまだ夕方の早い時間で……。真理、見たんだって。お前が銀座で男とデートしてるところ。ずっとあとをつけて、お前たちが銀座のなんとかってホテルに入っていくところ、見たんだって」

「違う……、あれは……」

美緒は反論しようとして言葉に詰まった。あれは転勤の準備のために幸治が上京し、銀座東武ホテルに泊まっていたときだ。銀座の和光前で待ち合わせして、レストランで食事して、実家の母から預かってきたという筑前煮《ちくぜんに》を、ホテルの客室に取りに行っただけのことだ。客室からはすぐに出た。すぐに出て、ホテル内のバーで飲んで、そのまま幸治とはそこで別れた。ちゃんと弁解すれば、できないことはないただの勘違いだった。ただ、美緒の口がどうしても動かないのは、もう何週間も前から、亮介がそのことを勘違いしていて、他の男にも抱かれている女として自分を抱いていた、いや、もっと言えば、真理からその話を聞いてからのほうが、ずっと激しく自分を抱いていたことが分かったからだ。

「……でも、そんなのほんとにどうでもいいんだ。……それに、俺だって、抱いてりゃ分かるよ。……お前が俺のことを好きなのか、それとも、こうやって誰かに抱かれてるのが好きなのか。それぐらい、抱かれてる女の顔を見てりゃ、男は誰だって分かるんだよ。でも、それでもよかったんだよ、俺は。……それでも、お前と一緒にいたかったんだよ」

亮介はそこで言葉を切ると、一歩前へ足を出そうとして止め、その足をまた同じ場所に落とした。

「……前に、真理がアパートに来たことがあったろ？　お前が偽名使ってるって、わざわざ言いに来たろ。あのとき、もう一つ言いたいことがあるって言ってて、それが、今の話だったんだ。俺、あのあと、真理と一回だけ会った。会って、ちゃんと自分の気持ち伝えて、あいつときちんと別れた。そうしたら、あいつが今の話をはじめて……」

「……で、亮介はなんて言ったの？」

「俺は……、『仕方ない』って言った」

「仕方ない？　どうして？」

「分からないよ。……ただ、とっさにそう思ったんだ」

すぐそこに銭湯があった。亮介の肩越しに、のれんをくぐって出てきたおばさんが、看板の電気を消しているのが見える。

「私、今、すごく腹が立って、すごく悔しいけど、これだけはちゃんと言う。これだけは正直に言う」

美緒はまっすぐに亮介を見つめた。目を逸《そ》らそうとする亮介の肩を摑《つか》み、無理やり自分のほうへその顔を向けた。

「……私、愛だの、恋だの、今までぜんぜん信じてなかった。そんなの、それこそ恋愛小説やドラマの中だけの話だと思ってた。そんなことで泣いたり、意地になったりする女たちを見て、ほんとに馬鹿みたいだと思ってた。でも、亮介に会って、そんな女の一人になれるかもしれないって思った。あの小説を読んで、そんな女に私もなりたいって心から思った。本当に、愛だの、恋だの、馬鹿みたいだと思ってたのに、その愛だの、恋だのに出会えた自分が嬉《うれ》しくて……、でも恐くて……、でも勇気出して……」

そこで言葉が詰まった。無理に言葉を出そうとすると、涙がこぼれそうだった。心と心でちゃんと繫《つな》がることのできる相手を前に、これまで心を隠していた自分が情けなかった。やっとさらけ出そうとした瞬間、お前にはそれができないと言われたようで、唇を嚙《か》みしめたくなるほど悔しかった。

身を硬くして、一歩も動こうとしない美緒の肩を、亮介がやさしく叩《たた》く。

「もう、いいよ。もう、分かった」

亮介が顔を覗《のぞ》き込もうとする。

「……分かってない」と美緒は首をふった。品川埠頭《ふとう》へと繋がっている音のない通りの歩道で、「何も分かってないじゃない！」と、心の中で強く叫んだ。

第六章　お台場まで

　やはり今日もここ二十三階にある喫煙ルームからは、東京湾を挟んで対岸の品川埠《ふ》頭《とう》が見渡せる。日に何度もここへ来て、毎回、同じ場所から眺めているのだから、ときにはちょっとした計らいで、対岸の埠頭が少し近づいていたり、少し遠ざかっていたりしないものかと美緒は思う。もちろんそんな超常現象が起これば、のんびりと煙草《たばこ》など吸っている場合ではないのだろうが、それにしても、同じ場所から眺める同じ距離感の風景は、あまりと言えばあまりに退屈な光景だ。

　ここ数日、急に気温が上がっていた。海浜公園の砂浜には、どこからやってくるのか、家族連れやカップルたちがシートを広げ、のんびりと日向《ひなた》ぼっこを楽しんでいる。波打ち際《ぎわ》を裸足《はだし》で歩いている子供たちが涼しげで、「そば幸」で昼食を取った帰り、美緒も思わず砂浜へと降りてしまう。ただ、その場でストッキングを脱ぐわけにもいかず、波打ち際ギリギリの濡《ぬ》れた砂の上にしばらく立って、東京湾上を駆けてくる暖かい風に身をさらす。砂浜からも波止めの先に、対岸の品川埠頭が見える。二十三階から見るよりも、それはなんとなく近くに感じられる。

「ここにいたんだ」

カップに残っていた紅茶を飲み干して、さてデスクに戻ろうかとした矢先、背後から佳乃の声がした。ふり返ると、弁当が入っているコンビニのビニール袋を提げた佳乃が、申し訳なさそうな顔で立っている。

「午前中、どこ行ってたの?」と美緒が問うと、「うん、遠藤くん連れて、引継ぎの挨拶《あいさつ》まわり」と唇の端をちょこっと上げてみせる。

結局、一ヶ月ほどずれ込んでしまったが、いよいよ佳乃も来週一杯で会社を退職する。「辞めてからしばらくのんびりするわ」と言っているが、結局、やることになったらしい結婚披露宴の準備のために、すでに慌《あわ》ただしく動き回っているらしい。

「ほんとごめんね。昨日はとつぜんで」

ビニール袋を下げた手を合わせて、佳乃が何度も頭を下げるので、「だから、ほんとに気にしないでって」と美緒は笑った。

昨日の夕方、佳乃と銀座で会う約束をしていた。佳乃がこれまで世話になった人たちに贈り物をしたいと言うので付き合うことになっていた。日曜日とはいえ、特に用事もなかったし、もし佳乃から誘われなければ、午後から会社に出るつもりでいた。

美緒は少し早目に家を出て、ぶらぶらと銀座の街を歩いた。エルメス、ヴィトン、プラダ、ラクロワ、建ち並んだ店に入れば、買いたいと思うものもないではないのだが、このあと佳乃の買物に付き合い、その後、どこかで食事をして帰るとなると、なんとなく荷物が増えるのが嫌で、目を引いた靴や小さなアクセサリーの値段だけ記憶してそれぞれの店を出た。佳乃から携帯に連絡が入ったのは、ちょうどそんなときだった。まだ約束まで一時間以上あったたし、まさか銀座にいるとは思っていなかったらしく、「まだ、家だよね？」と前置きした佳乃が、「ごめん。ほんと、ごめん。今日どうしても行けなくなった」と早口で捲《ま》くし立てる。

「どうしたのよ？」と美緒が訊《き》けば、ブライダルショップでの打ち合わせを入れていたことをころっと忘れていたという。いつものことながら、さすがにカチンときて、「そんなの、来週にしてもらえばいいじゃない」と言うと、「だってぇ、仲人《なこうど》さんの奥さんも一緒に来ることになってんだもん」と甘えた声を出す。

「もう、私、銀座に来てるんだからね」

美緒がため息まじりに告げると、「嘘《うそ》？　ごめん」と佳乃が消え入りそうな声で謝る。

「ほんとよ」

「ごめん」

何度かそんな会話を繰り返して、仕方なく電話を切った。ふと、幸治と一緒に行くはずだった映画を観《み》て帰ろうと思い立ったのはそのときだった。何をきっかけに思い出したのかは分からなかったが、行こうと決めると、急に佳乃のドタキャンもまったく腹が立たなくなった。

「……あのあと、映画観に行ったのよ」

対岸の品川埠頭を見つめながら美緒がそう言うと、「ほんと？」と、窓の縁に腰かけていた佳乃が顔を上げる。

「何、観たの？」

「『日蝕《にっしょく》』っていうミケランジェロ・アントニオーニの映画なんだけど、邦題が『太陽はひとりぼっち』ってダサいの。別に、日蝕は日蝕でいいじゃないね。わざわざ『ひとりぼっち』なんてつけなくても」

「アラン・ドロンが株の仲買やってる映画でしょ？」

「観たことある？」

「前にビデオ借りたんだけど、あまりにも退屈で寝ちゃった」

「退屈だった？」

「退屈よ。たしか、あの女優さん……、モニカ・ヴィッティだ、彼女が婚約者と別れるシーンから始まるでしょ？　部屋の中で何を話すわけでもなく、ふたりで行ったり来たりして、それを延々カメラが追って。たぶん、その辺りですでに睡魔に襲われてた」

「何言ってんのよ、あのシーンがいいんじゃない。『いつ愛が消えたんだ？』って、婚約者に訊かれたモニカ・ヴィッティが、『……ほんとに、分からないの』って答えるところなんて、ちょっと鳥肌立つくらいカッコいいじゃない」

昨夜、観たばかりの映画の興奮が蘇《よみがえ》って、美緒が力説し始めると、佳乃が意味深な顔をして対岸の品川埠頭に目を向ける。

「何よ？」と美緒は尋ねた。

「別に……」と佳乃が苦笑する。

亮介と「海岸浴場」へ向かう道すがら、思わぬ方向に進んでしまった会話は、閉店間際に飛び込んだ銭湯から出てきても、ふたりの間にどこか居心地の悪さを残していた。

「泊まっていくだろ？」

と、わざわざ亮介が確認するくらいふたりの間で言葉は交わされていなかったし、「帰ったほうがいい？」と、思わず美緒が訊いてしまうくらい、亮介の態度はいつになく素っ気なかった。

無理をして口を開いたところで、最後には、「もういいよ」という言葉がどちらかの口からこぼれる。美緒はよほどタクシーを呼んで帰ろうかと思った。幸治と会っていると勘違いされたまま、ずっと抱かれていたのかと思うと、悲しいというよりも、ひどい徒労感を味わっていた。そしてそう思えば思うほど、青山ほたるの小説を読んだあとの自分の気持ちが、突発的なただの感傷だったような気にもなる。

結局、その夜、美緒は亮介の部屋に泊まったが、お互いに背中を向けたまま朝を迎えた。亮介のことを心から自分が愛しているのだと分かったその夜に、美緒は亮介と一緒の布団《ふとん》の中で、たった一人で眠ったのだ。あの夜から、すでに一週間が経《た》っている。この一週間、亮介からの連絡はない。

「なんか、いろんなこと知ってるって嫌だよね」

とつぜん佳乃がそう言って、座っていた縁から立ち上がった。対岸を見つめていた美緒は、「え？　何？」と訊き返した。

「だからさ、なんていうか、いろんなことが結局どうなるか、それを知ってるってのは、なかなかつらいもんですねぇって言ったの」

「何よ？　なんの話？」

「だから、その『日蝕』って映画よ。あれって、そんな話じゃなかった？　うとうとしながら観てたわりには、なんか急に思い出してきちゃった」

弁当の入ったビニール袋を提げて、佳乃が喫煙ルームを出ていこうとする。美緒も持っていた紙コップをくずかごに投げ入れ、もう一度だけ対岸に目を向けて、あとを追った。

……あんなに愛してたのに、それでも終わったんだよ。人って何にでも飽きるんだよ。自分じゃどうしようもないんだよ。好きでいたいって思ってるのに、心が勝手に、もう飽きたって言うんだよ。

佳乃を追って廊下を歩き出すと、背後から亮介の声が聞こえた気がした。声は喫煙ルームの窓の外、どんよりと曇った東京湾を渡ってくる。

「ねぇ、佳乃に決めて欲しいことがあるの。一生のお願い」

美緒は自分でも気づかぬうちに、前を歩く佳乃の肩を摑《つか》んでいた。ふり返った佳乃が、「な、何よ？」と怪訝《けげん》な顔をする。

「このまま別れたほうがスマートなのかな？　それともう一回ちゃんと会って話すべきなのかな？」

「そんなの、自分で決めなさいよ」

「だから、それが決められないから困ってるんじゃない。助けてよ」

「美緒はどうしたいのよ？」

「だから……」

「もう一回、縒《よ》りが戻ったところで、いつかは終わるって思ってるんでしょ？　終わるのが嫌だから、お互いに始まらないようにしてたんでしょ？」

「だって、もう始まってるじゃない」

「何が？　美緒も亮介くんも何も始めてないじゃない。始まるのが恐くて、お互いに目をつぶったまま抱き合ってただけじゃない！」

　思わず声を荒らげた佳乃が、慌てて周囲を見渡す。ドアだけが並んだ長い廊下を、歩いてくる者はいない。


　その夜、美緒は亮介に電話をかけた。しばらく呼び出し音が鳴ったあと、「もしもし」というどこか無愛想な声が聞こえた。美緒が、「今度の土曜日、会えないかな？」

と訊くと、少しだけ間が空いて、「いいけど」と亮介が答える。

「この前の夜は、私がちょっと期待しすぎてたのかもしれない」と美緒は言った。亮介が何も言おうとしないので、「続いてる恋愛なんてないって、よく言うじゃない。……あれ、私もちゃんと知ってるつもりでいたんだけどね」と美緒は続けた。「……知ってるつもりだったんだけど、あの小説に出てくる亮介の分身に、ふとそんなことないよって言われたみたいな気がして。でも、あれって、考えてみれば、ただの恋愛小説なんだよね。恋愛小説なんて、好き合った男と女が結ばれるところまでは読めても、そのあとお互いに飽きていっちゃうところまでは書いてくれないんだもんね」

自分でも何を言いたいのか分からなかったが、とにかく何か話していないと、今にも受話器を置いてしまいそうだった。

何時ぐらいが都合がよいか、どの辺までなら出てくるつもりがあるか、そんなことを確認し合っているときだった。

「六時は？」と亮介に言われ、「いいよ」と答えながら、自分がその時間に家にいるような気がした。「銀座のソニービルの前は？」と亮介に訊かれ、「分かった」と答えながら、自分がそこに行かないような気がしてならなかった。

電話を切ると、すぐにカレンダーに赤いペンで書き込んだ。

「銀座ソニービル前。六時」


ミケランジェロ・アントニオーニの「日蝕」は、ローマの新興住宅地に建つモダンなマンションの一室から物語が始まる。白黒の映像でもすでに夜が明けていることが分かる。朝まで続いていたらしい長い別れ話は平行線のままで、男と女は部屋の端と端に座り、すっかり疲れきっている。

「君を幸せにしたかったんだ」と男が言う。

「でも、私は幸せじゃなかった」とモニカ・ヴィッティが答える。

「いつ愛が消えたんだ？」

「……本当に、分からないの」

「君のためだったら何でもするよ」

「お願い。もう構わないで」

「男ができたのか？」

「だから何度も言ってるじゃない。そんなことが理由じゃないの」

「じゃあ、何が理由だ？」

「……分からないの」

モニカは部屋を出て行く。早朝、まだ誰も歩いていない新興住宅地の整備された道。整備されすぎて、寒々しいほどの道を、ゆっくりと歩いていく。

亮介と約束した土曜日まで、美緒はほとんど毎日残業をして過ごした。

今度の土曜日、もしかすると自分は待ち合わせ場所に行かないのではないかという疑念が、いつの間にか、そこに亮介は来ないのではないかという疑念に変わっていた。行っても無駄だとこちらが思っているように、向こうも無駄だと思っているような気がしてならなかった。どんなに言い訳したところで亮介が抱いていたのは、他の誰かにも抱かれていた女なのだ。だからこそ、あんなに激しく抱いてくれたのかもしれない。あれほど愛した先生にさえ、飽きてしまった自分の心が信じられずに、どんな愛をも信じられなくなっている亮介と、自分はどこか似ているような気がしてならない。そんなふたりが、何も知らぬふりをして今さら会って、何が始まるというのか。そのときを愉《たの》しめばいいと言う人もいる。先のことを考えず、ただそのときを愉しめ、と。でも、ふたりはもう十分にそのときを愉しんだ。もう、先のことしか、先にはないのだ。

その朝、婚約者と別れたモニカは、母が通いつめる証券取引所で、アラン・ドロン扮《ふん》する若い株屋の青年と出会う。音のなかった新興住宅地の映像から、激しい怒号が飛び交う証券取引所へと場面が変わる。

そこで出会ったふたりは、少しずつ、本当に少しずつ惹《ひ》かれ合っていく。

「この横断歩道を渡ったら、君にキスする」

アラン・ドロン扮する青年が言う。横断歩道の真ん中で、モニカはふと立ち止まる。

「まだ渡ってないわ」

何の変哲もない町の舗道を、ただ手を繋《つな》いで歩いているだけ。どこにでもあるような店で、ただコーヒーを飲んでいるだけ。取り立てて美しくもない芝生で、ただ横に並んで寝転がっているだけ。それなのに、「まるで外国にいるみたいだ」と青年は言う。

「あなたといるとそんな気がする」とモニカも答える。

ある日、青年がモニカを自宅に連れていく。広く、豪奢《ごうしゃ》な邸宅の壁には、美しい絵画が飾られ、窓から見事な石畳の街並が見下ろせる。

「ここに住んでるの？」とモニカが尋ねる。

「僕が生まれた家だ」

「住んでるのは、どこ？」

「狭いけれど、アパルトマンがある」

「なぜ、そこへ連れてってくれないの？」

「なぜって……」


土曜日の午後、美緒は時間をかけて部屋の掃除をした。せっかくコンランショップで買ってきた花瓶を、まだ箱から出してさえいなかったことに気づき、わざわざ駅前の花屋へ出向くと、まばゆいほどの白い百合《ゆり》の花を包んでもらった。

花瓶にさした百合は、ダイニングのテーブルに飾った。花の香りが部屋にこもる。時計を見ると、すでに四時半を回っていた。そろそろ準備をして出かけなければ、約束の六時には間に合わない。

電話が鳴ったのは、化粧をしているときだった。一瞬、悪い予感がした。相手は亮介で、「行けない」と言われるのだと思った。しばらく待って、留守電に切り替わる直前に受話器を上げた。相手は亮介ではなかった。近くに建つという新築マンションの宣伝だった。

アパートを出たのは五時を少し過ぎたころだ。このまま行けば、約束の六時よりも十五分ほど早く着く。

休日のオフィスで、実家のソファで、街の舗道で、モニカは青年とキスをする。ガラス窓の両側からお互いの唇を重ね合い、そのまま青年の乱暴な愛撫《あいぶ》を受け入れる。オフィスのソファで抱き合いながら、ふたりは公園のベンチで見かけた他のカップルたちを真似《まね》し、じゃれ合う。ずっと見つめ合っていたカップルがいたと言っては、それを真似し、指を嚙《か》み合っていたカップルがいたと言っては、それを真似して笑い、床を転げ回る。

オフィスから帰ろうとするモニカを、青年がドアの前で抱きしめる。力強く抱きしめられて、これまでに見せたこともない恍惚《こうこつ》の表情で、モニカも強く、青年のからだを抱きしめる。

「明日も会おう」と青年が言う。「……明日も、あさっても」と。

「次の日も、その次も」とモニカが答える。

「その次も」

「今夜も」

「八時に、いつもの場所で」

青年がそう呟《つぶや》く。モニカの指が、青年の頬と唇を撫《な》でる。

しかし、その夜、ふたりは待ち合わせ場所に現れない。この映画のラストには、ただ場所だけが映し出される。ふたりが来るはずだった場所。ふたりが「いつもの場所」と呼んだ街の舗道だけが、延々と、いろんな角度から映し出されるだけ。「いつもの場所」を、ただ通り過ぎていく者がいる。「いつもの場所」にバスが停まる。そのバスからも彼らが降りてくる気配はない。ただ場所だけがそこに延々と映し出されて、この映画は終わるのだ。

「……なんか、そうやってそこに立ってる美緒に声かけるのも、今日で最後かと思うと、さすがに感慨深いもんがあるわね」

背後から聞こえてきた佳乃の声を、美緒はわざとふり返らずに最後まで背中で聞いた。そしてゆっくりとふり返ると、すでに上司たちへの挨拶《あいさつ》回りを終えたらしい佳乃が、いつになくきちんとしたスーツ姿で、大きな荷物を抱えて立っている。

「私物なんて置いてないつもりだったけど、これ、見てよ」

佳乃が大きなバッグを両手で抱えてみせる。

「ほんとに今日で終わりなんだね」

もう何ヶ月も前から分かっていたことだが、いざ声に出してみると、さすがに少し寂しい思いが込み上げてくる。

「まぁ、あれよ。美緒には、結婚式だの、二次会だのでお世話になるわけだから、これからもしょっちゅう顔合わせることになるんだけどね」

自動販売機の前で、バッグを抱えた佳乃と話していると、喫煙ルームの奥のほうに座っていた営業の鹿島《かしま》主任が、「おぅ、今日で終わりか」と佳乃に声をかけてきた。

「いろいろお世話になりました」

佳乃が深々と頭を下げたあと、「やっとあいつに会わなくて済む」と、主任に背中を向けて口だけで伝えてくる。美緒はクスッと笑い声を上げ、「なんか飲む？」と、誤魔化すように背後の自動販売機のほうをふり返った。

「ねぇ、美緒、まだ残ってんの？」

「うん。これから会議だもん」

「そうかぁ……。もし帰れるんだったら一緒にって思ってたんだけど」

美緒が紅茶のボタンを押してふり返ると、煙草《たばこ》を消した鹿島主任が近寄ってきて、「お疲れさん」と佳乃の肩を叩《たた》き、喫煙ルームを出て行った。

美緒は主任に目礼し、「ごめん。かなり遅くなると思う」と、改めて佳乃に告げた。

「そういえば、亮介くんからまだ連絡ないの？」

佳乃が自動販売機から紅茶を取り出しながら訊《き》いてくる。

「……ない」

美緒は窓枠に腰かけた。

「まぁ、誘い出した美緒のほうが約束をすっぽかしたんじゃ、亮介くんも怒るよねぇ」

佳乃がちょこんと横に座り込んで、首をふる。

土曜日、銀座までは行ったのだが、美緒は待ち合わせ場所に行くことができなかった。なんで行けなかったのか、自分でも分からない。約束の時間よりも十五分ほど早く着いて、なんとなく「日蝕《にっしょく》」を観《み》た映画館のほうへ歩いていった。遠くからでも、すでに「日蝕」が終わっていて、別の映画が始まっているのが分かった。通りに並べられた看板には、台湾の青春映画のポスターが貼《は》ってあった。

そのままUターンして、地下鉄に乗った。約束の時間の五分前だった。駅へ向かう途中、どこかで亮介とすれ違っていて、彼が追いかけてこないかと最後まで願っていたが、電車のドアの隙間《すきま》に飛び込んでくる者はいなかった。

その夜、連絡があるかと思ったが、電話は鳴らなかった。何度かメールの問い合わせをしてみても、そちらも結果は同じだった。

自分にとって、待ち合わせ場所に行かなかったことが答えのように、亮介にとっても、これが答えなのだろうと思った。もう、待ち合わせ場所に現れなかったからと言って、心配してくれるわけではないのだ。そして、もう、待ち合わせ場所に来たからと言って、喜んでもらえるわけでもないのだ。人を好きになった気持ちなんて、必ずいつかは薄れてしまう。先に男のほうが薄れる場合もあれば、先に女のほうが薄れてしまうこともある。先に気持ちのなくなったほうが相手に追われ、気持ちの残っているほうが、なんだかんだと愛を語る。

たまたま今回、自分と亮介の場合には、それが同時に薄れてしまっただけのことで、この愛について語る者が、誰もいないだけなのだ。

握っていた携帯が鳴っていた。どうせオフィスからの呼び出しだろうと思って開けると、そこに亮介の名前があった。

「あ、ごめん」

と、佳乃に断って、美緒は少し離れた場所で電話に出た。それほど広い喫煙ルームではないので、離れたところでも声は佳乃の耳まで届く。

「も、もしもし」

　美緒が恐る恐る声をかけると、「……俺」という亮介の声がした。

「うん」と美緒は肯《うなず》いた。

　土曜日のことで、今さら文句を言うためにかけてきたとは思えなかった。

「悪かった」

　聞こえてきたのは、そう呟く亮介の声だった。一瞬、訳が分からず、「え？」と尋ね返すと、「土曜日。連絡もせずに……」とぼそぼそと言う。

「土曜日？」

「行くつもりだったんだけど、なんか、直前になったら急に足が重くなってさ」

「え？　もしかして亮介も」

「え？　お前も？」

「ごめん」

「いや、いいよ。俺も行かなかったんだし……。そうか、お前も行かなかったんだ？」

「銀座までは行ったんだけど……」

「俺が来ないと思った？」

「なんで？　亮介は私が来ないと思ったの？」

美緒はちらっと佳乃のほうに目を向けた。わざとそっぽを向いているが、話は確実に耳に入っているはずだ。廊下へ出ようと思ったが、なぜかしら足が動かなかった。

美緒は背後の窓のほうをふり返った。真っ赤な夕日が空を染めている。オレンジ色に染まった東京湾の先、亮介がいる品川埠頭《ふとう》がはっきりと見える。

「なんかさ、俺たちって、最初っからこうだよな」

亮介の声が聞こえて、「え？」と美緒は尋ね返した。

「いや、だからさ、まぁ、最初がメールだったから仕方ないのかもしれないけど、なんかずっと、お互い相手を探ってるっていうか……。信じようとは思うのに、それがなかなかできないっていうか……」

亮介の声を聞きながら、美緒は窓辺に近寄った。

「ほんと、なんでだろうね？」

ふとそんな言葉が漏れた。素直な言葉のように思えた。それに答えがないのも分かっているが、どうして答えがないのかを知りたかった。

「今、会社？」

亮介にそう訊かれ、「そう。亮介は？」と美緒も尋ね返した。

「さっき、仕事終わったところ。今、岸壁に立ってそっち眺めてるよ」

「嘘《うそ》？　私も今、ビルの窓からそっち眺めてる」

「じゃあ、俺、見える？」

美緒はガラス窓に顔を寄せた。目を細めて見てみるが、さすがに人の姿までは確認できない。

「なぁ、もしさ、今、俺がここからそこまで泳いで、お前に会いに行ったら……、俺が、お前に飽きるまで、ずっと俺のそばにいてくれる？」

「何よ、それ。あんまり都合良すぎない？」

「……じゃあさ、もしも俺が、今、ここから飛び込んで、東京湾を泳いで渡って、お前の……、美緒のところまで行ったら、俺のこと……ずっと好きでいてくれる？」

亮介の言葉は、はっきりと美緒の耳に届いた。冗談だとは分かっていたが、何かが胸の奥に突き刺さってくるようだった。彼が初めて自分のことを、「美緒」と呼んだからかもしれない。

「いいよ。もし本当に亮介がそこからここまで泳いできたら、絶対に、亮介のことをずっと好きでいる」

美緒はわざと真面目《まじめ》な口調で言った。真っ赤に染まった雲間から、熟れたような太陽が今にも海に落ちそうだった。

「ほんとだな」

亮介もわざと真剣な声を出す。

「うん。ほんと。約束する」

美緒は素直に肯いた。

「ほんとに約束だぞ」と亮介が笑う。

「約束」と美緒も笑い返した。

プツッと、電話が切れたのはそのときだ。

「も、もしもし」と声をかけても返事がない。自分の顔にくっきりと笑みが残っているのが分かる。

携帯を閉じて、佳乃のほうへ顔を向けると、「なんか、まだまだ大丈夫そうじゃない」と笑いかけてくる。

「泳いでくるんだって」と美緒は言った。

「誰が？」と佳乃が首をひねる。

「亮介」

「どこを？」

「だから、東京湾をあそこからここまで」

ふたりで窓の外に目を向けた。そして、きょとんとした顔を見合わせた。

「まさかぁ」と佳乃が笑うので、「まさかねぇ」と美緒も笑った。

半分ほど残った紅茶を、美緒の手に押しつけながら、「じゃあ、私、そろそろ行くね」と佳乃が立ち上がる。

「ほんとにいろいろお世話になりました」

佳乃がしおらしく頭を下げるので、「いえいえ、こちらこそ」と、美緒も頭を下げ、顔を見合わせケラケラ笑った。

一緒に喫煙ルームを出て行こうとすると、「あ、そうだ、そうだ」と佳乃がバッグの中から『LUGO』を取り出す。

「さっき買ったんだけど、青山ほたるの小説、今月号からしばらく休載みたいよ」

そう言いながら、佳乃が雑誌を美緒の胸に押しつける。

「なんで？　なんかあったのかな？」

「急に書けなくなったみたいよ。お詫《わ》びが載ってた。『私にはまだ傷がない』って。たしか、そんなこと書いてあったけど」

廊下をエレベーターホールのほうへ歩きながら、美緒は背後をふり返った。窓の向こうには、夕日に染まった東京の空が見える。その空の下に、東京湾は広がっている。目を閉じると、品川埠頭の岸壁から本当に飛び込んだ亮介が、懸命に東京湾を泳いでくる姿が浮かんだ。渡ってくるはずもないと思っていた何かが、今、まっすぐに自分の元へ向かってきている。亮介のからだではなく、彼の何かが、東京湾をまっすぐに、今、自分のほうへ泳いできている。

東京湾景・立夏

パブは混み合っていて、少し離れたテーブルにいる女の横顔が、バーカウンターへ向かう客や料理を運ぶ店員たちの背中に遮られては、また現れる。昔、こんな香港《ホンコン》映画を見たことがあったな、と大輝《だいき》は思う。広い通りを挟んで見つめ合う男と女の動きだけが止まっていて、二人の間を香港の赤い二階建てバスやタクシーがスローモーションで走っていく。

「ねえ、名刺下さいよ」

ふいに自分たちのテーブルでの会話が耳に戻り、大輝は、「あ、うん」と慣れた手つきで、さっき表通りで声をかけたばかりの女たちに名刺を差し出した。

「あー」

名刺を受け取った途端、女たちが顔を見合わせ、「……先週もこの人に声かけられたよね」と笑う。

「そうなの？　俺らの先輩っぽかった？　それとも後輩？」

女たちの会話に食いついた同期の鷹司《たかつかさ》にこの場は任せ、大輝はまた少し離れたテーブルの女に目を向けた。向こうのテーブルの男女間でも、今まさに名刺交換が始まっている。

あれはいつだったか、丸の内のオフィスから、ここコリドー街に向かっている途中、鷹司がこんなことを言っていた。

「コリドー街で声かけて、女の子に名刺渡した瞬間にさ、その女の子が心ん中でガッツポーズ取ったのを、無理に隠すような顔するじゃん。俺さ、あの瞬間の優越感に浸るために、毎週みたいにコリドー街に通ってんのかもって思うよ」と。

「お前、性格腐ってんなー」と、大輝は呆《あき》れたのだが、「いやいや、お前だって腐ってるから、毎週取っ替え引っ替え女の子とヤレてるんだろうよ」と笑われた。

鷹司とは大学もサークルも一緒で、昔から気が合う。もちろんこんな週末を過ごしているのだから、男としてデリカシーのある方じゃない。ただ、たとえばの話だが、別れ話をした女が、「別れたくない」と泣きながら駅まで追いかけてきた、というその姿を動画に撮り、笑いながら回し見するような奴《やつ》らも仲間内にはいるので、そいつらに比べれば、デリカシーはある方になる。

テーブルでは鷹司がいつものように女たちの仕事や出身地を訊《き》きながら、鷹司という名前からも分かるように自分の家系は元華族だとか、ちょいちょい自慢話を入れている。

「ねえ、佐竹さんも、鷹司さんと同じ部署なんですか？」

さっき渡した名刺を眺めていた目の前の女に訊かれ、「そうだよ。大きく分けると同じエネルギーグループで、俺は石油やガスの探鉱・開発、こいつは鉱石」と短く説明した。

「ってことは油田とか？　すごい」

いつもなら仕事の話に食いついてきた女相手に、イスタンブールやテキサス、ドバイと、これまでに訪れた国々の話をするのだが、なぜか今夜に限っては口が重い。

今夜引っかけた女の子に決して魅力がないわけではない。賑《にぎ》わう表通りですれ違った中でも、ダントツでいいのに声をかけた。

「ごめん、俺、ちょっと酒、買ってくるよ。みんなは？　何、飲む？」

まだグラスにはビールが半分以上残っていたが、大輝はスツールを降りた。少し離れたテーブルにいる例の女も、酒の注文にバーカウンターへ向かおうとしていた。

「じゃ、俺、ハイボール」

「私も」

「佐竹さんは、何飲むんですか？」

前に座っている女に訊かれ、

「えっと、ホワイトビールかな」と大輝は答えた。

「ビールかぁ……。じゃ、私、白ワインお願いしようかな」

「了解。なんでもいいの？」

「もしシャルドネがあったら……」

「ここ、ムルソーがあったと思う。それでいい？」

大輝は早口で応《こた》えると、混み合った店内をバーカウンターへ向かった。

バーには注文待ちの短い列ができている。例の女の後ろに並ぶと、彼女もすぐに気づいたようで、ちらっと背後を振り返る。

「また、いるの？」

大輝はからかうように言った。

「なんで、またいるって分かるのよ。バカみたい」と彼女も容赦ない。

「で、今日のお相手は？」

「気になる?」

「別に」
列が進んで、彼女の注文の番となる。大輝はメニューを覗《のぞ》き込む、彼女のうなじをなんとなく見つめた。

彼女と初めて会ったのは、今からひと月ほど前、ゴールデンウィーク明けの金曜日で、まだ五月だというのに、東京が初めての夏日となった夜だった。いつものように鷹司と二人で賑やかなコリドー街の通りに立ち、行き交う女たちを物色していると、明らかに他とはレベルの違う女たちが二人歩いてきた。

もちろん反応したのは、他の男たちも同様で、遠慮がちながら次から次に声をかけているのだが、彼女たちはそんな男たちを冷たくあしらうでもなく、かといって誘いに乗るわけでもなく、まるでちょっと今日は風が強いね、くらいの顔で歩いてくる。

「おおお、当たり来た」

鷹司が腰かけていたガードレールから早速降りて、近づいてきた女たちの前に仁王立ちする。

「ちょっとすいません。本気でお話ししたい。どんな人か知りたい」

鷹司の直球勝負に、彼女たちは一瞬顔を見合わせた。これまでの風よりは、少し心地よく感じてくれたのかもしれず、すかさず大輝も鷹司の横に立つと、「この先、もう外堀通りに出ちゃうから、Uターンして戻ってくんの、ちょっとかっこ悪いよ」と援護射撃した。

「いいよ」

驚くほどあっさりと彼女たちは誘いに乗った。

その後、一緒に入ったパブで聞いた話によれば、彼女たちは今夜、十組目に声をかけてきた人たちの誘いに乗ると決めていたらしかった。

「うわっ、何それ。感じ悪い」

勝利の美酒に酔っていた鷹司も、思わず本音を吐いたのだが、彼女たちはさほど悪びれる様子もなく、「こんなとこに来て、声かけたり、かけられたりしてる人たちの中に、感じ悪くない人なんている？」と言い切ったのが、件《くだん》の彼女だった。そんな彼女のあけすけな言葉に、「そう言い切られると、なんかますます楽しくなってくる」と大輝は笑ったのだが、その一言に彼女がちょっとだけ共感してくれたような気もした。

ちなみに鷹司は、「昔好きだった子に似てる」方をすでに口説き始めていた。実際に似ているわけではなく、今夜自分がどっちを狙《ねら》っているか、お互いにその場で伝え合う暗号のようなもので、暗黙の了解として先に言った者勝ちになっている。

その夜、当初は混み合った店内の隅で、小さなテーブルを囲んで立ち飲みしていたが、壁際《かべぎわ》の二人席が空き、鷹司たちが移った。残った大輝はふと思い出して、「名刺ちょうだいよ」と頼んだ。

もらった名刺は大手クレジット会社のもので、「営業部　碓井《うすい》明日香《あすか》」とあった。

「明日香さん……、いくつ？」

大輝は名刺を眺めながら尋ねた。

「二十六」

「あ！　一緒」

「え？　そんなに驚くことある？」

「いや、あのさ、俺らが生まれた年につけられた名前の人気ランキングってのがあって、俺の『大輝』ってのは第四位なんだけど、女の子の第四位が『明日香』なんだよね」

「そうなの？」

「うん、らしいよ」

「四位って微妙じゃない？」

「そうなの。多そうで、あんまりいないっていう。学校でも同じ名前の奴はいなかったし、明日香って子もいなかったな」

「私、高校のころ、いたよ。明日香って、まったく同じ字で。クラスも違って、あんまり付き合いなかったけど。大輝って子もいたような気がするなあ」

「でも、その程度なんだよね、第四位」

「確かに。ねえ、ちなみに一位は？」

「一位は、男が翔太《しょうた》で、女が美咲《みさき》」

「ああ、確かにいる。翔太も美咲も知り合いにいる」

「だよね、俺もいるもん」

「さすが、一位。すごいね」

会話が盛り上がらなかったわけではなかった。どちらかと言えばその逆で、もうずっと前から知っているような、そんな親近感さえあった。

そのうち鷹司たちが、「俺たち、もう一軒行くけど」と声をかけてきた。

「カラオケ？」

大輝はそう訊きながら、明日香の様子を窺《うかが》ったのだが、すでに片手を上げ、相方に「バイバイ」と手を振っている。

「俺ら、やめとくわ」と大輝は断った。

なんだかとても気分が良かった。ただ、鷹司たちを見送って、もう一杯何か飲もうよとメニューを捲《めく》ると、「ごめん、私、今日はもういいや。そろそろ帰る」と彼女が言い出す。

「え？　そうなの？」

てっきり二人きりの時間を選んでくれたと思っていたので、かなり驚いた。

実際、駆け引きでもないらしく、彼女は時間を確かめると、「まだ終電間に合いそう」と席を立つ。つられるように店を出たところで、「ごちそうさま。今日は楽しかった」とお礼を言われた。

普段なら、「じゃ、気をつけて。また連絡するよ」と見送るのだが、なぜかその夜に限って、「楽しかったなんて、嘘《うそ》つくなよ」と言ってしまったのだ。

声が大きく、賑わった歩道で注目を浴びた。ナンパスポットとして、すっかり定着したコリドー街は、言うなれば出会いだけの場所であり、決して別れの場所ではない。週末ごとにここで何十何百の出会いが生まれ、その後の何十何百の別れは、どうぞよそでお願いしますという場所に響いた大輝の声は、やはり違和感がありすぎた。

衆目の中、無視して帰ると思っていた彼女が振り返ったのはその時だった。

「自分が何やっても楽しくないからって、八つ当たりしないでよ」

大声ではなかったし、距離もあったのに、彼女の声ははっきりと耳に届いた。大輝は一瞬、何を言われたのか分からなかった。彼女はすでにこちらに背中を向けて歩き出している。すぐそこのガードレールに腰かけている男たちが、大輝をニヤニヤしながら見ている。

大輝は男たちの視線から逃れるように彼女を追いかけた。その肩に手を置き、「ちょっと待ってよ。どういう意味？　俺、何やっても楽しくないなんて、一度も言ってないけど」と言った。

彼女は立ち止まりながらも、これ以上話をする気はないらしく、「手、どけて」と冷たく応える。

「俺はこうやって楽しんでるつもりだけど」と大輝は食い下がった。

「だったら、それでいいじゃない」

「なんだよ、その言い方」

「だったら、どう言えばいいのよ」

彼女が少し疲れたようにため息をつく。

もう誰も大輝たちに目を向けていなかった。通りで立ち止まっている男女は、みんな今ここで出会ったようにしか見えないのだ。

「ごめん」

大輝は小声ながら謝った。彼女もすでに興奮は収まっているようで、「私も言いすぎた。ごめん」と謝る。

「俺、毎週、こんな風だけど、これでも楽しいよ」

「だったら、私がさっき言ったのも、ほんと。『今日は楽しかった』」

なんとなく居心地が悪くなった。大輝は冗談で、「さあ、修羅場も越えられたことだし、もう一軒カラオケでも行こっか」と誘った。断られるのは分かっていたが、万が一でもあればと期待もしていた。

彼女は笑ってはくれたが、「ごめん、帰る」と首を横に振った。そのまま歩き出そうとした彼女が、ふと立ち止まる。

「……ねえ、さっき話した人気のある名前ランキング。どうして、あんなことに詳しかったの？」

「どうしてって……」

「なんかそういう話する男の人に初めて会ったから」

「妹。……妹がいてさ、教えてくれた」

「ああ」

彼女は納得したらしく、「じゃあね」と手を振って歩いていった。

実際、大輝という名前がその年に生まれた男の子の中で第四位だと教えてくれたのは妹だった。永遠《とわ》という妹自身の名前はやはり珍しくて百位内にも入っていないらしく、「私の名前は特別」と当時喜んでいた。

妹は重度の脳性麻痺《まひ》で体の自由がきかない。中学に入学するころまでは、それでも車椅子《いす》でなんとか登校していたし、特別に時間をもらって試験などにも参加していたのだが、思春期を迎えたころからは家の中に閉じこもっていることが多くなった。

あれは大輝が中学三年生のころだが、バレンタインデーに十七個もチョコレートをもらったことがある。おそらく理由としては、その一年で身長が急に伸びたことと、所属していたサッカー部でキャプテンになったことが大きいと思う。同級生や下級生からもらったチョコには熱烈なラブレターが付いているものもあった。

大輝自身は思春期の男の子らしく、友達に冷やかされるのが嫌で、仏頂面《ぶっちょうづら》を続けていたのだが、兄の人気ぶりを誰よりも喜んだのが妹だった。

兄がもらってきたチョコレートを並べて、誰が一番センスがあるかなどと見比べ、最後にはラブレターまで読みたいと言い出した。

元々、妹は足の速い兄が好きだったし、ダンスの上手《うま》い兄が好きだった。だからこそ、兄に似合う女の子は自分が選ぶんだ、なんて、ませたことを小学生のころから言っていて、大輝が高校生になると、「日々の掃除当番なんて、いくらサボってもいいから、その代わり、体育祭のリレーの時だけは絶対に一番でゴール決めなきゃダメ、って言うような、そんな彼女作って欲しい」などと、冗談とはいえ、妙にリアルな理想なんかを口にするようになっていた。

大学進学を機に、大輝は実家を出て都内で一人暮らしを始めた。神奈川の実家から通えないこともなかったが、一人で暮らしてみたかった。代わりに実家へ帰ると、大学でのあれこれを妹に話して聞かせた。一緒に暮らしているよりも、たまに会う方が話も弾む。

サークルの女の子に告白されたとか、バイト先でラブレターをもらったとか、もっと生々しい、たとえば何度かデートした女の子に別れ話をしたら、ドラマみたいにコップの水をかけられたとか、とにかくそういう類《たぐい》の話をしてやると、妹がいつも面白がって聞いてくれた。「モテる兄貴の話は、聞いているこっちまで気分が良くなる」と笑ってくれた。

ただ、そのころ、考えただけで息が苦しくなるような人に出会った。先輩の彼女だった。何日も思い悩んだある日、偶然のふりをして彼女の家の近所へ行った。メールを送ると、駅前のカフェまで来てくれた。彼女に素直な気持ちを伝えた。偶然ではなく、告白するためにここまで来たことも正直に告げた。

彼女になんと言って断られたのかは覚えていない。もっと言えば、どうやって自分のアパートに帰ったかの記憶もない。そしてこの話だけは、どうしても妹にできなかった。

＊

ホワイトビールを飲もうと持ち上げたグラスは、すでに空になっていた。いつの間に飲み干していたのか、鷹司や女の子たちの酒はまだほとんど残っている。無口になった大輝の代わりに、鷹司が会話を一手に引き受けており、今は、南米にある鉱山への出張の帰りに寄ったマチュピチュの話らしい。

大輝は自分の分だけ、ビールを買いに行こうかと思いながら、また少し離れたテーブルにいる明日香の方へ目を向けた。向こうは向こうで楽しんでいるようで、その横顔には笑みも浮かんでいる。

「なんか飲みます？」

目の前の女の子に訊かれ、大輝は、「いや、自分で行く。ありがと」と少し慌《あわ》てた。

「なんか、私たちじゃなかったですか？」

これまでとは打って変わった冷たい口調で訊かれ、「え？　何？」と大輝はとぼけた。

「だって、つまんなそうだし」

「そんなこと、ないけど」

「せっかくの金曜日だし、なんか無理して付き合ってもらうのも悪いなと思っちゃって」

言葉は丁寧だが、明らかに険がある。

「ごめんごめん。こいつさ、いっつもこうなの」

場の雰囲気を察した鷹司が、慌てて口を挟んでくる。

「……こいつさ、見かけによらず、女の子と一緒だとなんか緊張するみたいで、いっつもこうなんだよね。これが男ばっかりだと、誰よりも乗りよくて、そこに道頓堀《どうとんぼり》あったら、一番に飛び込むタイプなんだけど」

まったくの嘘だが、女の子も大人で、ここで目くじらを立てていても、それこそ金曜日の夜がもったいないとでも思ったのか、「えー、そうなんだ。こういう場に緊張するようにも見えないし、川に飛び込むなんて、ぜんぜん想像できない」と話を合わせてくれる。

「いやいや、こいつ、ひどいよ。酔うと服脱ぐ癖あって、カラオケなんて服着たまま、まともに一曲最後まで歌えたことないもん」

鷹司の作り話に、女の子たちも笑ってくれる。

「あ、ちょっとごめん、俺……」

やっと和んだ空気の中、大輝はスツールを降りた。酒を買いに行くのだろうと思ったらしい鷹司が、「ついで、チーズかなんか頼む」と声をかけてきたが、大輝は無視してその場を離れ、バーカウンターではなく、明日香たちのいるテーブルに向かった。

とつぜん近づいてきた大輝に、明日香は気づかなかった。まず気づいたのが、大輝と同じようなシャツの袖《そで》をまくり、同じようなネクタイを緩めた男たちで、とつぜんの闖入者《ちんにゅうしゃ》にかける声もないらしく、ぽかんと眺めている。

その視線を追うように振り向いた明日香も特に驚くこともなかった。そこに立つ大輝をただ黙って見つめている。

「誰でもいいんだろ、だったら俺でもいいじゃん」と大輝は言った。

用意していた言葉ではなかったが、勝手に口からこぼれた。

「え？」

明日香が眉間《みけん》にしわを寄せる。

「出よう」

大輝は明日香の手を摑《つか》んだ。

なんとなく事情を察したらしい男たちが、「おいおいおいおい」と大袈裟《おおげさ》な声を上げる。

慌てたのはテーブルにいる女たちの方で、「ちょっと何？」と、明日香のもう片方の手を引っ張ろうとする。

「出よう」

大輝はもう一度そう言った。ただ、握った手を振り払われるイメージの方が先に立ち、自分から手を離してしまいそうだった。次の瞬間、テーブルの男女を見渡した明日香が、「……ごめん、ちょっと、私」と立ち上がる。

大輝でさえ何が起こったのか分からず、その場に立ち尽くした。

「行こう」

明日香に肩で押され、「うん」と大輝はよろけるようにテーブルを離れた。

手は繋《つな》いだままだった。背後に明日香たちのテーブルからはもちろん、鷹司たちの視線も感じたが、一切振り返らずに店を出た。

表通りは相変わらず金曜の夜の賑わいだった。狭い歩道では男と女がすれ違い、声を掛け合い、まるで渓流を泳ぐ岩魚《いわな》のように近づいたり離れたりしながら流れていく。

大輝と明日香はその流れの中に立つと、どちらへ歩き出すともなく足を止めた。二人の傍をネオンにきらきらと背びれを輝かす岩魚たちが泳いでいく。

「なんか、すごいドキドキした」

明日香が誰に言うともなく呟《つぶや》く。

「俺も。俺もなんかドキドキした」

「ねえ、行ってみたいところがあるんだけど」

そう言われ、大輝は初めて隣にいる明日香の横顔を見た。

「いいよ。どこ？」

「東京湾」

「え？　東京湾？」

「行こう」

ずっと握ったままの手を、明日香が引いて歩き出す。

「東京湾って言っても広いよ」

そう言いながらも、大輝の足取りは軽かった。

「そっからタクシーに乗ろう」

タイミングよくタクシー乗り場があった。乗り込むと、「東京湾に」と明日香が告げる。

「え？　東京湾？」

驚く運転手に謝ったのは大輝で、「だから目的地が広すぎるって」とたしなめると、

「すいません。じゃあ、お台場に」と明日香が言い直す。

「お台場に何があるの？」と大輝は訊いた。

「着いたら教える」

「あのぉ、お客さん、コースどうなさいます？　晴海《はるみ》通りからでいいですか？」

運転手から訊かれ、大輝は、「ええ」と答えそうになったところで、「いや、汐留《しおどめ》から高速乗って、レインボーブリッジ渡って下さい」と頼んだ。

その橋の名前を口にしただけで、東京湾の夜景が目に浮かんだ。ライトアップされた巨大な橋梁《きょうりょう》は美しく、東京のベイサイドに立ち並ぶ高層マンション群の窓明かりや、オリンピックを待つ巨大施設の工事用ライトは、夜空の星々のように瞬《またた》いている。

コリドー街からお台場までは、車で十五分とかからない。汐留で首都高に乗れば、すぐに車はレインボーブリッジを渡る。

「私ね、あそこに住んでるの」

まるで星空の中を走っているような車内で、明日香が言った。

「あそこって？」

明日香の視線の方へ目を向けると、豊洲《とよす》の高層マンション群の窓明かりがあった。

「豊洲？」

「そう。あの窓明かりの中の一つが私の家」

「きれいだね」

大輝は素直にそう言った。

橋を渡り切ったタクシーがお台場の出口を出ると、明日香が細かく道順を案内し始めた。隣で聞いていると、テレビ局の社屋や巨大ショッピングモールが並ぶお台場の中でも、対岸に品川埠頭《ふとう》が見えるらしい西側の方へ行きたいらしい。

しばらく走ったタクシーが停まったのは、ゆりかもめの高架橋の下に広がる大きな公園の入口で、ライトアップされた公園の樹々《きぎ》を切り開くように、海へ向かって真《ま》っ直《す》ぐに石畳のプロムナードが伸びている。

タクシーから降り立った途端、潮の強い香りがした。ここが銀座からたったの十数分だとは到底信じがたい。

まだ時刻は八時過ぎで、ライトアップされた公園では多くのカップルや家族連れが、夏の夜風を楽しんでいる。

「ここ？」

大輝が尋ねると、明日香は真っ直ぐに海へ伸びたプロムナードを見つめたまま、「そう」と頷《うなず》く。

自然に足が前へ出た。大きな石を真っ二つにしたオブジェがあり、その間を通り抜け、また自然に手を繋いだ。

潮風に混じって、土や草の匂いもした。一日中、夏日に照らされていた土や草が、夜になって深呼吸しているようだった。

さらに真っ直ぐに進んでいくと、次第に視界が開けてくる。立ち並んだ樹木が開け、その先に、紫色の空と、東京の夜景でキラキラと輝く東京湾が広がってくる。

「おー」

大輝は思わず声を漏らした。

対岸にはライトアップされた品川のコンテナ埠頭が見える。対岸を眺めていると、どこまでも歩いて行けそうだが、プロムナードはその辺りで行き止まりになり、夜風に冷えた手すりだけが、大輝たちと東京湾を隔てる。

大輝は手すりを握ると、鉄棒の要領でグッと体を持ち上げた。少しだけ視線が高くなり、対岸の品川埠頭も少しだけ近くなる。

「気持ちいいね」

そう言いながら振り返った。明日香もまた湿った潮風を気持ちよさそうに頬で受けている。

「こういう大きな景色見ると、なんか毎週あのコリドー街の狭い歩道を行ったり来たりしてんのがバカみたいに思えるな」

「ね。こんなに近いのにね」

手すりから降りると、今度は背中をつけ、大きく背伸びする。視界のすべてが東京の夜空になる。

「昔ね、ここを泳いで渡ってきた人がいたんだって」

しばらく黙り込んでいた明日香の声に、「ここって？」と大輝は姿勢を戻した。横を見ると、明日香が東京湾を見つめている。

「ここって、この東京湾？」と大輝は驚いた。

「あっちに見える品川埠頭からここまで泳いできたんだって」

「なんかの競技？」

「じゃないの。好きな人に自分の気持ちを伝えるために」

大輝は明日香を見た。冗談ではないらしい。が、俄《にわ》かにも信じられず、「まさかー。ないない」と笑い飛ばした。

今は夜だからキラキラときれいに見えるが、昼間は沖縄の青い海というわけにもいかないだろうし、何より船だって通る。

「でもね、本当にそういう伝説があるんだって。だから、私、いつかここに来てみようと思ってたんだけど……」

同じように東京湾を眺めていた明日香も、実際に現場を目《ま》の当たりにすると、その伝説とやらの信憑性《しんぴょうせい》を疑わざるを得ないらしく、その表情はちょっと暗い。

「で？　実際、見てどう思う？」と、大輝は訊いた。

「どうかなぁ……」

「無理だよ」

明日香が答えを出す前に、大輝は言い切った。明日香はそれでもまだじっと東京湾を見つめている。

「ねえ」

ふいにかけられた明日香の声が、強い潮風に流される。

「……楽しくていいんじゃないかな」

一瞬、何を言われたのか分からず、「え？」と訊き返す。

「だから、大輝くんはもっと楽しんでいいんじゃない」

「どういうこと？」

「なんか、大輝くんって、何かに遠慮してるみたいに見えて」

目の前にいるのは、ひと月ほど前にコリドー街で声をかけた女だった。これまでに何人何十人と声をかけてきた女たちの一人のはずだった。

「……ごめん。私も、なんでこんなこと大輝くんに言ってるのか、自分でも分からないんだけど、でも、私だって楽しんだっていいんだって。なんか、そう思って……」

目の前の女が何を言いたいのか、大輝には分からなかった。ただ、何も分からないのに、何もかもが伝わってくるような気もした。その瞬間、不思議なものが見えた。品川埠頭から飛び込んで、こっちに泳いでくる男の姿だ。そんなことが現実に起こるはずはなかった。それが分かっているのに、なぜかはっきりとその姿が見えた。もっと言えば、絶対に起こるはずがないからこそ、その姿がこんなにもはっきりと見えるのかもしれなかった。

「明日香さん」

「何？」

「もう一回訊いてくれないかな」

「何を？」

「だから、あそこからここまで、本当に泳いできた男がいたと思うかどうか」

背後の高架橋をゆりかもめの車輛《しゃりょう》がゆっくりと走っていく。並んだ車輛の窓明かりは、これからレインボーブリッジを渡り、東京の夜景に吸い込まれていく。

解説

陣野俊史

もし君が地方在住の高校生で、これから東京の大学を受験して、四年以上の年月をそこで過ごそうと思っているのだとしたら、『東京湾景』は、君の生活の入口になる小説だ。でも、どんな入口だろう？　そうだな、君が本州の、東京より西に住んでいるのだとしたら、東海道新幹線で上京するだろう。ほとんどの新幹線は、東京駅に滑り込む前に、品川駅に停車する。改築され綺麗《きれい》になった品川駅を出て、品川プリンスのあるほう（贅沢《ぜいたく》なホテルや高名な歌舞伎《かぶき》役者の邸宅やひっそりとした瀟洒《しょうしゃ》な美術館のある山側）ではなく、運河を挟んで海へと繋《つな》がっている東側へと足を向けるならば、林立するビルの裏側、そこは倉庫群と巨大なアパートの並び立つ場所。亮介のアパートがある場所だ。東京での暮らしを夢みて上京した君が最初に足を踏み入れる場所としては、いささか奇異な感もあるけれど、君の東京での暮らしの入口に品川駅はあることは記憶しておいていいかもしれない。

あるいは、君は飛行機で東京へやってくるかもしれない。羽田空港に降り立った君は、京急で品川へ出るのではなく（だって京急の赤い電車はあまりに普通だから）、おそらく東京モノレールで浜松町へアクセスする。小説にもこうある。「アパートの窓から見えるモノレールの窓にも、たしかにいくつもの人影が見える。おそらく、そのほとんどの人たちが、日本各地から飛行機に乗って、ここ東京にやってきた人たちだ。昔、読んだマンガの主人公のように、彼らがどんな表情でモノレールの窓際《まどぎわ》に立っているのか、見えればいいのにと亮介は思う」。君はどんな顔をしてモノレールに乗っているのだろう。希望に満ちた顔をしているだろうか。不安にとらわれているだろうか。どんな地方から来るにしろ、東京の空はどんよりと曇っているだろう（受験生なら、季節は冬）。真っ黒な東京湾を上空から眺めたとき、希望はいささかくすんでしまうかもしれない……。

吉田修一も、この小説を希望で塗りこめてはいない。そのことを少し場所に即して説明しよう。

東京湾を挟んで向かい合っている二つの場所、お台場と品川埠頭《ふとう》は、対照的な場所だ。休日には家族連れで賑《にぎ》わい、真新しい近未来的なビルが林立するお台場。物流の拠点で、人の気配のない倉庫が建ち並ぶだけの品川埠頭。同じ湾に臨みながら、いわば陰と陽のように対峙《たいじ》する二つの場所には、この小説の主人公の二人が生きている。美緒（「涼子」）はしかし、自分の勤め先のあるお台場をあまり快く思っていない。「お台場という街を、美緒はあまり好きになれない。会社がたまたまこの場所にあるから通っているが、もしもここが通勤先でなかったら、一生来ることはなかったのかもしれない。なんというか、いかにも見栄《みば》えよく造りましたという感じが、逆にそのセンスを疑わせるのだ」。

美緒は、大手の石油会社で広報を担当している。自宅は、東急田園都市線の桜新町にある。東京に馴染《なじ》みのない君には、やや説明が必要かもしれない。田園都市線の桜新町からお台場に通うという通勤経路は、たぶん妥当な設定だ。平井美緒の実家は博多であり、結婚適齢期を迎えた娘を気遣う両親も健在だ。踏み込んだ推測をすれば、美緒は、東京の一流私立大学をそこそこの成績で出て、結局大学時代に住んでいた場所と遠からぬところに住み続けている。彼女の出身大学が、慶應義塾大学ならば港区の田町で、東京湾景にもうひとつ要素を加えていいはずだから、そうした要素が書かれていない以上、意外と青山学院大学あたりが出身大学なのかもしれない。青山学院なら渋谷が拠点だから、渋谷に直結している田園都市線にいまだにアパートがある、という設定も頷《うなず》ける（余談だが、君が東京のどこに住むかは、かなり重要な問題だ。

大学にアクセスしやすい沿線に住むというのが、いちばん可能性が高いのだろうが、できればそんな拘束とは無関係に拠点を選んだほうがいいと思う。最初に住んだ街からなかなか離れづらいものだから)。美緒は仕事にプライドを持っている。小説の途中、会社の昇進人事問題が挿入されているが、同期の山口をしのぐほどの能力を持ちながら性差別を受けて昇進できなかったことについて課長を激しく詰《なじ》る。たぶん年収もかなりある。銀座でプラダやエルメスやラクロワのショップに顔を出して、欲しいモノの値段を覚えたりしている。値段をチェックするということは、それがさほど無理なく買える、ということだ。桜新町→(田園都市線)→渋谷→(山手線)→新橋→(ゆりかもめ)→お台場海浜公園という通勤に要する時間は一時間強というところか。

平井美緒がこんなふうに様々な憶測を可能にする一方で、亮介にはそんな余地がない。彼に兄弟はいるのか？　親はいま生きているのか？　どこの、何という街の出身なのか？　彼のプロフィールで唯一《ゆいいつ》明らかになっているのは、彼が高校を出てからすぐに働き始めたこと。高校時代の英語教師だった里見と卒業後すぐに所沢のアパートで同棲《どうせい》し、一年ほどでうまく行かなくなり、いまも亮介の胸に残る大きな火傷《やけど》の痕《あと》は、里見との激しい同棲生活の結果だということ……。吉田修一は亮介の家庭環境その他を極力排している。何も持たない、つまり、肉体しか持たない若い男として、亮介を描き出している。環境が彼を規定しているのではなく、品川埠頭の倉庫で労働する中で磨き上げられた肉体を持つ者としてしか、描いていない。雑多な要素を削り落とすことで、亮介の「立ち方」が見えてくるのだ。このあたりの綺麗な書き分けは、本当に巧みだ。

亮介が、自分が住み仕事をする品川埠頭について漏らした感想が、一箇所だけある。それはこうだ。「就職情報誌で見つけた今の会社へ電話して、面接のために初めて品川埠頭を訪れたとき、亮介は自分のからだが、歩いているうちにだんだん縮んでいくような錯覚に陥った。だだっ広い湾岸道路では、コンテナを牽引《けんいん》したトレーラーが轟《ごう》音《おん》を立てて走っており、通りにはまったく人影がなく、巨大な倉庫だけが建ち並んでいる。たとえば、倉庫前にぽつんと置いてあるコーラの自動販売機も、ここでは標準よりも大きく作られているように見えたのだ。巨人の国に紛れ込んだか、それとも自分が小人になったか、そのどちらかとしか思えなかった」。

これは正確には「感想」でさえない。自分の身体《からだ》ですべてを感知して判断してきた人間、あるいはそうしつつある人間の感覚が述べてあるにすぎない。街に対して、美緒のような好悪《こうお》を述べる意思は見当たらないのだ。亮介にとって、自分の身体こそが唯一の尺度であり、だからこそ急に縮んでしまったような感覚のブレが何より気になるのだ。自分の身体以外に何も所有していないというセンスがここにも光っている。

持てる者である美緒と、持たざる者の亮介。

もし、君が夏休みの宿題にこの『東京湾景』の感想文を書かなければならないのならば、たとえば「格差」という言葉が浮かぶかもしれない。日本はいま（二〇〇六年）、格差に敏感な社会になった。勝ち組、負け組の区分が誰の言葉の後ろにも忍び込んでいて、格差主義者とでも呼ぶべき人間たちで溢《あふ》れかえっている。持てる美緒と持たざる亮介のような言い方をすれば、君はたぶんこの解説を書いている私も「格差主義者」であると思うだろう。だが、少なくとも吉田修一はそんな区分も、便利な言葉もまったく信用していない。第一、「勝ち組」の女に「負け組」の男が恋をするなんて、バカらしくないか？　格差やギャップを乗り越えて、不釣合いな恋愛を成就《じょうじゅ》させるのなら、『電車男』に任せておけばいいのだ。何も吉田修一がわざわざ書く必要はない。それに、美緒と亮介は少しも不釣合いではない。美緒が所有している様々なもの、たとえば両親や安定した収入や華やかな仕事に対して、亮介は何のコンプレックスも持っていない。亮介が抱えているのは、恋をどれほど情熱的に始めてしまってもいつかは終わってしまうという明確な不安だけだ。だがこの不安はコンプレックスとは何の関係もない。恋の相手として、たとえ亮介がどんなに難しい存在であるとしても。

だから（と、やや唐突に言うのだが）、君はまず、亮介になりなさい。君がどんな地方の名家の御曹司《おんぞうし》なのか私にはわからないし、ハンパな額ではない仕送りを貰《もら》っているかもしれないが、自分の身体ひとつだけが自分の拠《よ》って立つ基盤である、と腹を括《くく》りなさい。もし新幹線で上京するのなら、品川駅で下車し、港南口を出て、V-Towerなどという洒落《しゃれ》た高層マンションなど目もくれず、海の匂《にお》いのするほうを目指しなさい。そこにスクーターで疾駆する亮介は現われないかもしれないし、部屋で待っている真理をそのままにして亮介が美緒と朝まで身体を重ねた倉庫も、すぐには見当たらないかもしれない。ただ、レインボーブリッジを眺め、海の匂いを嗅《か》ぐことで、君は余計なモノを所有するよりも、東京湾を突っ切って泳ぐことのできる身体のほうがどれほど重要であるかを、感知するだろう。

＊

もし、あなたが、大学のサークルではチアガールを担当するほどの元気娘でも、彼の胸に巣食っている昔の恋の炎（！）の残り火に、身を焦《こ》がすほどの嫉妬《しっと》を感じているとしたら……、あるいは、自分の本当の名前とはまったく別の名前で出会ってしまった彼に、名前なんて符牒《ふちょう》にすぎないんだからすぐにも本当の名前を告げることができると思いつつ、ぐずぐずと数ヶ月を過ごしてしまっているとしたら……、やっぱり、『東京湾景』を読みなさい。そして「涼子」と名乗ってしまった美緒が、亮介に何を求めているのか、きちんと考えてみてはどうだろう？

『東京湾景』を貫いている亮介と美緒の恋の感情を美緒の側から捉《とら》えた場合、三つの壁があったはずだ。ひとつは、美緒が出会い系サイトに登録した際、自分の名前を「涼子」と偽ったこと。これは、亮介の恋人だった真理によって告発され、亮介に事実が告げられる。亮介はさすがに強張《こわば》るが、それは大きな問題とならない。二つめは、その真理のこと。亮介にはすでに恋人と呼べる存在がいた。亮介の隣の部屋の同僚・大杉の彼女であるゆうこの友達の、真理だ。真理は途中で激ヤセした姿を見せるけれど、亮介と真理と美緒は三角関係に陥っているわけではない。真理はおそらく最初から新しい恋人が現われれば捨てられる運命の中にいる。亮介は真理のことを「一緒にいたい」でも「一緒にいなければならない」でもなく、「一緒にいられる」女だと思っていた。美緒のサイドから見れば、真理はもともと壁になり得ない存在だった。

問題は、三つめの壁。そう、高校卒業後すぐに同棲した里見という女教師の一件。

いや、その女性そのものが問題なのではなく、里見とのいきさつの中で刻印された亮介の胸の傷が問題なのだ。それは青山ほたるの雑誌連載小説の中で明らかにされる。才能の枯渇《こかつ》した小説家・青山ほたるは、亮介と里見先生の出来事をほとんど聞き書きのまま雑誌に書き連ねるのだが、先生の父親の七回忌の法要の席に出た「英二」（亮介）は、教え子と同棲している彩子《あやこ》（里見先生）を口汚く批判する親戚《しんせき》一同に抗議するために、灯油をかぶり、ライターで火を放つ。そのときの傷が深く亮介の胸に残る……。と、まあ、普通ならば考えるはずだし、美緒の側からすれば、それほど、亮介の火傷の痕は、乗り越えがたい過去の思い出に思えるはずなのだが。

たぶん、あなたが、美緒の思考があなたの思考回路と異なっているなぁと思うとすれば、ここだろう。つまり、美緒は亮介の過去の激しい出来事にほとんど拘泥《こうでい》しない。二人はたしかに口論する。この小説のクライマックスだ。亮介は、里見先生のことを「ほんとに愛してたんだよ」といい、「なのに、あんなに愛してたのに……、それでも終わったんだよ」と、美緒に告げる。美緒は、亮介の過去に嫉妬せず、灯油をかぶって火傷した亮介を小説で読んで、感動したと口にする。美緒にとって亮介の過去は乗り越えるべき壁ではなく、それほど激しく人を愛することができる人間が目の前にいるという感動的な事実の確認なのだ。この、ストレートな美緒の目線は素晴らしい。

じつは美緒はずっと亮介だけを見ていた。他の女のことなんか、たぶん美緒にとっては最初から問題ではなかった。目の前にいる男と私は、どんな関係を結ぶことができるだろう、美緒は（そうはっきり意識してはいないけれど）そう考えていた。

もし、あなたが恋愛や恋愛関係に悩んでいるとしたら（そもそも「恋愛関係」に悩んでいない人間などいるのだろうか？）、美緒の、この恋愛への向き合い方は大いに参照すべきだろう。象徴的な一つのシーンがある。それは、青山ほたるの小説に導かれるようにして、美緒が亮介のアパートのほうへふらふらと歩いていってしまう場面。ゆりかもめの終点、新橋から山手線に乗った美緒は、品川で降りて、港南口から亮介の住んでいるアパートのほうへと、歩き出す。そこへ偶然、スクーターに乗った亮介が通りかかる。そう、あの印象的な場面だ。そして、二人で入り込んだ倉庫の暗がりで、美緒は震える。自分が目を閉じているのかどうかさえ定かではない。「次の瞬間、ふっと潮の香りが鼻先を流れて、いきなり唇が重ねられた。／『びっくりした？』／亮介の声が、自分の口の中に差し込まれてくる。美緒はゆっくりと口を開いた。亮介の熱い舌がそこにある。まるで広い倉庫の闇《やみ》の中に、亮介の熱い舌だけが存在しているようだった」。

私は、これが恋人との関係の本質的部分だと、あなたに言いたい。例証しよう。アメリカ生まれのリトアニア系移民で、世界各地を移動しながら哲学的散文を書き綴《つづ》っているアルフォンソ・リンギスは『何も共有していない者たちの共同体』(野谷啓二訳、洛北出版)の中で、こう書いている(それにしてもこのタイトル、カッコいいと思わないか?)。私たちが、閉ざされた共同体、たとえば恋人どうしの共同体を作るとき、私たちは最初、非常に多くのことを語らなければならない。電話の長話などだ。だがそんな平和な時期は続かない。いったん愛が固まると、二人の間の会話は、真面目《まじめ》な内容になる。一方は仕事上の心配と抱負について語り、他方は、家の修理の問題や、ビジネスマンの成功した地位に向かって自分がどれほど近づいているかについて語る。だがその時期をも更に経過すると、私たちは「違ったふうに」感じ始める。そのとき愛は死に瀕《ひん》しているのだ。

愛が死にかけているとき、私たちは何かを語らなければならない。だが、何を言うべきか、わからない。それでも何かを言うべきなのだ。私たちは、恋人同士になった初め、何かを言わなければならなかった。内容が何なのかは二の次。本質的だったのは……、「自分が話すということであり、自分の声の暖かさが、(略)彼女が漂う領域、熱情の支配する未知の領域で彼女の伴侶《はんりょ》となることであり、自分の声が彼女の夢うつつの喉《のど》に響くことであり、自分の目の光が仕事や目的に焦点を結ぶのではなく、エロティックな暗闇を熟視している彼女の目と出会うことだった」。

亮介と美緒の愛だって、いつかは死ぬのかもしれない。だが、倉庫の暗がりの中で、二人の声はぶつかり、エロティックな暗闇をさまよっていた美緒の目は亮介の目の光に出会った。まさにリンギスの言う通りだ。ここに二人の恋の始まりがある。その本質がある。二人が偶然に踏み込んだ倉庫の中の暗がりは、恋の始まりの見事な象徴的表現なのだ。

＊

最後に、吉田修一の小説をこの小説から読み始めた君へ。

吉田修一はじつに多様な小説を書いているんだ。だから、どの小説を最初に読むかで、彼の印象もかなり違ったものになる可能性がある。でもここで多様な彼の世界を語ることなんかできないから、『東京湾景』に即して少しだけ語っておこう。

青山ほたるの小説に出てきた、灯油を浴びて火をつける若者に惹《ひ》かれた君たちには、若者たちの無軌道な行動を描いた『長崎乱楽坂』を。暴力と血に浮かんだ極道の世界だって、この作家は書けるんだ、と認識が新たになるだろう。

出自も何も書き込まれていない亮介が、どんな高校時代を送っていたのか、と知りたくなったあなた方には、吉田修一の処女作『最後の息子』を勧めよう。中でも「Water」。頭の中が塩素くさくなるくらいだったと（たしか）どこかで述懐していたくらい、水泳に打ち込んでいた吉田の、半自伝的短篇だ。トビウオみたいな高校生のエネルギーは、亮介にも流れ込んでいる。

人を信用することの苦手な美緒に共感したあなたには、『7月24日通り』か、最新作『女たちは二度遊ぶ』を勧めたい。悩んで苦しんで、それでも女たちは、選んでいく。

さて、最後の最後に。小説の末尾で、電話をかけていた亮介が、いまいる品川埠頭からお台場まで泳いでいったら、ずっと好きでいてくれるか？　と尋ねる。「うん。ほんと。約束する」と美緒は答える。すぐに亮介は電話を切るけれど、あの後、亮介は、本当に泳いでいったのか？「あとは読者のご想像に」ということなのだろうが、寡黙《かもく》な作者に代わって、遠慮会釈《えしやく》なく書いておく。

亮介は、ラクラク東京湾を泳いで横断しました。そうに決まってます。だって、吉田修一は、朝、スイミングクラブで泳ぎ、授業の後、水泳部で泳ぎ、その後、再びスイミングクラブで泳ぐという高校生活を送っていたんだから、亮介が貨物船の脇《わき》をスイスイと泳ぎ抜けていくことなど朝飯前のはず……。それに、小説の最初から亮介は、品川埠頭からお台場までの距離を測っていた。一キロ弱。誓ってもいいが、三十分以内に、ずぶぬれの亮介は、美緒の勤める会社に到着した。と、思うんだけど……。さすがにその後の二人のことは、作者に訊《き》くよりほかにあるまい。

（平成十八年五月、文芸評論家）

解説

コントロールから離れて

朝井リョウ

吉田修一の小説は、〝溢《あふ》れる〟。

どの作品を読んでいるときも、あ、と気づいたときにはもう遅く、何かがこの心身から溢れている。ずいぶんと長く住み慣れたはずのこの心や体が、自分が想定していたよりもずっと容積が小さく、外壁の造りもとても脆《もろ》いということを、登場人物たちの印象的な言動の数々によって思い知らされるのだ。

品川埠《ふ》頭《とう》の倉庫で肉体労働に勤《いそ》しむ亮介と、台場に聳《そび》え立つオフィスで働く美緒。主にこの二人の変わりゆく関係性を描いた本作でも、様々な形で〝溢れる〟瞬間が描かれており、その都度、読み手である私たちも同様の感覚に陥るのだ。

亮介が、かつての恋人の親族の前で、自分たちの心の繋《つな》がりを証明するために自らの身体に火をつけたシーン。この過去を語るとき、亮介は、かつての自分は「ついカッとなっ」たのだと話しながら、「とつぜん声を荒らげた」りする。かつては心の繋がりを信じられたはずの自分を振り返りながら、亮介は自分をコントロールできなくなる。

美緒が亮介に、亮介の勤め先である品川埠頭の倉庫で朝まで過ごしたいと明かすシーン。人を信用する難しさを説きながら、美緒は「自分でも支離滅裂なことを言っているのは分かったが、口から飛び出してくる言葉を止められな」い。美緒も、自分をコントロールできなくなる。

〝溢れる〟とはつまり、自分をコントロールできなくなる瞬間のことで、この二人を主語にしない場面でもそんな瞬間が数多く物語に鏤《ちりば》められている。突然自殺をしてしまったかつての同級生。真理が亮介に対し「二股かけてくれればいいじゃない！」と喚《わめ》く夜明け。目を瞑《つむ》ったって操縦できると思っていた心と体がそうではないと気づく一秒前、自分自身という器から、コントロールできない言葉や行動が溢れ出ていく。

吉田修一は、その描写がとても巧みだ。物語の中で、誰がいつどのように溢れるのか、予想がつかない。だから、読みながら、常にどこか緊張感がある。油断ができない。そして、いざ溢れたとして、登場人物たちの足元に飛び散った何かに余計な言葉を当てはめない。この人がなぜこんな行動に出たのか、どうしてこんなことを言ったのかという問いに、じゅうぶんな答えを与えない。そうされると、私たちは想像するほかなくなる。本人たちも気づかぬうちに彼らの内部に溜《た》まっていたものとは何だったのか。そして、彼らの足元についに飛び散ったものはどんな感情なのか。いやでも想像させられる。そして想像力とは結局、自分のこれまでの人生が作り出すものである。だから私たちはいつしか、吉田修一の小説を読んでいると、自然と自分の人生を差し出しているような気持ちになるのだ。

本作の〝溢れる〟描写の究極は、本編のラストシーン、品川埠頭にいる亮介が、台場にいる美緒に向かって、東京湾を泳いで渡って会いに行くと宣言するところだろう。もちろん美緒は、亮介の発言を冗談だと受け取る。だが、電話越しの亮介の様子からは、冗談という言葉では済ませられないような何かが溢れ出ている。美緒は、「亮介のからだではなく」、そこから溢れた「彼の何かが、東京湾をまっすぐに、今、自分のほうへ泳いできている」と感じるのだ。

『東京湾景』が出版されたのは今から十六年前、二〇〇三年のことだ。そして、作中ではりんかい線が開通したという描写があるため、物語の時間軸は今から二十三年ほど前、一九九六年あたりだと予想される。恋人同士の主なやりとりが、ラインやSNSではなく声色の分かる電話だった時代。大切な人がいる場所に辿《たど》り着くまで、今よりは手段も少なければ時間もかかった時代。言い換えれば、その分、心身から何かが溢れる機会が多かった時代なのではないだろうか。

今回書き足された新編は、本編からは二十年後、すなわち二〇一九年現在とほぼ誤差がない世界が舞台となっている。スピーディにやり取りができるよう連絡手段が進化した今、マッチングアプリを常用している世代などからすると、美緒が素性を隠して亮介と出会うことへの驚きは少ないだろう。この海を突っ切ることができれば、などと考えなくとも行きたい場所にすぐ辿り着ける今、亮介の宣言は当時とは異なった響きを持ちそうだ。あらゆるものが発達し、生活が便利になったことで、心身から何かが溢れる機会は減少している実感がある。

ただ、そうなったとしてもやはり〝溢れる〟瞬間を描いてくれるのが吉田修一だ。新編に登場する大輝と明日香はいかにも現代の若者だが、そんな二人も「用意していた言葉ではなかったが、勝手に口からこぼれた」と描写せざるを得ない一瞬や、「なんでこんなこと大輝くんに言ってるのか、自分でも分からない」と呟《つぶや》いてしまうような場面に見舞われる。描かれすぎない二人の人生が交差する点として亮介のあの宣言が現れるとき、時代は変わっても私たちはやっぱり、〝溢れる〟瞬間からは逃れられないことを実感する。それはつまり、私たちはこれからもずっと、吉田修一の小説から逃れられないということでもある。

（令和元年七月、小説家）

＊本文中の歌詞は、「雨」（作詞・森高千里、作曲・松浦誠二）、「Stand By Me」（作詞作曲・Ben E. King, Jerry Leiber, Mike Stoller）から引用いたしました。

この作品は、平成十五年十月に新潮社より刊行された単行本『東京湾景』を底本とする平成十八年七月刊行の文庫本に、令和元年九月、デビュー20周年を機に書き下ろし短篇小説「東京湾景・立夏」を新たに増補したものである。

東《とう》京《きょう》湾《わん》景《けい》

新潮文庫　よ－27－1

平成十八年七月一日　発　行
平成二十二年六月十一日　二　刷
令和元年九月一日　第二版発行

著者　吉《よし》田《だ》修《しゅう》一《いち》
発行者　佐藤隆信
発行所　株式会社　新潮社

郵便番号　一六二―八七一一
東京都新宿区矢来町七一
電話　編集部(〇三)三二六六―五四四〇
　　　読者係(〇三)三二六六―五一一一
https://www.shinchosha.co.jp

印刷・大日本印刷株式会社　製本・株式会社植木製本所

ISBN978-4-10-128758-4 C0193